天使制造者

徐然 著

天津人民出版社

图书在版编目（CIP）数据

天使制造者/徐然著．— 天津：天津人民出版社，
2012.4

ISBN 978 – 7 – 201 – 07469 – 6

Ⅰ．①天… Ⅱ．①徐… Ⅲ．①长篇小说—中国—当代
Ⅳ．① I 247.5

中国版本图书馆 CIP 数据核字（2012）第 043233 号

天津人民出版社出版

出版人：刘晓津

（天津市西康路 35 号　邮政编码：300051）

邮购部电话：(022)23332469

网址：http://www. tjrmcbs. com. cn

电子信箱：tjrmcbs@126. com

高等教育出版社印刷厂印刷　新华书店经销

2012 年 4 月第 1 版　2012 年 4 月第 1 次印刷

880×1230 毫米　32 开本　9.375 印张

字数：260 千字　印数：1 – 4,400

定　价：25.00 元

C O N T E N T S

目 录

E N D

楔子

午夜时分,在这座繁华的都市,高架桥上的车子依然倏忽不断,夜的迷离和纵容,路面的畅快,给了驾驶者飞车的乐趣。

没有人知道,那个单薄的身影是什么时候出现在高架桥的隔离桥墩上的。

那是一个身穿白色针织开衫和淡蓝色短裙的少女,她独自坐在路中央,双手搁在自己的膝盖上,一双腿在栏杆下荡来荡去,看上去怡然自得。

夜风沁凉,时不时地掀起少女的短裙,露出包裹着厚长筒袜的修长双腿,惹人遐想。她有着一张白皙稚嫩的脸,一双黑亮的眼睛,她坐在车流中,一脸恬静,嘴角露出微微的笑意。远看去,白衣翩然,发丝飘舞的她,纯洁净美,像个坠入凡间的天使。

驾车者们都因此而减慢了车速,也许还有人想停下车来问一声:你是谁?为什么会在这个时间出现在这个地点?是在看风景吗?还是在等人?

可是,高架桥不是一个好的停车点,晚归的人们又各有各的迫不及待的赶路理由,驾车者们一闪念之后,仍是在少女面前滑过了车子。

夜深了，车子渐渐少起来。

不知过了多长时间，少女脸上的表情忽然起了变化，她微微扬起了下巴，带着欣喜的神情，望着一辆快速驶来的白色宝马。

那样子，像是经过漫长的挑剔的筛选、甄别，终于发现了中意的完美新衣，跃跃欲试。

宝马车是今年上市的新款车型，车身锃亮，流线型设计。夜幕中驶来，华贵而内敛。

少女跳下桥墩，将裙角抹抹平，绽开一个微笑，看着那辆宝马车。

宝马车的主人也发现了这个少女，那是个心事重重的中年人，他仍沉浸在自己的烦恼中，对她，只不过是带着点不明所以地匆匆一瞥。

距离少女只有二十米的时候，车灯照射的范围内，少女的身影忽然消失了。

宝马车仍在全速前进。

"嗵"的一声闷响，车子的右前轮似乎撞在了什么物体上，接着又碾过了它，物体的体积不大，中年人能听到车轮压扁它的轻微的碎裂声。

车身一个颠簸，中年人停了几秒，才后知后觉地回想起碾过那个物体的触感……不祥的，令人毛骨悚然的触感！

原本一尘不染的车引擎盖上，突如其来地多了几点深色的黏稠液体。

中年人本能地望了一下后视镜。

彻骨的恐惧随之像一把冰锥刺中了他的心脏！

在他车后方二十米处，是一具躺得平平整整的躯体，一双纤细的手臂，姿势优雅地搭在躯体的小腹上方，如果不看那个在解剖学中被称为"头"的部位，这具身体就像极了是在摆好撩人姿态，静待着王子一吻醒来的睡美人。

不过，没有睡美人会是扁平的，没有"脸"的。

躯体的头部，已然成了缠绕着黑色毛发、红白相间的一团血肉。

中年人踩下刹车,惊恐和迷茫让他的大脑此时变得一片空白。

这一切是怎么发生的? 他的宝马车刚刚碾过的,是少女的头……

一间静谧的内室,一抹摇曳的烛光是唯一的光源,影影绰绰的烛光,把一个人的影子投射到了天鹅绒的窗帘上。

在很长一段时间内,影子一动不动,像是进入了禅定。

远远的,救护车的"呜呜"声和警车的尖利警笛声传了来,划破了夜的静谧。

影子被惊扰了,缓慢地站了起来,移动到窗边,轻轻扬起了窗帘的一角。

一个微笑,在苍白的唇边绽开。

尖利的声音渐渐远去了,夜又恢复了它的宁静和深远。

烛火明灭中,一个声音喃喃祷念:

愿上帝宽容你的罪恶,接纳你在他仁慈的怀抱中,成为他永恒的天使。

古靖之之章一

"古医生,我觉得这间办公室好熟悉。"她睁开小鹿一般黑亮的眼睛,定定地看着我,眼神中带有不确定的迷茫。

似曾相识吗?

我从电脑前抬起眼睛,看了她一眼。

前几天我在电视上听过一个故事:丈夫因为重病做了手术,手术很成功,但依旧出现了术前医生预计的后遗症,他失忆了。从加护病房出来,妻子站在走廊的另一边,看着目光涣散、认不出自己的丈夫坐在轮椅上,忍不住红了眼圈。护士推着丈夫走过妻子的身边,丈夫突然转过头来,对着妻子说,"对不起,虽然很唐突,但是我好像在哪里见过你……你愿意和我一起生活吗?"

"如果人生可以重来一次,我依旧爱你。"

讲这个故事的主持人红着眼眶这么说。

可是,这样的事真的会发生吗?

我不知道。

眼前的女人留着一头蓬松丰盈的短发,发尾齐肩,素颜,眉目清秀,穿一件白色衬衣，领口微微敞开，米色阔脚裤和白色帆布鞋，全身上下的装饰品只有左腕上戴着的绿色护腕……

绿色。

我闭起眼睛。

我看过某些自诩专家教授的分析，他们大多数认为讨厌绿色的人，都有着一颗孤独而又焦躁的心。事实上，我当心理医生这三年，遇到过很多穿着红色的衣服，像一团火似的叫嚣着要杀人或者将被人杀的病患……颜色能说明心理有什么问题？大概从那时候起，我就不再相信眼睛能看到的一切。

这也是我教导病人的第一条——

"用你的心去感受。"

也许她正好忠实地遵从了这一点。

我从电脑上拔掉 U 盘，放在西装马甲的口袋里，合上电脑，走到她面前。

从科学的角度来看，"似曾相识"是大脑的知觉系统和记忆系统相互作用产生的结果。不管是针对知识和概念的有意识记忆，还是针对回忆、事件、经历的无意识记忆，都有可能遭遇对面孔的知觉，对物体的知觉，对位置的知觉等等的知觉体系……简单来说，似曾相识和饿了累了一样，都只是人的一种体验，无法判断是否真实存在。

我见过很多人明明刚吃过饭，还不停地喊饿。

"你经常有这种感觉吗？对某些人某些事似曾相识？"我拉了一张椅子坐在她对面。

我想知道除了套近乎这个可能，她会不会还有些病态。频率是我常用的一个词，我相信所有心理医生也都几乎是以此来判断病情的。一个月有两三天郁郁寡欢，甚至萌生自杀倾向，理论上是正常的。不过如果一个月有两三个星期都这样，就很迫切地需要心理医生治疗疏导了……

她听了我的话，耸耸肩，"我不知道。"

说得并不确定。

近距离看她的眼睛，非常漂亮。以前因为一个病患的缘故，我收养过一只猫,白色的小土猫,尾巴断了一截,右腿瘸了,大概是因为这个原因,它跟人不是很亲近,总是在有阳光的地方,扮演着思想者的角色。当它和我对视的时候,目光专注,黑眸闪亮……只是我经常找不到焦距。

她应该看出我分神了,不过并没有做出什么激烈反应。她晃晃头,像是要驱除什么不好的念头,然后她说:"古医生,我做了一个梦。"

资料上显示她叫林茵,女,二十四岁,大专学历,有三年的工作经验,目前在一家贸易公司上班。

"梦见什么了?"我拿出纸笔,深吸了一口气,向后靠在椅子上,示意她继续说下去。

我在纸上记录:2010 年 10 月 15 日,下午 3 点 2 分,林茵,pre-talk。

如果不刻意看的话,我想谁也看不出。我的字迹过于潦草,是我的手有些不受控制的发抖造成的。

她开始讲述她的梦。

"那是一座深水潭,我就坐在水潭边的大石头上……天好黑,水潭上波光粼粼……水潭里面,有无数的水鬼和怪兽,在窥探着我,伺机而动……我能听到他们的声音,像小老鼠一样,吱吱,哦不,是咯咯的咬牙声……我好像听见有个细细小小的声音在恳求我……拉我上来,拉我上来……"

也许她很善于讲故事,我的想象中,浮现了几个大学女生在夜半时分围在下铺,打着手电,讲鬼故事的画面——而一边压低声音讲述故事,一边欣赏同伴恐怖表情的主角,便是眼前的这位林茵。

言语恐怖,气氛惊悚,但是她本人,依旧是平静的、迷离的神情。

"突然,有一双手从水里伸出来,柔软滑腻,像长满了青苔似的,自上而下抓着我的脚……"

她忽然提高音量。

"我不知道,我不知道怎么办……"她用力摇着头,好像真的很困扰,"我拼命地挣扎,可她就是不肯放过我,她的力气好大……我要被她拽下去了……她浮出水面了,手指白得像个雕塑,可是还在动,接着是一双细长的手臂,光洁的肩膀……"

她猛然用自己没有焦距的眼睛对准我,咬着牙说:"她没有头,没有头！"

眼仁乌黑,眼神澄澈。

我不知道这个梦代表了什么。有些心理师可能会因此判断患者精神紧张、情绪焦虑,不过我不会这么做。

根据弗洛伊德的理论,梦是现实的折射。

当然,前提是这个梦是真实存在的。

她勇敢地迎着我的目光,试图在寻找她需要的安慰或者答案。

足足两分钟的时间,我们就这样互相对视着,谁也不说话,好像玩一种谁先眨眼谁就输的游戏。

她是我所接触过的最具攻击性的病人,还有些许的暴力倾向。

大多数的患者根本不会自愿地和我眼神对视,而总是低头,躲闪。

我的诊室摆设很简洁,家具除了桌台和椅子,就是静静卧在角落中用屏风隔开的一张诊疗床。海水图案的壁纸、天鹅绒的窗帘、灰蓝色的长毛地毯,整个房间的主色调跟它的门一样,是深蓝色,室内光线柔和,桌台旁的复古式样的落地灯,散发出淡淡的昏黄光线。

即便是白天,我也很少会拉开窗帘。

我喜欢让患者们一进来就能同我一起步入一个轻松的氛围,这里很安全,很放松,和我一起聊天是愉悦的享受,而不是治疗……这招对新来的人没什么用,尤其是女人,她们的警戒心要比男人高很多。

不过现在不是她"攻击"的好时机,所以她还是退让了,缩回扶手椅上坐好,"你怎么看？"

我换了个姿势,双手交叉,身子微微前倾,眼睛还是一动不动地盯着她,"你希望我怎么看？"

这是戒备心理很强的心理病人惯用的伎俩,他们大多数时候不知道如何表达。病情介于自己能控制和不能控制之间,很容易臆想自己将要毁灭,于是更加迫切地需要心理医生。有时候病人对医生的信赖，跟医生本人无关，是病人自己设计的结果。

"这个问题是我问你的！"她有些生气了。

她的生气就是斜着眼睛，挑高眉毛，跟同样这个年纪拉着脸、嘟着嘴的其他女孩相比，她这个表情更经常出现于四十岁左右，性格强势，事业有成的女人脸上。

我靠回扶手椅上，很平静地告诉她事实，"林小姐，我想提醒你，你还不是我的病人，这只是一次'pre-talk'，你只有一个小时的时间来证明你确实是心理问题而不是精神失常或者一时冲动。"

我看看表，提醒她，"你还有五十分钟。"

"我不认为，访客们肯耐心等一个月的预约期，只会是一时的情绪波动。"

她口齿伶俐地反驳。

"人是地球上最复杂的生物，大多数人都不能完全地了解自己。"我压抑着烦躁的情绪，用半命令式的口吻说："我们开始吧。"

在这场心理诊疗师跟问诊者的双人探戈中，我才是主导者。

"你在预约表上特别提起，你有一种瘾症……已经到了影响你正常生活的地步，是指这个梦吗？"

她第一次垂下了眼帘，犹豫了一会儿，看着自己的手指，好像那上面黏着她的心灵秘密。

"我喜欢排队。"她说出一个风马牛不相及的答案。

和她的梦境一样，我对任何诉说都见怪不怪，"哦，你喜欢排队？"

在情况不明的时候，重复对方的话，是心理师的一个诱导谈话的技巧。

她深深吸了一口气，一鼓作气地："我喜欢排队，是很要命的那种喜欢。不管那个队伍是公交站点的，还是小笼包店的，或者是百货店的，只要我经过看见了，就会忍不住加入，我会为此浪费很多时间，买一大堆并不需要的东西……事实上，我所有的空余时间，全都用来排队，我控制不住这种冲动……

我没有朋友,也没有存款……"

她垂下眼睛,好像很为自己的行为感到羞耻。

"你的意思是,你喜欢的是排队本身,对排队的目的并不关心?"

"嗯,我就是喜欢排队的过程。我今天出外勤,经过体育场,看到一个队伍从售票口一直排到了街上,我控制不住自己马上加入的冲动,公司的事情也不管了,跑过去排队……一口气排了三个小时,午饭都没吃,结果买了一张我从来没听说过的韩国歌星的演唱会门票。"

她苦笑了一下:"再这样下去,我想我马上又要失业了。"

"你为此失去过工作?"

我的口气想必很认真,因为她回答得也很认真。

"嗯,我为此失去过三份工作了,全都是因为出外勤的时候,丢下目标任务不管,跑去排长队。"

她轻轻地叹气:"在任何时间,任何地点,只要我看到有排队的人群,都会忍不住第一时间冲过去。"

她停了好一会儿,才低声道:"我现在是公司的新人,这第四份工作对我来说很重要,失去它,大概我很快就要离开这个城市了……我在这个城市没有一个朋友,就算是遇到困难,也不知道该向谁求助……我不敢交朋友,我怕别人说我是怪物。"

"这已经影响了你的工作和生活,到了妨碍你正常人际交往的程度。"我保持双手交叉,认真倾听的姿势,替她做客观总结。

"我……再这样下去,人生都要被毁了……"她的表情慢慢放松了,修长的手指放在膝盖上,微微低着头。

我更喜欢她这样,病人只有像病人了,医生才会像医生。

"你从什么时候发现你有这个情况的?"我抓过一支笔,在她的表格上龙飞凤舞地一边写着,一边问她。

"两年前。"她低声回答。

这是敷衍之词,我知道大多数人根本不知道影响自己一生最重要的是哪件事。

"两年前发生了什么事,还记得吗?"

"我,我父亲去世了。"她的声音更低了。

我的笔尖顿了一下。

房间里非常安静,我觉得她在等我说对不起——应对死者家属的官方语言。

我不喜欢虚伪的客套,也不需要,所以我什么都没说。

她等我写完,殷切地看着我:"那么,我有没有通过你的'pre-talk'测试?"

我没有抬头,"你的情况属于对外界特定事物过激反应的一种心理痼结,是强迫症的一种,和购物狂差不多,在年轻女性中是很常见的……算不得什么心理疾患,也很好治疗,你不必紧张。"

"购物狂"这三个字让她放松了些,点点头,看起来是真的听懂了。

"现在,我们来谈一下你刚才说的梦。"我有些疲惫地放下笔,揉揉酸涩的眼睛,"你认为这个梦,和你的排队情结有关系吗?"

她眨眨眼睛,"我也不知道,那个梦很真实……古医生,您看过汤悠然的自杀视频吗?"

"看太多这种东西对你没好处。"我告诫她。

她叹了口气,"我认识汤悠然,确切地说,我认识汤悠然的妈妈,是她介绍我来这里的,她说您的医术高超,不仅能解除患者的心理困扰,还能塑造健全完美的人格。"

她的口吻很真诚。

这些话我听多了,"她们过誉了,为有需要的人解除心魔,恢复正常,本来就是心理师的责任。"

"我没想到她会自杀……不知道为什么,汤悠然死了以后,我就总做这个噩梦……古医生,这会不会也是一种心理问题?"

她昂起头，很殷切地问。

除非你把视频当恐怖电影看。我把心里的想法压在嘴边，问："你下周二晚上有没有空？"

她马上不假思索地回答："有空。"

"下周二晚上七点，会对你进行第一次心理治疗。"

"太好了。"

她松了一口气。

她随即又问："那么，治疗中会不会对我催眠？"

"你觉得需要吗？"

我反问她。她是做足了功课来的。

"嗯，我在下决心来心理诊所前，在网上查了很多资料，我希望找个最好的解决自己问题的方式。"

我思考了一下，"对你目前的问题来说，可以用其他的心理咨询方法解决，比如心理疏导和系统的心理脱敏治疗，帮助你控制在看到排队时产生的焦躁情绪……虽然从实效的角度看，催眠治疗是最快的方法。不过，我暂时不建议你这么做。"

"为什么？"她有些恼怒地问。

我伸出手揉揉太阳穴，总是会碰到这种无理取闹的病人。治疗的方法是我决定的，而不是他们，这是很难理解的问题吗？

"因为你目前还不需要，如果需要的话我会提前告诉你。"我站起身，把椅子拉开，给她创造可以离开的空间。

我希望她能懂我的意思。

她还是坐在椅子上，昂着头，目光坦然，"我知道有些人对催眠有误解——带着这些误解和偏见，很难有高质量的治疗。不过我对催眠没有心理负担，我了解过催眠治疗。事实上，我也查到了您的一些资料，我知道您在催眠术治疗方面是个权威，您能迅速抓住访客的心理特质，无论是什么样的人，您都能很快地让他进入催眠状态，再施行心理治疗。据说只要经过您两三次的诊疗，绝大多数的访客都能康复。"

与其说她崇拜我,倒不如说她崇拜催眠术。

她和很多慕名而来的患者一样,对这个神秘的学科充满好奇和毫无来由的信任,就如同秦始皇相信有长生不老药一样。他们都相信,在我的催眠下,所有的精神折磨都会离他们远去,他们不会再情绪暴躁、失魂落魄、执迷不悟。

在我未施展催眠术之前,他们已经自我催眠了。

我看看表,四点二十六分。

"我会考虑你的建议。"我不再客气,摆出了结束谈话的姿态,"我还有个病人,我们下周见。"

我指指我的手表。

"这么快?都四点半了!"她惊呼一声。

像是不相信似的,她下意识地从身边大得出奇的帆布包里找出手机看时间,我发现她所有的东西都胡乱摆放,包里有雨伞、书、钱包、钥匙链、记事本、一些乱七八糟的饰物,还有一只看不出本来颜色的毛绒小熊玩具。

"时间过得真快。"她确认了时间,快快地放回手机。

我面无表情地看着她。

"和你在一起感觉很熟悉"和"时间过得真快"并列被票选为最有效搭讪用语。

后一句我也经常听到,来自病人。

她有点不情愿地站起身,提着背包走到门口,手扶在门把手上,"那么,下周二见。"

其实没有病人了。

经历过车祸,患有创伤后遗症的刘先生因为岳母生病,取消了预约,这意味着我可以提前下班。

就连我也不能说,不能开车比岳母的病更严重,哪怕只是感冒。

我靠在椅子上,又揉揉太阳穴。

心理医生是需要精神高度集中的职业,客观的判断、缜密的思维、冷静的情绪缺一不可。

这大概就是我经常会觉得累的原因吧?

我的眼神定格在桌上,手提电脑的右边放着一个被咬掉一口的水晶苹果。

送这个苹果给我的人叫作唐秀。两年前,她的弟弟唐苏作为一个毒瘾患者接受了我的治疗。

唐苏当时已经吸食毒品超过五年,不管是心理还是生理上,对毒品的依赖性已经到了不可救药的地步。同样地,他对戒毒的厌恶和仇恨也上升到旁人根本无法想象的程度。唐秀不得不请我乔装成她的同事进入她家进行治疗。

唐苏比我年长两岁,形销骨立,突兀的大眼睛看起来更像个外星人,眼神空洞,充满了莫名的愤怒。

"你不是姐的同事,她的同事不会来我家……你是谁?"他趁姐姐去厨房倒水,龇牙咧嘴地对我说。

我笑笑,"我不是你姐的同事,我是来买房的。你姐想卖了这套房子,是为给你治病吗?"

他狡猾地笑了,"治病? 治什么病? 你肯出多少钱买这破房子?"

在毒瘾不发作的时候,他是个精明的商人。

这个精明的商人花光了自己和亲友的所有积蓄,算计着他们还未拿到的薪酬,惦记着所有可能出现的意外之财……把所有都化成一堆白色粉末,消化至自己体内——听起来像个怪兽。

看起来也像。

唐秀的母亲半身不遂,躺在卧室的床上,不停地发出类似汽车轮胎漏气似的呼吸声。

唐秀在厨房里,我看到她的背影——她只有三十岁,身形已经有些佝偻,长期的营养不良让她的头发干枯得如一撮荒草。

也许对她来说,我也是草……一根救命稻草。

我看到她一边从水壶里倒热水,一边把眼泪滴到了灶台上。

我一共去了唐苏家六次,他恢复了正常。之后,我看到唐秀不吝溢美之词的报道,才知道她原来是个杂志社的编辑。

在那篇文章里,她称呼我为天使制造者。在水晶苹果的底部,也篆刻着"天使制造者"这五个字。

很多人觉得这个称呼很恰当,比如说我的同事杨晨,她说心理治疗师的工作可不就是一个驱除人心底的恶魔,改造阴暗的人性为光明天使的过程吗?

也许我在一定程度上同意她的话,所以,我把唐秀送给我的水晶苹果摆在我的桌上,这是唯一一件我没谢绝病人家属所馈赠的答谢礼物。

我在为访客的病症苦恼、甚至焦躁的时候,我就会想起这五个字,然后,心头一片清明。

天使……
我眼睛盯着电脑的屏幕,忽然有些恍惚。
刚才林茵提到了汤悠然……

我认识汤悠然是在三个月前。

她父母带她来的,明明是夏天,她竟然戴着口罩和墨镜,把自己包装得像个明星。

因为不这样,她就不可能出门。

那个时候,她正在风口浪尖上,是网络热烈关注、讨论、抨击的对象:她的一段视频在网络上广泛流传,视频的画面上,她带着几个女孩子,在学校的女厕所殴打和凌辱一个女同学,其中包括打耳光、灌马桶水、强迫受害人学狗爬,后来还发展为脱光受害人的衣服,强迫她 体坐在女厕所的窗口。

在凌辱受害人的过程中,这个穿着迷你裙,耳朵上钉着两枚亮晶晶的银色耳钉的十七岁少女,一直乐不可支,兴高采烈。

这个视频我也看了，当时我只注意到了那个全身湿漉漉的，发着抖却不敢哭的受害人，我在想她在青春期经历这件事，心理的创伤到底有多大？那是不管多么优秀的心理治疗师，都帮她摆脱不了的噩梦……

也许只有在深度催眠中删除这段记忆，她才可能恢复正常的心理状态……可是，有一段空白记忆的人，那还算是正常的人生吗？

第一次治疗，汤悠然的母亲全程陪同，说得比她还多，哭哭啼啼的，不停地用"根本没想到"、"完全不知情"来介绍汤悠然的"恶行"，她不知道只是"有点叛逆"的女儿，因为什么发展到如今"这么可怕"的地步。

自始至终，汤悠然都低着头，不哭也不笑，眉头都没有皱过一次。我看着她，感到一阵恶心。我知道，心理师对待来求助的访客，一定要价值中立，站在患者的立场上，为他们考虑。可是，对这个有着纯洁的气质，外形清丽的女孩子，我还是遏制不住地厌恶。

有的时候，魔鬼会以天使的外形出现。

我想，即便是坐在我的面前，这个小恶魔还在思考"是谁上传了视频"这个问题……汤悠然的母亲说，视频曝光以后，汤悠然又去学校大闹了一场，她咬牙切齿地要找到那个"叛徒"。

汤悠然的母亲是看了唐秀的文章以后慕名而来的。

在我们这行，没有广告，口耳相传很重要，从这个意义上讲，这也是一种变相的催眠——汤悠然的母亲在没见到我之前，就已经愿意相信我的能力。

大概她只能相信。

因为汤悠然当时已经得了抑郁症，她曾试图在家割腕自杀。

整整半个多月的时间，教育工作者都在孜孜不倦地讨论这件事，从当今的教育体制到学生压力，到校园暴力……汤悠然为很多无所事事的"专家教授"找到了新的话题。

他们不能解决汤悠然的问题，也无法抚平受害女孩的心灵创伤，除了大言不惭地说"深感担忧"之外，最大的贡献就是雪上加霜。

我想到这里，头突然开始剧烈地疼，太阳穴的地方突突地跳，像是脑子里藏着一只双头怪物，一只想要从左边太阳穴突击，另一只觉得右边防守更松散。

头痛是我的痼疾。中学的时候，我的朋友关乔因为生长痛而整天揉着膝盖抱怨的时候，我就开始和头痛作斗争。他曾经取笑我，头部发育得太快……这显然是没有事实根据的猜测，所有的医生都认为我的头痛是压力过大导致的，同样，我依旧觉得这个结论也是猜测。按照我头痛发作的时间点和频率，我的人生基本全部在我无从觉察的压力中度过的，这样的人能成为心理医生并且活过三十岁？我表示怀疑。

心理医生的职业比很多人想象的危险——除了自己，没有人是你的同伴，环伺在周围的永远是人性中最丑恶最懦弱最暴力的一面。势单力薄中做到自信无畏，我想我每天都在自我催眠中。

代价是日益严重的头痛。

"还能怎么样？只好先吃药，控制一下吧。"大学时的学长，现在已经是脑系科专家的元沛这么告诉我，"一般来说，成年男性偏头疼，如果不是遗传，那就是精神紧张了。"

脑系科专家的结论也只是这样。

他给我开了一些尼莫地平，不是市面上常见的胶囊，而是一些白色小药片，听说是国外进口，副作用更小一点。

不管是多么小的副作用，我都很排斥吃药，从来没有按照他的指示，一天两次地按时吃过，这也是头疼总也好不了的原因吧？

上次见元沛还是半个月前，药瓶里的药还剩大半。

潜意识里，我不喜欢依赖什么东西，哪怕是对身体有好处的。

不过现在我也管不了那么多了，拉开办公桌最下层的抽屉，拿出那个白色的药瓶，扭开盖子，迅速地扔了一颗药进嘴里。

这个举动，就已经让我的头疼减轻了一半。

暗示的作用，永远比你想象中要大。

我叹了一口气，一股脑喝了半杯水。

医人者不能自医，这也不算什么新闻。

稍微平静一下，我打开了电脑。

还有些工作没有完成。

电脑的桌面上，是一个视频文件。

我看也没看，就删除了，然后清除了回收站的记录。

这段视频，我再也不愿看见。

那是高架桥上的监控录像摄下的汤悠然自动平躺，将头伸到疾驰而过的车轮底下，被碾压得脑浆迸裂的过程。

正像三个月前，汤悠然的辱人视频在网络上热炒一样，这个视频在两天前出现后，也迅速地席卷了各大门户网站，前天的晚间新闻里也播出了。联系到三个月前的辱人视频，探讨这两宗事件之间到底有没有联系，一时又成了各方专家的"关注"焦点。

如果，我是个天使制造者，那么，汤悠然一定是我最失败的作品。

幸好，在这两段视频之间，并没有人会想到我。

五点半，我准时离开诊所。

我穿好衣服，通过走廊的门，进入若轻心理诊所的大堂。在接待台前面的候诊区，一个人高马大的女人，正气鼓鼓地双手交叉抱在胸前，斜着眼睛看着华青。

华青是我的秘书，帮助我处理日常事务，包括预约接诊。这个利落机敏的中年女子，显然比年轻美貌的姑娘更适合这个心理诊所专业、深沉、内敛的氛围。

事实证明，我的选择是没错的，眼前，华青就在帮我处理一个棘手的问题——这几乎是心理诊所每天都能碰到的问题。

"不好意思,您……"她客气的话还没说完,那中年女子就喊了起来,高扬着长下巴嚷嚷:"我就是要看古靖之,当初预约的时候你们没有跟我讲清楚,我怎么知道你们这里有两个心理师?!"

如果不是我刚吃了药,我相信我的头又要开始疼了。

聒噪的女人是这个世界上最可怕的生物。

我默默退后两步,心里期盼着华青能早点搞定她。

那中年女子化着妆,穿一件做工精细的米色薄羊毛衫,腿上肥硕的赘肉将一条中式的宽松长裤撑得鼓鼓的,她下巴很长,眼窝深陷,眼光透露着刻薄乖张,看上去一副凶相。

"杨晨老师是心理学副教授,是有十多年临床经验的心理师,她跟古医生各有特色,您会对她的诊疗满意的。"

华青也收敛了笑意,有理有据有节。

我忍不住想点头。

杨晨的经验比我丰富,最重要的是她不惧怕嗓门大的女人。

"杨医生再好,我也要请古医生看。我朋友给我介绍的,就是这个古医生,我是奔着他的名气来的。你知道我的那个朋友是谁吗?"

她好像不相信天下还有什么人什么事不应围着她转。

华青淡然:"不管是什么背景的访客,在我们这里,都是同等身份。"

金钱万能的道理在这里是行不通的,几乎所有的病人都是因为不可告人的心理暗疾来到这儿,灵魂尚不完整,何谈高贵的身份?

我哑然。

华青指点着自己桌上的预约记录单:"指名古靖之心理师诊疗的预约,要提前一个月左右。您是两天前预约的,不好意思。"

华青坐下来,开始整理办公桌上的资料。

中年女子大怒,霍然起身,一手拍在华青的桌子上,咆哮:"我看三甲医院的专家门诊都没有提前一个月预约过! 你们摆什么谱?! 你们开门做生意,为的是赚钱,装什么清高? 说吧,要多少钱可以帮我加个号? 我有的是钞票!"

她"啪"的一声,把鳄鱼皮的手拎包摔在华青的键盘上,手拎包口是敞开的,里面滑出了一只厚厚的皮夹。

华青只扬了一下眉毛,不紧不慢地说:"当心您的包,女士。这么名贵的拎包,就算您是有钱人,摔坏了也可惜。"

那女人还待说什么,一个有着深栗色短发的小个子女人从另一边的走廊走出来,她四十岁左右年纪,白净娟秀,气质斯文,纯钛边框的眼镜下有双细长的眼睛……是我的合作伙伴:杨晨。

她让我有些意外。如果没记错的话,她今天下午没有预约的病人,应该早就离开诊所才对……

不过这不关我什么事,我退后两步,让自己藏在角落里。

若轻心理诊所没有后门,我要不想惹事,只能等她们结束之后。

杨晨对着华青,用一贯的语调细声慢气地说:"什么事?"

"我是听朋友介绍,慕名而来找古医生做催眠治疗的。"女人俯视着这个矮她一大截的女医生,阴沉着脸。

杨晨看着她,依旧慢条斯理地说:"催眠并不是治疗百病的良方,医生会不会施术,也得看你的具体情况而定。"

她从来不会为访客的轻视而恼怒,这差不多是我最佩服她的地方——宠辱不惊。

然而那个女人却突然发作了,她的鼻孔张得大大的,双下巴上的肥肉都在颤抖,声音高亢地嘶吼:"我的具体情况?!谁的具体情况也没有我的严重,没有我的紧急!我现在每天都在想着怎么杀死一个人,硫酸、毒药、匕首、绳子、榔头我都准备好了。古医生再不救我,我也许明天就成杀人犯了!"

她忽然掩面,很大声音地抽泣起来。

我靠在门框上,长呼一口气,心理诊所真是个可怕的地方。

这个空间挤满了扭曲的心灵、病态的灵魂,在一定意义上,它比精神病院更可怕,精神病院的病人们尚都处于可控状态,而这里的病人,全是自由的,伺机而动的,随时可以点燃和爆发。

禾小绿之章一

今天的公交车很顺利，我比平时早到了二十分钟。

没想到，即使是这样，我仍然看到了我上班的这几个月来，几乎每天都会看到的一幕：同事乔安南正坐在自己靠窗的位置上，一边喝着碧螺春，一边翻着今天的《新闻晨报》。

他难道平时都是提前一个小时上班的吗？

不过，他的勤谨，每天也就表现这么一次，或者是说，因为他平时太懒，所以，才不得不在赶早上班这一点上，稍微平衡一下。

"早！"

我跟他打招呼。

他从报纸上抬起头，打量打量我，用比平时愉悦三分的口吻："早啊，小绿！"

我猜他的高兴，是因为我今天换了一条牛仔裤的缘故，前两天我一直穿一条阔腿的七分裤，乔安南有两次暗自对着它摇头，都被我看到了。有的时候，我不禁会幻想，如果他看到我衣柜中那一打运动热裤，会是如何一副忍无可忍的模样……

为什么他还不到三十岁，眼光却变得跟个老头子一样了呢？

"早啊，小绿，你今天看上去很有精神。"

我把大挎包放在办公桌上："是啊，听了您的建议，我现在早上开始吃早餐了。"

我想这句话会让他更高兴，虽然我的早餐，只不过是一只白煮鸡蛋。

乔安南果然高兴得满脸放光："嗯，这就对嘛，早餐在三餐中最重要，不吃早餐，可是会得胆结石。"

我弄不清楚，为什么胃里没东西，胆囊会长结石，不过，我可不想表现出了解的兴趣，否则，这位同仁，会兴致勃勃地讲述一大通养生或人体机能运作知识。

我可不希望我的一天，开始于漫长而乏味的说教。

我打开了电脑，马上进入新闻搜索的网页页面。

乔安南洗完梨子回来，经过我的办公桌，探头看看我的电脑屏幕，一边咬着水梨，一边问："今天还在看那个汤悠然？"

很不幸，我跟这个八婆男人的办公桌挨着，他每次从外面进来，都会经过我的座位。

我真希望他有一天能懂得如何尊重别人的隐私。不过，这对一个以挖掘别人隐私为职业的警探来说，应该是一种奢望。

"这个有什么吸引你的？"八婆男一边咬着梨子，一边问我。

我决定忽略他的这个问题，装作集中精力盯着屏幕的样子。

这让乔安南很扫兴。

他坐到自己的座位上，忽然又瞥了眼我的手腕内侧。

"哎，你在针灸吗？"

"什么？"我转向他。

他指指我手腕上的那三个针扎式的出血点。

有一瞬间，我不知道该生气还是烦躁，我想我还是低估了他八卦的能力——除了他，谁会盯着同事，尤其是新同事的手腕看呢？

我想我的脸色在那一瞬间一定有些不自然，因为乔安南看我的眼光，马上好奇了起来。

我把袖子向下拉了拉，遮住手腕。

"可是，那个地方是什么穴位吗？"

这个八婆男，一旦提出问题，不得到答案不会轻易放过。

我故作没什么热情的样子："啊，我的针灸师说，这个部位的针扎刺激，对缓解我的症状很有好处。"

乔安南的嘴巴离开梨子，兴致盎然地说："是哪里的针灸师？我最近胃口不太好，正想找个中医诊所诊疗一下。"

"哦，那个是妇科病专科诊所。"我淡然地，希望乔安南能因为这个回答，略感受到一丝打听女同事私事的尴尬和内疚。

"这样啊。"

乔安南遗憾地耸耸肩，继续"咯吱咯吱"地咬着水梨。

显然，对他来说，永远不会有什么让他觉得尴尬的。

同事们陆续来了，我们的头儿，新上任的刑侦副队长**聂宇**给我分派了今天的工作任务——去整理办公室隔壁的杂物间。

做兼职的杂物工、清洁工、快递员、保姆、打字员，是实习生的一种修炼。

杂物间堆了很多过期的报纸期刊，几箱子作废的文件，还有零星的几本案宗，我需要把作废文件送粉碎机粉碎，把那几本案宗归还档案室，再整理出报纸期刊交给门卫老伯。

做这些，聂队给了我一天的时间，还算是厚道。

我磨了一下洋工，把半天的活儿，拉长到一天来做。

我不喜欢偷奸耍滑，更不喜欢在同一天内，再被人分派另一桩繁琐的杂物工作。

我把杂物间整理工作的结束时间，恰到好处地安排到了下班前的半个小时。

我把那些已经分类整理好的《人民警察》、《东方剑》的过期杂志，堆在一起，再用绳子扎好。

我勒绳子的时候，不小心碰疼了手腕。

那几个该死的出血点！

昨天下手的时候，有点太重了。

我把手腕举起来，对着那几个痛点哈了哈气。

这个动作让我想到何冰冰。

何冰冰一贯做的动作，就是一屁股坐在舞蹈室的木地板上，举起右脚，撅起嘴巴，对着自己的右脚脚踝吹气。

动作妩媚性感之余，又不失天真可爱。

她是个韵律操教练，有着极佳的身体柔韧性，能把脚踝很轻易地高举到唇边，像芭蕾舞演员常常做的那样。

何冰冰的右脚脚踝曾经受过伤，激烈活动之后，她常常会感觉到酸疼。

"我再存一点钱，就不干这个活儿了！真是受罪！"她不止一次地对我说。

何冰冰指的一点钱，是以七位数起算的。

她的薪水，跟她的存款数字，没有丝毫的可比性，她之所以坚持这份工作，是因为这个工作环境。

她工作的健身俱乐部是高级私人会所的模式，VIP会员非富即贵，有钱有闲，何冰冰曼妙的身材，娇俏的脸蛋，活泼的性子，在这个地方很有市场。

她不是妓女，她是个职业小三。

她说她受不了那些个年轻嚣张的富二代，她喜欢年长的，能温厚宽容，体贴她心意的男人："虽然是为了钱，可我年轻漂亮，也不能太委屈自己，感觉，感觉也是很重要的！"

而这样的男人，都是有了人世沧桑，拖家带口，背后站着一个太太的男人。

"我攒够了一大笔钱就退休，离开这里！"

有一次，她含着眼泪，这么跟我说。

那是在她被现任金主的老婆揪打了一顿之后，心灰意冷之下，突然说出了这样的丧气话。

我当时也在那家俱乐部打工，我做的是自由搏击的教练，兼着俱乐部的一部分的清洁打扫工作。何冰冰常常来找我说话。

"小绿，我要像你就好了，警校毕业生，有大好的前途等着你，有未来，有希望。"

她不止一次，一边替自己哀叹，一边羡慕地对我说。

我猜她并不是真心的，因为做警察，尤其是女刑警，整天跟尸体和杀人犯打交道，有什么"大好前途"可言？

何冰冰愿意接近我，努力地跟我做朋友，我想，是因为她做的事带着七分危险，她很需要一个保镖，一个不被她的金主们妒忌的保镖，比如我，一个女警校生。

事实上，我的确帮她解除过三四次被人身攻击的危机。她被那些女人揪住头发的时候，我用我的拳头帮她解围。

我不讨厌何冰冰，我想那是因为我的道德感指数比较低。她待我很热情，今年春节的时候，甚至还送过我一件标价两千多元的羊毛大衣做新年礼物。

"这就当是我给你交的房租。"

她怕我不肯接受，还特别向我强调："我这个人不喜欢欠别人的。"

春节前，一个受何冰冰红颜所害的怨妇，纠结了一伙姐妹，在何冰冰的公寓堵住了她，给了她一顿暴打。

她们一上来就扒了她的衣服，一顿揪打之后，再淋了一身尿水。一伙人又骂了一大通，才走了。她们走的时候，还威胁她，说要再纠缠那家男人，下次她们可就要泼硫酸了！

何冰冰很害怕，她那几天不敢回去住，我收容了她。

淋尿事件刺激了她,她跟我哭诉,半是懊悔,半是反省。

"也许,是我有什么心理问题吧? 攒的钱也够多了,为什么还做这些下贱的事,白白给人侮辱?!"

我想了想,建议她去心理诊所看看,也许心理医生可以回答她的问题,如果陷入职业小三的泥潭不可自拔也是一种病症的话。

何冰冰很感激我,因为她觉得我给她的行为找到了新的解释,心理障碍患者,比妓女和小三的名称响亮、光明多了。

"嗯,你说得对,我一定是有某种心理病,才控制不住自己,老是跟那些臭男人纠缠在一起! 哎,小绿,你知道有什么好地方吗? 就是,看我这种病的地方?"

她兴致勃勃。

我看着她:"你知道若轻心理诊所吗?"

我的手指,被一个文件上没装订好的小钉子刺了一下,冒出了一滴鲜红而圆润的血滴,我把手指放到嘴巴里吸吮。

我停下来,才发现自己维持弯腰的姿势太久,身体不知什么时候已经僵硬了,我站起身,活动了一下腰肢和四肢,在积满灰尘的地板上席地而坐。

这间杂物间没有窗户,两只吸顶灯坏了一只,光线昏暗,我能听到一墙之隔的同事们说话、走来走去、敲击键盘、打电话的声音,每个人好像都很忙,我一个人被关在阴暗的角落,反而觉得自由自在。

就像是现在,我坐在地板上,用一只还在出血的手指,抹去了眼角渗出的泪水,也不必担心会被人窥破。

在伤心的时候,我最需要的,是个安静的、独立的空间,能让我寂然地独自舔伤口。

我很伤心,为了何冰冰。

她四个月前死于溺水事件,警方的结论是失足意外。

我知道那不是真的。

是我杀了她。

晚上八点，我按响了一套公寓的门铃。

很久之后，才有踢踢踏踏的声音响起来应门："谁？"

一个疲惫的女声。

"是我，禾小绿。"

"滚！离我家远一点！"

女声忽然爆发了。

"梁阿姨，您开门，我觉得我们需要再谈谈。"

我握了一下拳头。不知道自己什么时候脸皮变得这么厚了，也许是从做了警察开始。

"没什么好谈的？我女儿已经火化了，谁都知道她是自杀，我们都需要安静，我们受够了！"

女人哭起来。

"我理解您。可是，汤悠然的死有疑点，您是她的母亲，不想她死得不明不白吧？"

门"哗啦"一声猛力打开了，一个蓬头垢面、双目红肿的女人瞪着我："我没有什么不明白的！都是你，说什么悠然的死有疑点，我和老公才会去交警那里查监控录像……你一定要让我们亲眼看到自己女儿的脑浆是如何迸出来的，看到她的头是怎样压扁的，才甘心?！"

"可是，您没有发现她当时的情绪……"

那个女人向我吐了一口唾沫："滚！都是因为你，我老公差点心梗，现在还躺在医院里，我们家已经死了一口人了，你还想让我们全家都死光?！"

女人"砰"的合上了门。

门后传来了她撕心裂肺的痛哭声。

我用衣袖擦掉了脸颊上的唾沫。这也许是我应得的。

我慢慢走下楼梯。

对不起。我在心里说。

外面气温已经骤然降低，初秋的第一次降温提前来了。叶子不耐秋寒，已经纷纷坠落，堆积在人行道上，随风辗转。

我从包里翻出了一条薄围巾给自己戴上。爸爸说过，只要保持了脖颈上的温度，即使是衣服少穿点，人也很难被感冒病毒侵袭。

我从不恐惧疾病，但现在不行，我要做的事情还很多。

我顶着秋风跑起来。

这个地方距离我租的小公寓大概有十多站的距离，我打算跑步回去。

身体极限的运动给我自虐的乐趣，在跑步中，脑子会因为身体的痛楚而变得异常灵动清醒。

村上春树也喜欢跑步，日复一日年复一年地跑步，他说，他是为了获得空白而跑步。

而我是为了填补空白而跑。在身体的摇晃和震动中，各种念头在我心胸中层出不穷，风起云涌，我觉得，它们对我生命中的空洞来说，是一种填补。

我跑了四站地，之后，脚步变得踉踉跄跄起来，喉咙像是着了火，下腹抽搐，双腿麻木。

我放缓了脚步，给自己的肺部一点盛放空气的空间，我张大嘴巴呼吸，觉得自己很像是一条缺氧的鱼。

【禾小绿笔记　汤悠然1】

时间:2010 年 10 月 15 日　星期五
内容:对汤悠然的父母的调查和问询

　　距离汤悠然出事已经有两天了,她的父母仍处于极大的痛楚中,尤其是汤悠然的父亲,一直不出声地流泪,缄默无言。

　　我的谈话是跟汤悠然的妈妈——梁燕之间进行的。

　　谈话主要内容(整理自录音笔原声):

　　我:请问,汤悠然出事的前两天,您们有没有发现她有什么异常表现?

　　梁燕:没有,我女儿最近一直特别乖巧,她出事的那天晚上,吃完晚饭,还抢着帮我洗碗来着,洗好碗便去自己房间做功课了,我和她爸爸睡得早……(哭)我们谁都不知道这孩子是什么时候出去的……

　　我:您说汤悠然最近很乖巧?

　　梁燕(有些生气):当然了,我女儿后来去做心理治疗了,她那次控制不住自己的行为,是因为她心理上有病,治好后,我女儿又上进、又乖巧、又懂事!

　　我:您说汤悠然在那次校园暴力后,去做心理治疗了?

　　梁燕:是。

　　我:请问是哪一家心理诊所?

　　梁燕(瞪眼):你到底是谁? 问这个干嘛?

　　我:我已经给您看了我的警察证件,也说明过来意,我是来做汤悠然自杀案的例行调查询问的。

　　梁燕(怀疑地):已经有 110 民警问过我们了,怎么还要问?!

　　我:不好意思,请理解,我们隶属的部门不同,目标任务也不一样。

　　梁燕:哼!

我：请问，汤悠然是在哪一家心理诊所做的治疗？

梁燕：叫"若轻心理诊所"，是一位姓古的医生给她看的。

我：治疗了多久？

梁燕：每周一次，每次一个小时，一共去了四次。

我：她是自己去的，还是您陪同的？

梁燕（很不耐烦）：第一次是我陪她去的，后来都是让她自己去的……你为什么一直问心理治疗的事？我可告诉你，汤悠然出事，跟人家心理医生可没什么关系！你们别找人家茬儿！她的心理治疗，两个月前就结束了！你们警察就爱追究责任，给老实人乱安罪名！

沉默三秒钟。

我：您一直说汤悠然最近乖巧懂事，那她怎么会去自杀？

梁燕（大哭）：我怎么知道？！我们都没有想到……那孩子两个月来都好好的，一定是那些网上骂她的话，刺激到她了……她本来答应我不去上网的……

我：关于汤悠然以前校园暴力视频的帖子都沉了很久了，她除非是特意去翻，否则不会看到那些评论的。

梁燕（抹泪）：你说这些什么意思？我女儿不是自杀，是意外车祸吗？110民警说有录像，是悠然自己主动地……（哭）

我：您们有没有看那个录像？

梁燕：没，我家老汤有心脏病，我怕他受刺激。

我：我建议你们还是看看，那个录像我看了，有些细节，我觉得有疑点，作为最了解她的人，也许你们能看出她的异常。

一直沉默的汤父突然开口：那，到底去什么地方能看到我女儿临死前的录像？

古靖之之章二

"现在,想象一下,你正站在一段楼梯上准备向下走……"

我坐在诊疗床前,身子略微前倾着,对着昨天那个暴躁的妇人。她现在已经进入了中度催眠状态,安详沉静得像个浮在水面上的河马。

她叫田乐梅,是个有着十几处房产,靠巨额房租过优裕生活的"食租"阶层,有钱有闲。

在我的病人中,有很多像她这样生活背景的女人。

男人有了钱便变坏,女人有了钱便生病。

田乐梅没有预约,我不得不牺牲中午休憩和冥想的时间来为她催眠。

我不知道昨天晚上杨晨请田乐梅进办公室聊了些什么。今天早上杨晨告诉我,任由一个嚷嚷着要杀人的女人在街上乱转,如果真有人因此被杀,若轻诊所"医者仁心"的形象也许会受到非议和质疑。

"要记得,我们从来没有做过什么广告和宣传,我们的客人,都是熟人口碑相传互相介绍的——如果有一个例子说明我们见死不救,在这个环环相扣的圈子中,会很快传播开来,对我们影响不好。"

她说这些话的时候，一本正经。

就好像七八年前，她还在学校当讲师的时候，每次上课，哪怕课堂里喧闹声、嬉笑声震天，她也能心如止水有条不紊地坚持上完一堂课。

我是为数不多老实听课的学生，现在当然也是。

只不过那时候我叫她杨老师，现在叫她杨医生。

如果说我是个水晶球式的心理诊疗师，那杨晨便是个算盘式的。

她心头"噼里啪啦"常年打着一把算盘，经济和利益是她考核一切的目标。这不是个缺点，尤其是对我们这个诊所而言，杨晨这一特质的作用不可或缺，她是个精明的管理者，为诊所做着种种趋利避害的明智决策。

至于说本职工作，杨晨不甚在意，她情愿躲在我背后，接受那些等不起长时间预约、退而求其次的访客们。杨晨对这些当自己是"次"的访客们，也不甚用心，一直保持着旁观者的冷静和距离，她是超脱的治疗者。

心理诊疗师有选择自己治疗方式的权利。

我不会因此而轻视她，她也没有对我高看一眼，我们只是合作伙伴，各司其职。

"这个楼梯有九个台阶，我会引导你一个台阶、一个台阶地走下去，每向下一个台阶，你就会进入更深的催眠状态，你的身体会更轻松、更舒展，你的心会更安详、更宁静……"

田乐梅的脸上，呈现出了一丝恍惚的微笑。

"现在向下走第一级台阶，你的身心更放松了……"

"继续向下走第二级台阶，你感觉自己的呼吸深沉和缓……"

"继续向下走第三级台阶，你的呼吸越来越顺畅了，每一次呼吸，都会把一种宁静和悦的感觉吸进来……"

"……"

"继续往下走第八级台阶，你越来越深地进入你的潜意识，进入一种仿佛回到了故乡的心情，充满了安全，充满了宁静……"

"继续往下走到第九级台阶,你已经达到深度放松的催眠状态了,你即将走入地下室……去探索你的心灵深处……"

我停了一下,缓缓问道:"那么,你看到了什么?"

田乐梅的声音机械而微弱:"我……看到了一团白光,从一个大水晶球发出来的白光,明亮、清凉。"

"你感觉怎么样?"

"我觉得很舒服,很喜欢。"

"我给你五分钟时间,你好好享受这种愉悦。"

我尽量让自己坐得距离她远一点。

我是个对气味特别敏感的人。

从田乐梅进来以后,我就一直在努力忍耐她身上浓重的香水味和嘴巴里酸腐的口气。

她很有钱。钱却不能使她比目前的格调更高尚,哪怕一点点。

有一张面孔在我脑海中隐隐浮现,是昨天那个林茵。

她的大帆布包和她手腕上淡绿色的腕带,都是自然、纯正、质朴的,这个自述喜欢排队的女孩,身上有一股青草般的清新气味。

田乐梅微微地哼了一声。

我马上从走神中醒悟过来——作为催眠师,在施术的时候精神不集中是大忌,不仅会影响到施术质量,还会对患者的精神造成损害。

我很少会犯这种错误。

我不关心这个女人受不受损害,实际上,对她这样的人来说,也许精神上受点刺激,可能会让她清醒和理智点。

可我还要评估自己的施术效果,记录治疗过程,我不想对自己的"作品"不满和遗憾。

我快速收敛心神，恢复了催眠师的冷静和专注。

"现在，我会从 1 数到 10，当我数到 10 的时候，你的潜意识会自动引导你回到过去的某一段时光，一个对你来说，有关键影响的事件，也许是很久以前，也许是最近，总之，潜意识会自动引导你……当我数到 10 的时候，无论你看到什么，或者是想到什么，请你如实地把它说出来。说出来后，很多负面的情绪会被释放掉，你就会觉得心如明镜般清亮透彻。"

我慢慢地，从 1 数到了 10。

当我数到了 10 的时候，田乐梅的眼珠在眼皮底下，忽然急速地转动了起来，我知道，她的潜意识，开始为她提供信息了，她的内视在发生作用。

她的面容忽然变得慈爱，声音充满了喜悦："我，看见了一双小袜子，又小又可爱的婴儿的小袜子，我把它洗干净，挂在阳光下晒干，太阳暖暖的，小袜子清香柔软……那是我六个月大的儿子的，他的小脚只有我的手掌大，我总忍不住去亲他的小脚丫，又香又软……我把他的小袜子，跟我的卷在一起，就好像把他的小脚丫放在我的怀抱中……哦，他的小脚丫在我怀里的时候，他会咯咯笑起来，我知道他很舒服，我也是……我跟着迷了似的，一次又一次地，把他的小脚放到我的怀里……"

田乐梅停下来，陶醉地深深地叹了一口气。

慈爱的面容持续了片刻，渐渐变得失落："……小脚丫渐渐长大了，不再伸到我的怀里了……我买很多纯棉质地的袜子给他，每天都给他换干净的、晒过太阳的袜子，他的脚舒服了，我才能舒服……他换下来的袜子，我会忍不住放在我的胸口捂一会儿，有的时候是一整夜……我老公跟我离婚了，我一直很孤单，我只有儿子……他长得越来越高，越来越帅，他穿过的袜子上，渐渐带着一股儿很野很冲的味儿……我的床垫底下，总有双他穿过的脏袜子，是我偷偷放起来的……我知道他不喜欢我这样，我不会让他知道……他毕业了，有工作了……他找了个女朋友。"

她沉默了几分钟，忽然鼻头红了，泪水随即从她的眼眶里流了出来："他再也不属于我了……"

到目前为止，这还是一个母亲的受伤自白，跟常人相比，也许她的恋子情结更严重，更带着畸形的"性"的意味，这个"性"，因为有悖伦理，被她压抑在"袜子"的表象下面。

我忽然明白，田乐梅要杀的人，到底是哪个了。

果然，她的面容在一瞬间变得狰狞起来，牙齿咯咯作响，她双手紧握，指关节都泛白了："那个贱人，她把她的袜子，跟我儿子的袜子放在了一起！还有她的内衣！花花绿绿，骚烘烘，臭乎乎，跟我儿子的袜子，搅合在了一起……不要脸的狐狸精！"

我看看手表，保持沉默，什么也不说，什么也不做，看她的情绪发泄能到什么程度。

"我让儿子甩了她，可他不干，还说要跟她结婚……他变了，那个骚狐狸迷住了他，控制了他，唆使他背叛了我……在他说要跟她结婚的那天，我把那个小贱人放在洗衣机中的内衣和袜子，用剪刀都剪碎了，丢到马桶里，我说她臭……小贱人哭了，假惺惺地要搬走，我儿子竟然对我发火，说我过分，要跟她一起搬走……我气得发晕，犯了高血压，他才作罢……可那个小贱人还是跟他住在一起！"

田乐梅脸上的线条冷酷起来："有一天，那小贱人发现了我床垫底下的袜子，她拿给儿子看，说我变态，说我是迷恋自己的儿子，我儿子很生气……他夺走那双袜子，丢到窗户外面……他现在都不太肯跟我说话。这都是因为那个小贱人，我要杀了她！"

她粗着喉咙："我的儿子不理我，我活不成了，我活不了了，她也别想活下去！"

她张牙舞爪的，仿佛眼前就站着她最恨的人，我不得不开口控制她的情绪，以免她太过激动。

"所以说,你想杀了你未来的儿媳妇?"

田乐梅激动地说:"她不是我儿媳妇,是个狐狸精,是贱人,是毁坏我和儿子感情的凶手!"

"那么,你打算怎么杀了她?"

"我买了毒鼠强,想下在她平时用的水杯中,可我儿子有的时候会用她的水杯,我不能让儿子冒险……我买了硫酸,想在她出门的时候跟踪她,然后再泼她脸上,可她晚上从来不出门,白天上下班,又都开车子……我还准备了榔头和绳子,打算敲死她,或者勒死她,我还没有找到机会,我要等儿子出差……"

她说得咬牙切齿。

我打断她,语调是一贯的和缓清晰:"我现在要你想象一下:如果你真的杀了她,会有什么样的结果?"

我很清楚,心理师对心理扭曲的病患,应该怀着宽容、客观、中立的态度,可我看着田乐梅那种扭曲的、残酷的脸庞,心底不可抑制地弥漫着深深的厌恶。这个世界,就是因为充斥着这样冷酷、自私、变态的灵魂,才会变得污浊不堪,灰暗阴郁。

每个人的背后,都有一个魔鬼。

我非常赞同这句话。

人和人的不同在于,有的人,能控制好自己的魔鬼,而有的人,却被这个魔鬼所控制着。

对我而言,制服这个魔鬼,是我的天职。

田乐梅的表情空洞了几秒钟,随即抿嘴而乐:"我儿子和我,又能跟以前一样了,我给他洗袜子……"

"我再要你想象一下,如果你儿子,知道了是你杀了他的未婚妻,他会怎么样?"

田乐梅瑟缩了一下,随即又露出了狡猾的神情:"我趁他不在家的时候干,他不会知道的。"

"人命案子,警察很快会找到你的。"

我毫不留情地指出。

田乐梅凝神想了一下,迟疑着说:"我给他们钱,许多许多钱,只要有钱,什么事都能办……"

"如果办不成呢?"

她露出了惧怕和沮丧的神情:"我……我会被枪毙。"

"你会被关在监牢里,再也没有美味的食物,舒服的床铺,精美的衣服,你会穿着囚衣,站在被告席上,听着法官宣判你的死刑。在经过一段煎熬的日子后,你会被押送刑场,在那里,会有一颗冰冷的子弹穿过你的颅骨,结束你的生命……哦,还有,你的儿子,将永远背着自己母亲是杀人犯的耻辱标签。"

我冷冷地说着,仿佛看到这段话会镌刻在她的心里,成为醒目的碑文,也许她醒过来以后,会忘记自己说了些什么,但是她会永远记得这些话——在她准备杀人之前,我希望能抓住她心里的魔鬼。

果然,田乐梅的表情变得沉痛和懊悔,她痛苦地缩成了一团,泪水从她的眼角渐渐渗出,在她涂了过多脂粉的脸上,留下了两道泪痕。

我静静地让她这种绝望的情绪弥漫了几分钟,又缓缓地、低沉地说:"你不会那么做的,你不会杀了那个女孩。因为你仍然知道这个想法是错的、危险的,会给你的生活带来毁灭性打击——所以,你才会来找心理医生,寻求帮助,希望心理师能够帮你解除这个危机。"

田乐梅的脸上,出现了两种情绪交战的混乱情况,她一会儿痛苦地拧紧了眉,一会儿又凶恶地紧抿了嘴唇:"我……我不知道,我不想咽下这口气,可又害怕……我不想被子弹炸烂脑袋……"

我加强语气中的强硬力度:"怕,就对了。伤害她不能让你儿子回到你的身边,只会使他距离你越来越远,直到成为你的仇人。为了不把他推得更远,你要试着降低对那个女孩的嫌恶和仇恨。最起码,要跟她保持一定的距离,让自己保持冷静和理智。"

催眠中的田乐梅有些不甘心，但还是点了点头。

我看看表，时间也差不多到了，是结束催眠的时机了。

"好，现在我们结束这次催眠治疗，你刚刚所感受到的对犯罪的恐惧和懊悔，会在你每一次杀人冲动前自动出现在你的脑子里，阻止你将冲动化为行动，你会安全、冷静地度过这一周，直到下一次催眠治疗。"

我站起身，对她下达最后的指令："下次你再次进行催眠的时候，你会跟这次一样，很容易就进入了深度催眠状态，会对自己的潜意识进行反省和自查，并会获得很大的启发，帮助你恢复正常的、理性的心理反应。现在，我从1数到10，当我数出10这个数字，你会醒过来，会感到很舒服，会精神焕发，心情平静。"

田乐梅睁开眼，懵懂了几秒钟，随即不好意思地擦了一下嘴角流出的口水："古医生，我睡了很久吧？"

她第一件事就是打开小拎包，翻出一个化妆镜，照照自己，发出一声惊呼："哟，我的妆花了。"

她坐在诊疗床上，拿出粉扑，开始扑脸。

我返回自己诊疗桌后坐下，打开一个标着"诊疗记录"的文件夹，找到了"田乐梅"的标签，在空白处开始记录。

"不到一个小时。你感觉怎么样？"

"嗯，很好，我像是睡了很久，好久没睡得那么好了……"

田乐梅起身，她的气色，看上去果然改善了很多。

"古医生，您真是医术高明，我来之前，脖子上还像勒了个绳子，气都喘不过来，现在心气都顺畅多了。"

田乐梅崇拜地看着我，像是在看上帝。

我搁下笔："刚才的催眠过程，你还记得吗？"

田乐梅坐在我对面的扶手椅上，扶手椅的软垫"咯吱"作响。

"记得一点……"

她将双手交叉，放在自己凸出的小腹上，露出一点赧然的意思。

"心理诊疗师的责任是疏导和解决你的心理问题，是站在患者的立场上，对世俗道德不做评判。还有，你在这里做治疗的一切过程，我们都是严格保密的。"我用公事公办的口吻说。

田乐梅忙不迭地点头："我知道，我知道，您是这方面的大师，医术和医德都是有口皆碑的。"

她的眼神，带着一种崇拜的狂热，我相信，现在只要是从我嘴巴里说出来的话，哪怕是让她在街上脱光了衣服裸奔，她都会无条件地接受和执行。

受术者把心底的伤疤和隐私都敞开给治疗者，会让他们产生一种强大的依赖性，觉得自己好像是把心都献给了催眠师，甚至会有移情倾向。

这经常会发生在我的受术者中。

他们把我看成是上帝，以为经过我的手，他们便能抹掉一切的阴暗和痼疾，成为纯洁而仁慈的天使。

我忽然想到了汤悠然，她在第一次治疗后，哭着拉着我的袖子，还试图把脸埋在我的胸腔上。

我一把推开了她。

当时她的眼神，也跟眼前的这个田乐梅一样炙热。

我只感到厌烦和嫌恶。她以为我是谁，那些跟她在视频录像中为自己的暴虐行径一起拍手欢笑的无知浅薄的少年?!

我把自己想象成一个拿着高压水龙头的消防员，用高强度的水流冲压那些人性中邪恶的、猛烈的心魔之火。我与这些邪恶的火焰作着搏斗，对它充满了憎恶和恼怒。

我把背靠在椅背上，距离田乐梅远了一点。我想，下次催眠中，一定要记得先排除掉她这种炙热的感恩和过度依赖的态度。

田乐梅刚走，杨晨就推开了我的办公室门。

"田乐梅走的时候好像心情不错。"

她一手握着盛着热可可的杯子,一手揣在淡灰色小西装的上衣口袋中,气定神闲。

我摇摇头,"只是暂时的。"

田乐梅心里的魔鬼还没有被抓住,她就像一颗定时炸弹,也许有一天,会像汤悠然一样,轰然引爆,完全不给我反应的时间……

不是这样。

不,我决不允许第二个汤悠然出现。

我把诊疗记录,翻到了有"田乐梅"标签的那一页。

"我相信你,她很快就会恢复正常。"她轻描淡写地说着。

我不知道其他心理医生是如何评判"正常"二字的,在我眼里,没有人是正常的。

所以我只是淡淡地扯动嘴角,努力回报给她一个微笑。

"我下午有点事,等一下就回去了。"

杨晨打了个哈欠,摇摇头:"天天这么累,都不知道为的是什么。"

"为了你在法国上私立高中的女儿。"我松了一口气,一边看刚刚写下的诊疗记录一边说。

杨晨喝了一口可可,叹口气:"法国人真可恶,私立中学的学费那么高,家底都被掏空了。"

"那是你们自找的,一定要去法国上贵族学校。"

只要不涉及专业问题,我跟她说话还是比较轻松的。

杨晨的女儿十五岁,一年前去的法国。我一直觉得杨晨夫妇在女儿的教育问题上很夸张。

杨晨耸耸肩:"你没有孩子,你不会知道做父母的人的心情,国内的教育环境太可怕了。"

这个问题我没有发言权,暂时也不打算争取。

她看看表,"我等下要去医学院,你的药还有吗? 我见了元沛,帮你拿一点。"

　　她提醒了我，我拉开抽屉，拿出药盒，检查了一下，苦笑道，"还剩一颗。"

　　我的心情一下变得沉重起来。

　　像之前无数次她帮我处理生活琐事一样，她不喜欢居功自傲，也不会顺带贬低我，更不会露出宠溺的笑，仿佛她做的一切都是理所当然，不求回报的。

　　"嗯，那我走了。"她轻飘飘地说。

　　"等等。"

　　我看着她的背影走到门口，才开口喊住她，"你如果见到沙教授，帮我问问，下周三我们约好的，我看他最近好像很忙，不知道有没有变化。"

　　杨晨爽快地答应了，"没问题。"

　　她关上门的时候，我也松了口气。

　　杨晨家距离医学院很远，她专门去那里，只能是为了见沙教授。

　　想到这里，我把目光移向了搁物架上的一张照片。

　　那是一张我跟沙扬的合影，拍摄于四年前，我刚刚研究生毕业的那年。

　　沙扬那个时候，已经是个谢了顶的矮胖子，他对着镜头，高兴地咧着大嘴，大脑门晶晶亮的，那是因刚刚的一阵疾跑而渗出的一层汗珠。照片上的他穿着白大褂，脚下一双轻便的软底鞋，如果他再戴个眼镜，活脱脱就是《名侦探柯南》里的阿笠博士的形象。

　　我还记得沙教授一边气喘吁吁地埋怨我："没良心的兔崽子，教导了你三年，不知道毕业合影的时候等我一下么?!"一边对着镜头，垫着脚尖搂着我的臂膀，咧开了大嘴，露出一个宽厚迷人的长辈笑容。

　　我望着那个笑容，心里涌起了一种尊敬、爱戴、悲伤交杂的情愫。

　　沙扬是爸爸的好朋友。

　　自从我失去父亲，沙扬之于我就是宽厚而包容的父亲的角色。

我们差不多半个月见一次面，在我开始行医之后。

定时去沙教授那里做一下心理按摩和灵魂净化，我的精神和战斗状态很快就可以恢复。

我把自己想象成一个白色光亮的水晶球，这个水晶球因为吸纳了过多扭曲心灵的乌烟瘴气而逐渐变得晦暗不清。而沙扬督导的作用，就是澄清、净化这个水晶球的污浊，让它恢复光亮和澄明，充满能量。

在这个意义上，沙扬是我的能量之泉，是我的神明。

我只是不知道，杨晨也有定期找沙扬督导的习惯。

做了两年的同事，我不知道的事还是太多了……

禾小绿之章二

田林中学是一所普通的公立高中。下午五点是学校的放学时间。

我在学校大门口外的一棵大樟树下等了大概十多分钟，便见那扇大铁门缓缓开启，放学的学生们鱼贯而出。他们都穿着宽松式的校服，背着黑色或深蓝色的双肩书包，头发理得短短的，步子拖沓，神情冷漠木然，面目看上去都差不多。

在这些同质性非常高的人群中寻找目标，难度相当高，所以，我把双手合拢在嘴巴边，对着他们喊："张雨辰！张雨辰！"

这些少男少女都扭过头来看我，没有人笑，也没有人说话，像是一群沉默而呆板的鱼。

气氛有点奇怪。不知是因为我这个陌生人的缘故，还是我喊出的这个名字的缘故。

一个瘦高个子的男生越过了他前面的几拨人，走到我面前，拧着眉毛："你是谁？"

是他。我在网上看过他的照片。

他是个英俊的男孩，气质冷峻。

"我想跟你谈谈，关于汤悠然的事。"

"你是记者？"

男孩子已经摆出了拒绝的姿态。

我亮了一下证件："不，是警察。"

我想他看不出临时证件和正式证件的区别。

男孩子歪了一下头，把单肩背的书包拎下来，放在自己的脚面上，有些茫然："警察？"

"警察为什么会调查汤悠然的自杀案？"

叫张雨辰的男孩，反客为主，首先发问。

我们正坐在学校附近的一家奶茶店里，一人要了一杯原味奶茶。

这是那种廉价的小店，吵吵嚷嚷，挤满了刚放学后，急着花零花钱的学生们。这不是一个谈话的好地方。

"嗯，这个现在还不方便透漏。"我面无表情。

对这种自以为很贱的小屁孩儿，我知道只有比他更贱，才能获得他足够的重视和尊重。

"是她的死有疑点吗？"

"你觉得有吗？"我反问。

张雨辰揉揉下巴，目光在小店里游移不定："我……我只是觉得她不是会自杀的人……不过，这事，谁也说不清……"

这个十七岁的孩子的话充满沧桑的语气。

"张雨辰，你是汤悠然的男朋友吧？"我厌烦了跟他兜圈子，直接问。

"你怎么知道的？"他那双狭长的眼睛里，闪烁着戒备的光芒。

"我见过了康晓晓。"

我瞥见了他右手小指上，戴着一个银色的细雕花戒指，他的手指白皙修长，这个戒指戴上去，很有文艺气质。

现在，这个有文艺气质的小指头猛地抖了一下："哦，是她……她转学了。"

小指头不见了，被主人握进了拳头中。而主人的眼光有些慌乱地投向了窗外，盯着人行道上的一堆落叶。

康晓晓就是在视频中被汤悠然暴打和侮辱的那个女孩子，事情发生后，她转了学。

我毫不放松，盯着少年的侧脸："她说，她跟汤悠然的纷争，是因为你的原因。"

张雨辰没有否认，他看着落叶沉默了一会儿，低声开口了："我收到了康晓晓的一封情书，被汤悠然看到了，她很生气，便带着几个人打了她。康晓晓是我们班的学习委员，成绩很好，跟老师的关系也好，喜欢出风头，汤悠然早有点看她不顺眼……"

张雨辰把目光转回来，看着自己的手指，无力地为小女友辩护："汤悠然就是这个脾气，她是个容易冲动的人……她那次实在是太生气了，才做了那件事……"

"你跟汤悠然恋爱多久了？"

"很久了。"

张雨辰含混地说，他停了一下，又说："她出事前，我们已经分手了。"

"你在学校是优等生吧？"

"我只是善于考试。"

张雨辰下意识地转着自己小指上的戒指。

"你还是学校篮球队的明星——一定有很多女孩子喜欢你的。"

我也有自己的高中时代，我知道高中女生有多迷恋那些篮球王子。

张雨辰有点不明所以地看着我。

"我想问的是，有那么多女孩子喜欢你，而你为什么却会喜欢劣等生汤悠然？"

张雨辰脸有点红，不是因为害羞，而是愤怒，我不明白他为什么会突然生气了："我从七岁第一次见她就喜欢她。我们小学同校不同班。我第一次见她的时候，她正在学校门口跟两个男生打架，她被打倒在地上，发狂了，捡起一块大砖头砸破了一个男孩的头。她打架的样子，很野，很帅，很决然，我喜欢。"

张雨辰语速很快地说着，眼睛慢慢地涌上了一层水雾。

我想，在汤悠然辱人视频流传后，他肯定对负责调查事件真相的师长和汤悠然本人都做过这番表白——说起来掷地有声。

我不怀疑这个男孩喜欢他的女孩的理由，至尊宝都能爱上白骨精，篮球王子为什么不能爱打架女王?! 我只关心一件事："那么，你为什么又会跟汤悠然分手呢？是因为她打了康晓晓？"

张雨辰紧紧抿了嘴巴，他更加生气了："汤悠然那次闯祸，是因为我的原因，我认识她十年了，知道她是什么样的女孩，怎么会为这个跟她分手?! 我是那么没义气的人吗?! "

"哦，那是为什么？"我吸了一口奶茶。

张雨辰颓然低下了头，过了很久才说："我们分手，是在这件事之后的一个月……她休学了一个月后回来，整个人都变了。"

"她差点被关到少管所，当然会变得收敛多了。"我不动声色地看着他。

"不是那种变，而是，整个儿变成了另外一个人……哦，另外一个康晓晓。"

"怎么说？"

我做出迷茫的样子，心里却是猛地一抽。

"她用心读书，爱向老师提问题，帮老师擦黑板，倒茶水，笑不露齿，一举一动都很端庄，哦，她还喜欢做一些扶老奶奶过马路，送迷路的小孩子回家的好人好事。"

张雨辰用讥讽的口吻说，语气却带着几分苦涩。

"因为她变成了一个好女孩，所以，你就跟她分手了？"

张雨辰撸了一下短发，苦恼地说："实际上，是她跟我分手的……她回来后，根本就不睬我了，我给她写的约她见面的小纸条，她竟然交给了老师……"

"还有……"他从脖子里拉出了一个黑色的皮绳项链，下面的吊坠是个小小的指环，跟他小指上的银色戒指一个式样："她把这个丢还给我，这是我在她十四岁生日的时候送给她的……她说会戴一辈子的。"

看得出来，他直到现在，还是很受伤。

"我们从小一起长大的，没人比我更了解她——她最看不起的就是马屁精和叛徒了，所以才会讨厌康晓晓……我真想不明白……"

少年用手背很快地抹了一下眼角。

"你刚才说，她是不会自杀的人，她的改变那么多，你还有这个把握了解她吗？"我想了一下，问他。

"哦，当然，她出事的那天，我放学后跟着她回家，在一条巷子截住她了……我就是想问问，她对我，到底是怎么想的……"

张雨辰苦笑了一下："她说，她要做个对社会、对国家有贡献的人，她说她要用心读书，不会浪费时间在这些无聊的儿女情长上……她说得铿锵有力，讲话的样子，很像我们的教导主任……那样的，对未来充满决心和希望的汤悠然，怎么会在几个小时后，跑去自杀呢？"

我把喝完的奶茶杯捏扁："媒体上说，大概是因为那件事带给她的舆论压力，还有她的负疚心理的折磨……"

张雨辰激动地说："那些都是放屁！那段时间，每个人都在为她的转变夸赞她，教导主任都多次在大会上表扬她，说她浪子回头金不换什么的，她十年来加起来，都没有这两个月受到的赞美多！报纸上和网络上也有说乱七八糟话的，可她忙着'奋发向上'，才不会理会那些东西。"

"这样啊……所以，你不相信她会自杀？"

"我相信不相信有什么用，她的确是自杀了……"

少年说完，把没喝完的奶茶杯以投篮的标准姿势扔到了房间另一角的垃圾篓里，"咣当"一声响，他冷冷地说："她死了，这就是事实。"

天气半阴半雨，天空不时飘落几滴冻雨。今天的温度跟昨天相比，降了至少有七度，路上的行人都穿起了风衣和羊毛衫。

我裹紧了夹克衫，双手揣在上衣口袋中，加快了脚步。

我正在赶回警局的路上。

我本来是为出去开会的聂队送一份他忘记带的文件材料的，东西给他后，我在回来的路上开了小差，跑去田林中学了。

刚刚同事郑朗打电话给我，偷偷告诉我，聂队已经回去了："开会的人已经回来了，送会议材料的人还没到，让他发现了，你有的写检查了。"

我最不喜欢写检查。

我走得太快，一路上碰了很多人的伞，其中有几个人心情碰巧不好，对我斥骂了几句。

有个一身白领打扮的年轻男人，在我碰到了他的名牌手拎包后，对我中气十足地骂了一句："赶去投胎啊！死三八！"

用"三八"来骂女人，是这个城市洋买办的专用词汇。

我装作没听见。

"有爹娘生，没爹娘教！"他兀自愤愤不平，用手指头轻弹着手拎包上的雨滴。

我走回去，双手仍然搁在口袋中："你说什么?!"

他的眼睛从手拎包移到我脸上，歪着眉毛："我说你，有爹娘生……"

我一拳打在他的嘴巴上，啪！我的指关节有些发麻，这一拳的力道很大。

他猛地后退了两步，倚靠在人行道一棵树干上，血从他的嘴巴和鼻子中汩汩流出。几个附近的行人发出了惊呼声。

这个男人慌忙拿开了手拎包，以防自己的血溅脏了它。我猜他是拿三个月的薪水买的这个包。

他手忙脚乱地从口袋中掏出一方白手绢，捂在自己的嘴巴上，然后，惊恐地看着我。

对于不还手的交战目标，我向来没有兴趣。

我冷冷地看了他一眼，转身走人。

爱动手不是个好习惯，尤其是对警察来说。

我猜我这个警察，命运不外是做检查和停职反省，直至开除公务。

我反省了一下。

我得收敛一点，至少得等我办妥了我的事。

我正好赶在聂队找我的时候走进了办公室。

"禾小绿，正找你呢——去泡几杯咖啡来，我们要开个碰头会。"

"好。"

我把围巾解下来，想象着将它抽到聂队的脸上，会是怎样一副境况。

郑朗在一边对着我吐了吐舌头，挤挤眼睛。

他也是个实习警察，不过，跟我相比，他在警队的风评可好多了，大家都认为他是个谦虚谨慎、上进而热情的年轻人。他就像是春日阳光下，尽情舒展自己枝条的愉悦的小树。

而我，是阴暗处的青苔。

乔安南把他"花开富贵"图案的骨瓷杯放在我的托盘上，笑咪咪地嘱咐："小绿，我不喝咖啡，我喝茶，帮我泡点我平时喝的碧螺春。哦，要用我自己的杯子，不用纸杯，纸杯喝热茶，对身体不好。"

茶罐里只剩下了一撮茶叶末，我都丢进那个"花开富贵"的杯子里。

我趴在地板上查看了一下茶柜底部，很可惜，一只蟑螂也没有。如果能碰巧抓到一只，我很想用它来涮一下众人的咖啡和热茶。

我端着托盘去了会议室，在每个人的面前放下咖啡杯和茶杯。

没人对我说一声"谢谢"或者是"麻烦了"。

我还没有资格参加他们的"碰头会"，连郑朗的角色，也还只是会议记录员。

在机关，靠入职年限来论资排辈，是一项最基准的人际关系模式。

我拎着托盘退场。

我最后一次见何冰冰，她也正拎着一个托盘，从一间房间退出来。

在她去若轻诊所就诊后的第二个星期，她便从健身俱乐部辞职了。

她的新工作很令人吃惊。她去了一家老年公寓做服务员。

她拎着一只漆花托盘，从一间房间退出来，姿势优雅地将门关上，转脸看到了我，笑了："嘿，小绿！"

她看上去有些消瘦，但依然很美丽："你怎么来了？"

"我找了你很久。"我摒住呼吸说。

老人公寓中，气味混浊，腐臭的体味儿和化学芳香剂的气味混在一起，让人头疼。

真是很难相信一向有洁癖的生活讲究的她，会在这样的地方，笑得这样灿烂。

何冰冰带我来到了老年公寓的小花园里："我不能跟你聊太久，我还有很多工作。"

她抬起手腕看看表。

"何冰冰，你不是从来不戴表吗？"

她歪着头，很可爱地笑了一下："这里有很多老人要吃药，每个人的吃药时间都不一样，我得把握好啊。"她看上去非常热爱自己的工作。

上午煦暖的太阳照在我们的身上，彼时正是暖春，花园里开了很多的蔷薇花，花香四溢，有很多蜜蜂嗡嗡地飞来飞去。

一位老人凑近了一朵花儿，饶有兴致地观察蜜蜂的采花粉活动。

何冰冰去拍了一下他的肩膀："黄伯伯，你只可以看，但不可以动手哦，小心蜜蜂蜇人。"

老人对着她傻笑了一下。

她掏出一方手帕，给老人擦了一下流下的口水。

这是个老年痴呆症的患者。

她把沾着老人口水的手帕叠好，放回自己的口袋中。

我想起来她在化妆室里丢掉自己一条昂贵的蕾丝花边胸衣的情景，只因为保洁员擦更衣柜的时候，不小心碰触了一下。

"真恶心！"她当时嘟嘟囔囔地。

我又想起了她当众对着她的某任男友大发雷霆的情景，那是他忘记了中午之前不许给她打电话的禁令，吵到了她的好梦。

她从来不会在中午前起床，因为这个，她的韵律操课都是排在晚上的。

眼前的这个在明媚的春光中，对着痴呆老人展颜微笑的女子，还是何冰冰吗？

"何冰冰，你还去心理诊所吗？"

"不去了，我已经结束了我的诊疗疗程了。"

"你觉得怎么样？"

"什么怎么样？"

"我的意思是，你看上去很不一样了，嗯，变化很大。"

何冰冰又可爱地笑了一下："是啊，真谢谢你的建议，我也觉得自己跟以前不一样了，现在的我，开心多了。"

"开心？"

她看上去的确很开心……这是心理诊所的功劳？

我沉默了一会儿，又问她："你工作换了，为什么连房子也要卖掉？"

"我这份工作包吃住，不需要房子。"

她不在意地说。

"戴维也在找你。"戴维是何冰冰离职前在俱乐部交到的最末一任的男友，是个美国人。

何冰冰露出一副嫌恶的表情："那个毛猴子，我没什么好跟他说的。"

"你不是认真考虑过跟他结婚的事吗？你说你可以出国定居，离开这个城市。"

何冰冰诧异地扬了一下眉毛："我什么要离开自己的国家和城市？我喜欢这里，我属于这里。"

"哦……可是……"

何冰冰抬起手腕来看看表："小绿，我很高兴你来看我，可是，我真的很忙，一会儿要给两个瘫痪老人擦身体了。"

何冰冰把"瘫痪"和"老人擦身"这些字眼，说得像唱歌般轻松好听，就像以前她提到逛街和购物。

她急不可待地离去，一边走，一边对着我摆手："小绿，再见，有机会我去看你。"

她给我一个匆忙的、敷衍的微笑。

她再也没有找到机会。

那是我见她的最后一面，那次见面的两个月后，她被人发现在市郊公园的人工湖中溺水身亡。

"禾小绿！"

我被一声暴喝吓了一跳，是聂宇。

我从回忆中醒转来，手里还抱着那只托盘，我有些茫然地望着他。

"禾小绿，刚才局长打电话给我了，说关于你的投诉电话，都打到他的局长专线上去了！"

聂宇对着我眉头皱得几乎能拧下水来。

我的心沉了沉，我能猜出是谁打的投诉电话。

果然，聂宇拍着我身边的一张桌子："你吃饱了没事去骚扰人家自杀者家属干嘛?! 说人家女儿的死有疑点，还说是警方派你去做调查！弄得人家鬼哭狼嚎的！局长问我为什么会给实习警察派这个任务，你让我怎么回答?！"

是汤悠然的妈妈，她威胁过要投诉我。我苦笑，她果然是个言出必行的人。

我把托盘放下："我去跟局长解释一下，这是我的个人行为……"

聂队怒目:"你要解释? 解释什么? 说我对新人的教育不够,由着你乱来吗?!"

我无言以对。

聂宇看看表:"你现在马上去一趟姓汤的那家,给人家登门道歉,不管人家怎么说,一定要好好赔个不是。"

赔不是? 我不觉得这是个好主意。

这只是多了一个让汤悠然的妈妈对着我吐口水的机会,不会对她怒火的平息有任何的好处。

但聂队很着急,他几乎是揪着我的衣服领子,把我这个害群之马推出门去。

这件事导致的直接后果是——我走得太急,手机忘到了办公桌上。

汤家夫妇都不在家,说是送女儿的骨灰去乡下安葬了。

原来今天是汤悠然下葬的日子……

在这样一个特殊的日子,汤悠然的妈妈竟然还记得要投诉我,真是让我不能理解。

难道她就那么恨我吗? 我想不明白。

我对着为这对不幸夫妇守门看家的亲戚表达了歉意,对方很厚道地表示一定转达,这算是完成了聂队的工作任务。

我离开之前,给汤悠然的遗照上了一炷香。

汤悠然的这张照片很好看,眉目清纯,笑容纯净,有几分像张柏芝刚出道时的味道。

她一直是个很漂亮的小姑娘。如果她能平安长大,说不定也会成为一个个性张扬、气质卓然的明星,在大小屏幕上,展现她的迷人微笑。

真可惜,现在她只剩一张黑白照片了。

我回到家,第一件事是去洗澡,汤悠然的笑容似乎从我离开汤家后,就如影随形地跟着我,我打扰了亡者的安眠,这是她对我的惩罚吧?

希望水的澄澈和干净,能洗涤掉亡者的气息……

我一直有点迷信。

爱因斯坦都相信上帝的存在,警察为什么不能相信有鬼呢?

我在擦湿头发的时候,听到了门铃响。

我在这个城市没有亲人,没有朋友,没有熟人——从来不会有人不请自来。

我随手拎起一根钢管,凑近了猫眼。

门外是对着猫眼露出天真笑容的乔安南。

我揉揉头发,是了,我的社会关系上,还有一类人:同事。

我把门打开,挤出一丝笑:"是您啊。"

乔安南举起了我的手机:"你手机忘办公桌上了。"

"谢谢你。"我接过了手机。

我没请他进屋。

他侧着头,忽然暧昧地对着我一笑:"你男朋友在啊?"

"我没男朋友。"

乔安南眨眨眼睛,故作心照不宣地压低声音:"嗯,嗯,没有,没有——我什么都没看见。"

我将钢管丢下,让开了身子:"您请进吧。"

如果不让这个好事而八婆的男人看一眼,谁知道会有什么样的流言在同事中传播?! 在目前阶段,同事的容纳和支持,对我还是很重要的。

乔安南看了一眼门后的钢管,关心地:"你这里治安不好?还是你有仇人?"

我耸耸肩:"没有,刚才我在打扫房间,正收拾这些东西……"

乔安南瞥了一眼我湿漉漉的头发和我肩膀上搭的毛巾。

他站在我小客厅的中央,四周打量:"嗯,你的房间,是该好好收拾下了。"

我这才意识到我的房间有点乱——书本、碟片、杂志、方便食品占满了这个空间的每一个平面。沙发就像个鸟窝,上面横七竖八丢着毛毯和衣服,沙发扶手上还有一包开了封的薯片和半只香蕉。地板上扔着哑铃、跳绳、拉力器、仰卧起坐器、两根钢管和一个双节棍,对面墙脚下还有个看起来很有分量的杠铃。

看着这些,他应该相信我没有男朋友了吧!

也许有男人不介意我栖身的这个凌乱的狗窝,可很难对这些钢管和双节棍所带来的暴力联想不介意。

"你喜欢健身,唔,还有武术?"他躲躲闪闪地看了我一眼。

"业余爱好。"

我想,我在乔安南眼中的形象,已经蜕化成了一个女金刚。

乔安南深深吸了一口气,然后,堆起笑来问我:"你养花吗?"

"我养了一些草。"

他饶有兴致:"我可以看看吗?"

我没有理由拒绝。所以他去了我的阳台。

如果他要借机察看我晾晒的衣服中有没有男人的袜子和内裤什么的,肯定要大失所望了。

他再次回到客厅的时候,我把沙发上的毯子、衣服抱起来,堆在另一头,清理出一处空间:"请坐。"

他小心翼翼地坐下。

我把手放在腰背上:"不好意思,我这里没有茶水。"

"没关系,白水也行。"

他依然笑咪咪的。

我想这个男人,永远不知道什么是客气的敷衍和不耐烦的脸色。

我没有一次性的纸杯,我从杂物柜里翻了很久,拿出了一只像是漱口杯似的马克杯。

我倒了水,回到客厅里,发现乔安南眼睛跟探照灯似的,正在拿着我的护腕端详。

我的脸色肯定很难看，乔安南讪笑两声："你还打球吗？"

我放下水杯，把那只护腕拿起来，丢到茶几下面的抽屉里："哦，我有的时候，会在小区的健身球馆打一会儿篮球。"

"你的护腕上面还有钢针没有拿下来……"

"它上次扯坏了，我没有来得及缝完。"我板着脸说。

"哦。"

他总算识相，在我翻脸之前，不再盘问下去了。

他坐下来，亲切地一笑："你今天道歉的事顺利吗？"

我敷衍地点点头："还算行。"

乔安南同情地说："哦，很少有人会对警察这么凶悍，啧啧，你真不够走运。不过，我有点奇怪，你为什么那么关心汤悠然的自杀案？我看你一直在网上看有关汤悠然的帖子。"

"嗯……"

我咬了下下唇。

"你怀疑她是被谋杀的？"

我没想到他会问我这个问题，一时不知道该怎么说，沉默了一会儿："情形比单纯的谋杀可能更复杂点。"

乔安南并没有问下去，也许觉得都是一个想象力丰富的警界新人在没事找事。他可不想沾包，只是随口说点客套话："嗯，如果你有什么需要帮忙的，尽管来找我，我在这个圈子里人脉比你熟一点儿，也许能帮得上你。"

"谢谢了。"我不太热情。

乔安南拍拍手，站起来："那我走了——我还要去买烤鸡呢，那家店的网评一直不错——今天周末，我得早点去。"

"您喝点水再走吧。"

他又看了一眼马克杯，很忍耐的表情，弹弹衣角："不用了，我赶时间。"

他绕过我的书桌，看到堆得满满的书本，停下来，略一打量，脸现惊讶："啊，你的涉猎范围，还真是广泛。"

那是一堆《降头怪谈》、《非洲巫医》、《人类巫术史》、《心灵之死》、《心灵遥感之谜》、《图解中国妖怪大全》、《符咒》……

我抱着双臂，尽力做出不在意的样子："那都是我上大学时候，一时对神秘学感兴趣，收集了这些书，这两天收拾东西，翻出来，还没来得及收起来呢。"

乔安南打开了一本《人类巫术史》，在页眉页脚的空白地带，我记了许多密密麻麻的小字，是读书心得。

"你大学读书可真认真。"

他意味深长地说。

他研究了一段我写的读书笔记，看着我一笑："我跟你这么大的时候，也对神秘主义很感兴趣，看了很多书，比如卫斯理的《蓝血人》和《透明光》。"

他是在跟我说笑话吗？

一点儿也不好笑。

他拿起了我的一本书。

"问你借本书看看成不成？下周还你。"

是一本《图解中国妖怪大全》。

【禾小绿笔记　何冰冰 1】

时间:2010 年 4 月 3 日　星期六

内容:何冰冰第一次心理治疗后的讲述

　　何冰冰在若轻诊所预约了一个月后,终于正式成为古靖之的访客,她安排的问诊时间是周五的下午四点。

　　我跟何冰冰的谈话记录(整理自录音笔原声):

　　我:你昨天去心理诊所了吗?

　　何冰冰(兴奋地):当然去了,我可是等了一个月呢! 哎呀,你不知道那个古医生有多帅,多有型! 比我现在的那个美国鬼子强太多了!

　　我:哦,很帅吗?

　　何冰冰:嗯,像个偶像明星! 我想,他这么受欢迎,七成原因是他的英俊长相——本来让我等了一个多月,我去的时候还有点不乐意呢,呵呵,见了他,就心花朵朵开了……

　　我:他是怎么给你治疗的?

　　何冰冰:可浪漫啦! 小绿,你也该去试试! 像是谈恋爱……呵呵。他先跟我交谈了两句,然后就让我躺在了诊疗床,那个床真舒服,睡下去,人的骨头都软了……还有啊,那张床上面的天花板,竟然是一片星空哎! 像真的一样,躺在星空下,身边有那么帅的男人跟你窃窃私语,你说浪漫不浪漫……(她手抚着自己的脸颊,吃吃笑了起来)。

　　我:他催眠了你?

　　何冰冰:是啊,是啊,非常舒服。

　　我:催眠的时候,你记得发生的事情吗?

　　何冰冰(咯咯笑,脸红):记得啊,古医生说第一次是浅度催眠,所以过程都能记得。

我等着她向下说，她却又是拉拉发梢，又是端详手指，又是扭扭脖颈，好一会儿才悄悄笑了。

何冰冰：哎，催眠的时候我哭了，哭得稀里哗啦的，还拿他的衣摆当擦泪手帕呢。他的身上，有淡淡的松木味香水的味道……

我：你为什么哭？

何冰冰（收敛了笑意，低下头）：我记起了小时候的一个老师，你知道琼瑶写的《窗外》吗？我的故事跟她的差不多。只是当时我才十二岁，跟我恋爱的老师三十多，所以，事情被人发现后，大家都说他是耍流氓，说我是被欺负了，老师当时就被开除了，我也转了学……这事我谁都没说过，没想到被古医生一挖掘，就挖出来了。他觉得，这个往事对我的打击，是我目前症状的根源所在。

我：他说你确实有心理障碍吗？

何冰冰（严肃地点头）：是，他说我有自虐的倾向，这种自虐心理，是通过我对感情的游戏态度，还有自我轻贱的定位表现出来的。就是说，我是为了虐待自己，才会把自己硬安排在一个"贱人"的角色上。我觉得他真是一语中的！

何冰冰带着无限崇敬的神情。

我：他说还要治疗几次？

何冰冰（略带遗憾）：三次，都是每周五的下午。算起来，一个月就结束了呢。

我：下次就是中度催眠了吧？

何冰冰（有些愕然）：你怎么知道的？

我：我看过一些这方面的书。

何冰冰（点头）：原来是这样啊，古医生说过，催眠治疗的过程，是一次比一次更深层。

我：你中度催眠后，记忆大概就不全了——建议你带一支录音笔去，做治疗的时候打开,也好知道治疗的过程。

何冰冰(抿嘴笑):我才不呢,带录音笔怪怪的,也许会吓到那位英俊的心理师,说实话,我才不在乎他怎么给我催眠呢,只要他在我身边,用那种温柔的声音跟我说话,我就满足了……

何冰冰上前来搂着我的肩膀。

何冰冰(亲热地):哎,说起来,我真要感谢你呢!谢谢你给我介绍了一个好医生!你是怎么知道他的?

我:我从报纸上读过关于他的报道,有篇文章把他称为"天使制造者",他在这一圈里好像很有名。

何冰冰:天使制造者?这个名字好,真得很符合他的身份和工作……说实话,我从他的诊室出来,都有一种精神净化、灵魂升华的感觉……

我:你想做"天使"?

何冰冰(白了我一眼,娇嗔):当然!我不做人人赞美羡慕的"天使",难道还要再做人人喊打的"狐狸精"吗?

古靖之之章三

医学院家属区 3 栋 6 号楼，501。

我有很多密码都用的是这个门牌号，足见它对我的重要性。

可是事实上，我知道，这个房子，连同房里曾住过的人一样，仿佛是我生命中匆匆的过客，我还来不及多看一眼，他们就已经消失不见了。

先是母亲，在我七岁那年。

她得了癌症，在病榻上躺了一个月。

我不知道她的病情有那么严重，没有人告诉我。

我还清楚地记得，那是七月。夏日炎炎，晴空万里，周末学校放假的时候，只要刚过了十二点，父亲就催促我去医院给母亲送午饭。

母亲不愿意吃医院食堂的饭，父亲不会做饭，他只好麻烦楼上的阿婆给母亲做病号饭，我不知道他是不是给了阿婆钱，我每次去阿婆家拿保温饭盒的时候，阿婆都笑眯眯的，有时候还会往我嘴里塞块红烧肉，或者是一瓣橘子。

在那之前，她为了我曾经在楼下撞到她而没有说对不起，耿耿于怀了很久，甚至离很远见了我就开始骂骂咧咧。

现在想起来，这个阿婆教会我人生的第一个道理：迟到的对不起，不如不说。

她最后也没有原谅我,只是为了钱网开一面。

或者只是同情我吧?

当时我只有七岁,从阿婆家拿到饭菜之后,步行十分钟,到医学院附属医院的内科住院部,看着母亲大口吃掉所有的饭菜,然后再独自一人拎着空饭盒,在医院的食堂里,买一个肉包,或者是一碗阳春面。

后来我学医,母亲的食量就成了我第一个研究的问题,我不知道一个癌症晚期的患者,怎么会有那么好的饭量……

我一共给她送过五次饭,她从来没有剩下过。

我后来的记忆,就停留在了那个夏天。热气腾腾的天气,我满身的汗水,脸烫得像是在发烧,站在病床前,不断地吞咽着口水,看着她闷头吃饭……她甚至从来没有抬眼看过我一下,当然也不会问我,是不是还没吃饭。

我想她理所当然地觉得,我应该吃过了。

这个记忆,比母亲去世跟我说的最后一句话,更历久弥新。

在我母亲单纯的世界里,认为父亲是权威而又能干的,她根本不会为任何事而担忧。

“我丈夫是医生的老师,我有什么好怕的?”

她没上过什么学,这是她惯常的说法。

我的父亲年近四十才结婚,他托人从农村老家找了个贤惠的媳妇……对他而言,贤惠就意味着,他不想说话的时候,没人会烦他,他不想回家的时候,没人会催他,他不想管儿子的时候,没人会责怪他……

我生活在一个三口之家,我,像保姆的母亲,像路人的父亲。

501室现在住的是一对夫妻。丈夫是一名助教,妻子是个空姐。

我见过他们一次。夫妻俩一起买菜回来,有说有笑地往前走,妻子还很年轻,恶作剧地在丈夫背后贴了一件商品的条码,总是借机拍他的后背,让条码纸粘得更紧一点,丈夫却好像真的不知情,笑吟吟地跟妻子商量去哪里度假……

他们经过我的身旁，谁都没有多停留一下。

没有人知道，我曾经在这个房子里，生活了十五年。

我最后一次来这个房子，还是快高考的时候。

父亲的去世让我成为了孤儿，我没有理由留下这套属于他的房子。

沙教授陪我来收拾行囊。

那时距离父亲去世，已经差不多过了快一年。

我想我要是自觉一点，应该早一点搬家。

邻居502室的女人死了不到一个月，医学院图书馆的清洁工就拖儿带女地搬了进来。这是一套凶宅，之前那个姓薄的单身女人，被人脱掉了衣服，勒死在客厅里。

让人诧异的是，学校里那么多等分房的助教、讲师……居然谁都不愿意住这套房子。马克思主义哲学和怪力乱神共存共荣，是我们学校的良好传统，没有任何地方，比这儿的鬼故事更多。

我知道他们中的大多数人在大多数时候，都可以很淡定地宣布自己生活在一个无神论的世界。然而上帝并不时时都在，心中的鬼却总是神出鬼没，也许可以这么说，在天使不出没的地方，只有魔鬼。

薄姓女人的横死让清洁工夫妇捡了便宜，他们搬家的时候，大声地喊对方名字，喜滋滋地楼上楼下地跑，最后我看到他们俩搬着一个巨大的看不出颜色的脏兮兮的咸菜坛子，弓着腰喘着粗气地爬上楼梯，看到我之后，黑瘦的丈夫冲我笑，妻子则笑眯眯地问："你是古教授的儿子吧？"

本来正要下楼的我，面无表情地转身，当着他们的面，重重地撞上了我家的门。

"怎么还不去上课？"听到门响的父亲从书房走出来，摘掉眼镜的他看起来比平时更严肃。

"邻居在搬家。"我把书包扔在沙发上。

这句大概谁都听不懂的话，父亲却明白其中的意思，他点点头，"赶不及就不要去了。你可以在家自学。"

他说完就又回了书房。

这是他跟我说过的最后一句话。

时隔一年以后，我终于想到这一点。

事实上，那一年我忘记的事远比记得的多。

以至于沙教授陪我回家收拾行李的时候，我觉得一切都陌生得可怕，父亲那间挂着很多古画，摆着很多人类头骨的书房，母亲总是喜欢打扫得一尘不染的客厅和厨房，还有我堆满了玩具和图画书的卧室……

我一生自诩冷静自持，但是那一天，当我推开自己的房间，看到满屋子的模型玩具的时候，忽然悲从中来，到最后竟然哭了出来。

这是母亲去世八年以后，我的第一次和最后一次哭泣。

沙教授在客厅听到哭声，于是走了进来，静静地看了我一会儿，问，"想你父亲吗？"

我不知道他是不是相信，但我老实地摇了摇头。

我很少想父亲，也想不起来什么，他跟我说完最后一句话的三天以后，因为车祸突然离世……在那三天里，我和他共同生活在一间房里，可是彼此都当对方是空气。

也许连空气都没有，我只是太惧怕寂寞，幻想他一直跟我在一起。

我曾经不止一次地想过，他为什么要生我？

这问题在母亲看来是天经地义的，传宗接代在她眼里，是人类的天职，不管是男人还是女人。

我从来不敢问父亲到底怎么想的，所以最后我想，脑系科专家也需要人延续香火，这和科学家相信有鬼一样，是矛盾对立但却只能被迫存在的事实。

"我想起来了，靖之，你的理想是当个建筑师吧？"沙扬忽然拍拍脑门，恍然大悟地说。

我上学早，十六岁那年，考上了医学院的心理学系。

父亲的死并没有影响我的成绩，然而在看到那些我花了无数心血构建而成，如今却落满尘土的模型之时，我忽然惊恐地发现，在我眼里无足轻重根本不值一提的父亲，却是用另外一种方式，影响着我的一生，哪怕他已经去世了。

"我不想当心理师。"我呆呆地坐在床沿上，看着书桌上 1：100 的故宫模型，心神恍惚地说。

我从来没有想过要当心理师，也许正因为父亲从事相关的职业，让我更加厌烦，我喜欢冷静客观的东西，喜欢一笔一画一砖一木确实存在的一切，喜欢扎实的地基牢靠的建筑……这和心理学根本是南辕北辙的两个职业。

可是我竟然选择了心理学系。

沙扬也在我身边坐下，他胖乎乎的身材，让松软的床铺也陷了下去。

"还是想当建筑师吗？"他笑眯眯地问我。

我无言以对。

沙扬拍拍我的肩膀，问我，"我记得你上小学的时候，写过一篇作文，题目是《我的理想》，你还记得自己写的是什么吗？"

我低着头没说话。

沙扬自顾自地说下去，"我可记得很清楚哦……你父亲当时很骄傲地把这篇文章拿给我看，你写的第一句话就是，我的理想是当一名像我父亲一样的医学家……你瞧，你用了'医学家'这个词。"

我马上沮丧了起来。

"那是因为那时候我不了解他。"我冷冷地说。

眼泪不知道什么时候停止了，脸上湿漉漉的，很不舒服。

沙扬笑呵呵的，"我不是这个意思，我是想问问你，你的理想，一辈子只有一个吗？"

我不解地看着他。

沙扬认真地看着我，"我十岁之前，根本不知道什么是理想，我只想赶快长大，不用再上学……那些语文数学真是头疼死我，我一点也听不懂老师在说什么……"

他一本正经的，"我当时怀疑自己是个弱智。"

我忍不住笑了。

他是我见过的最聪明、最睿智、最和蔼的长辈。

"我十六岁，因为最疼爱我的外婆去世，我发誓我要当个医生……"他摇摇头，"可惜我成绩不好，好不容易考上医学院，却被分配去了心理学系……"

他摊摊手，"我大学毕业，喜欢一个护士系的女孩，那时候全部心思都用在追求她身上，我甚至还想过，如果真的能追到她，我大概可以此生无憾了。"

"那你追到了吗？"我好奇起来。

沙扬是父亲的好朋友，我很小就认识他，然而从来没听过他讲自己的事。

"当然。"他骄傲地说，"虽然最后她还是离我而去，但最起码，她跟我时是初婚。"

我觉得他这样的人，不需要别人同情，所以我笑了。

有的人天生是冰水，无论你有怎样的火热和激情，都能被浇灭，比如，我的父亲；有的人天生是火焰，能在任何悲伤的、绝望的时刻，点燃希望，温暖心灵，比如，沙扬。

真是奇怪，性格反差那么大的两个人，怎么会成为朋友的？

我想象不出，他们俩在一起，会是一种什么样的情景。父亲那样冷漠的人，也会跟自己的朋友聊天说笑，倾诉心曲么？

我摇了摇头，竭力把思绪从父亲那里拉回来，我问沙扬："那，你为什么没有再结婚？"

他叹口气："没时间啊！"

是，沙扬很忙，他跟我父亲一样，有写不完的论文报告，做不完的研究课题，上不完的课，开不完的专题讨论会……他们都是工作狂人。

所不同的是，父亲忙而寂寞，而沙扬忙而热烈。

热烈的沙扬，像一团火焰，我的情绪很快就好转起来。

那天剩下的时间，我一直笑着，收拾好了所有东西，大部分都卖给了废品收购商，剩下的一些父亲的物品，沙扬帮我分类，装在箱子里，放了他家。

我把自己的模型也交给了他。

"十年后，如果我还想当建筑师，我就拿回来。"我珍之重之地递给他。

"放心吧，我会保管好。"他看着我的眼睛，认真地说。

十年已经过去。

我再没有提起这件事。

我想沙扬说得没错，人一生不止一个理想，不见得个个都能实现，都要实现……

我黯然地站在楼梯口。

楼上的阿婆也已去世，502 的清洁工夫妻早不知下落……

所有的人都和我的理想一样，消失在现实的洪流中。

穿过一条马路，人行道右边是一栋商业大楼，它的前身是一个破旧的居民区和一片杂草丛生无人打理的小花园。

我知道这个地方，却从来没有去过。

自从父亲去世之后，我每次经过这里都是匆匆而过，好像生怕停留过久会让我头晕目眩。

父亲的死，至今都是个谜。

一个拾荒者在小花园的尽头发现了他，他当时还没死，含糊不清地不知道在说什么，我赶到医院的时候已经晚了，我甚至没有见到他的最后一面。

警方的判定是肇事逃逸，他身上有多处外伤，在他的指甲缝里，发现了汽车油漆。

"我们估计是肇事汽车撞倒了你父亲，你父亲扑倒在车前，出于本能，伸手去抓,所以留下了油漆的痕迹……肇事司机大概是想送你父亲去医院,可是在车上你父亲昏迷了,司机应该以为你父亲死了,因为害怕,所以就把他扔在了公园里,驱车逃跑了。"

负责这个案子的警察,我已经记不清名字,只知道他额头比常人大很多,远远看好像个寿星公,他没有那么老,但不知道为什么,这段话他对我重复了很多次,不住地问我,是不是听懂了……

我懂不懂其实一点也不重要。

我只知道:第一,小花园不是第一案发现场,警方从来没找到第一现场;第二,警方猜测肇事的是一辆白色小型车,型号未知。

也许这两点也不重要,我根本不在乎谁杀了我父亲。

我快步绕过那个商业楼,拐弯走了一百米,就看到医学院的大门。

簇新的教学楼是我毕业那年刚刚建成的,楼和楼中间的石径小路两旁种着黄色的郁金香。

公共教学楼是中间最高的一栋楼。

我刻意躲开人群,走楼梯上了六楼,在写着"简中华教授办公室"的门前,犹豫了再三,还是举手,敲响了门。

"请进。"一个浑厚但是听上去有些疲惫的声音说。

我深吸了一口气,推开了房门。

简中华的头发基本上掉光了,瘦小佝偻的身材,躲在高大厚实的办公桌后面,露出戴着眼镜的小脑袋,张望着我。

"你找谁?"他的口气一听就是个教授,冷淡而高傲。

他是教授,生物化学系的老师,不是我们系的,所以十几年来,这可以说是我们第一次正式见面,显然他根本认不出我了。

"简教授,你好。"我微笑但又坚定地走过去,"我是警察。"

他的眉头皱了起来,很不耐烦地放下手中的笔,"你们还有完没完了?人都死了十几年了,还要查,查什么啊?"

他根本没想要确认我的身份……当然，除了警察，谁还会对十几年前的案子感兴趣呢？

"不好意思，给你添麻烦了。"我客气委婉地说。

这样一来，他也不好再生气了，用眼神示意我坐下，语气却依然很冷淡，"还要问什么？我知道的，上次已经都说了。"

他皱着眉头看看门口，好像在担心有人会进来听到什么似的。

"我的同事是个实习警察，她很多事情不太清楚，记录也不够详细，所以我想再问一次。"我面不改色地说。

简中华又一次打量一下我，然后放了心，"我就觉得那个小姑娘不像警察，还给我看了证件……实习警察还办什么案子嘛？而且还是个陈年旧案。"

我笑笑，没有做声。

他自顾自地发了脾气，挥一挥手，"好了，好了。你想问什么，赶快问吧。"

"我想知道，你前妻薄蓝，和你们家的邻居古风林，是什么关系？"

我说这句话的时候，一点也没觉得不妥，我甚至觉得自己就是个警察，站在公正客观的立场上，仅仅是为了破案而问询。

简中华有气无力地看看我，"我说了很多次了……我真的不知道薄蓝和古风林是怎么回事，当年破案的警察也问过我这个问题，还有你的同事……我不知道你们到底想知道什么？一会儿说杀了薄蓝的是那个卖花的禾永强，一会儿又说是古风林……结果呢？禾永强死了，古风林也死了，现在还纠缠这个问题有意义吗？"

"是谁说，杀死薄蓝的，是古风林？"我还是想再确认一次。

"你的同事，就是那个实习的女警。"他不耐烦地说。

我在心里摇摇头。

"那么，以你对薄蓝的了解，你觉得真相会是什么样呢？"我靠在椅子背上，不自觉又变成心理师的姿态，用很轻松地语气问他。

简中华揉揉太阳穴，他这个动作连带着让我的头也开始隐隐作痛。

"我只知道，薄蓝是个很自私的人，她爱美甚过于爱任何事物，从这个角度,我宁可相信薄蓝是被禾永强求爱不遂而杀死的……最起码,禾永强卖的花很漂亮,间接衬托了薄蓝的美丽。"他阴森森地说。

我一时无语。

"再说,古风林是个教授,他再怎么样也不会……"他没说下去。

我知道原因。

薄蓝死的时候,是被人脱光了下身,陈尸在客厅。

我也不相信,我的父亲会做出这种事。

这跟我爱不爱他没关系,这种事,心高气傲的他无论如何都是不屑的。

"薄蓝当时已经跟我分居了。"简中华长舒了一口气,"她的情况我真的不是很清楚。老实说,我知道的可能还没有你们多……你们怎么不去问问古风林的儿子? 他不是目击证人吗?"

是这样吗?

我有些恍惚。

1999 年的 3 月 12 日,晚上九点半,我上完晚自习回家,九点四十五分左右,我在家门口,看到一个清瘦黝黑的男人从薄蓝的房间里跑出来,他看了我一眼,匆匆地下楼了。

薄蓝的房门敞开着,我打开房门,就看到她的尸体。

根本不用检查,我知道她已经死了。 一条粗黑的麻绳在她脖子上绕了几圈,她睁大双眼,半张着嘴……

我愣了几分钟? 还是几十分钟?

我也不清楚,等我冲回家,打了报警电话,看时间,才发现,一共也才过了三分钟而已。

这是我生命中最长的三分钟。

第二天早上,警方就根据我的证词,找到了嫌疑人禾永强。

我是唯一的证人,我没有说谎。

"你……"我张张嘴,忽然又开始头痛。简中华的眼镜片在反光,光线强烈的刺激,让我眼前出现一片白色,就觉得他笼罩在这片光线中,仿佛是从天堂来的使者。

"你没事吧?"我隐隐约约听到他说。

我勉强摇摇头,手撑在桌子上站起身,"没什么。"

他在我身后念叨,"不知道你们警方在想什么……禾永强不是畏罪自杀了吗?你们不要再来问我了,我什么都不知道。"

作为一个死者的家属,他的表现实在过于无情。我知道薄蓝去世的那一年,他被破格晋升为教授,接着娶了个更年轻漂亮的妻子,生了个据说才十岁就有大学想特招的神童儿子……

他是薄蓝之死最大的受益人。

然而我也清楚,薄蓝是否活着,对简中华的影响都不大。案发时,薄蓝提出和简中华分居,是她一心想了断这场婚姻。

"她去世时的那套房子是医学院分配的吗?"我背对着他,快速地从衣服口袋里拿出药盒,塞了一颗药进嘴里,囫囵吞下以后,深呼吸了一下,才转身问他。

这是我一直以来的疑问。

按照我们医院的规定,夫妻双方都是医学院的员工,只能分到一套房子。薄蓝是在去世前的三个月搬来的,在我见到简中华之前,一直以为她是独身女人。

我听到简中华重重的呼气声。

"不是!薄蓝要和我离婚,我不同意,她就闹到了校领导那里,校领导调解了半天也没说服她,只好给她找个地方暂时住下来……那时候我们都以为只是分居而已,说不定她想通了,就会回来。"

这个答案让我有些失望……太合情合理的答案都让我失望。

可是我能指望这个答案有多离奇呢?

我的手扶在椅子背上,看着他的脸在一片白光中渐渐明朗清晰起来——

看到他光秃秃的头顶,我忽然忍不住想笑。

十一年前他就是这副模样,站在薄蓝家门口,苦哀哀的一张脸,小声地求她回去。

我那个时候,才知道薄蓝是结了婚的——她跟简中华根本是两个世界的人,以至于我站在楼梯口听了很久,才明白他们的关系。

薄蓝是传统的江南女人,娇小玲珑,面容娇好,举手投足透露着浓浓的风情,我依稀觉得她也会在夜深的时候拎着个小壶,去楼下买一碗云吞面……像张曼玉在《花样年华》里的那样。

她身上有淡淡的香气,和我母亲不同,和我所有同学的母亲都不一样。

这味道让她远离人群,却傲然独立……在和我家成为邻居的三个月,她没对我或者周围的其他邻居说过一句话。

那天我知道了薄蓝和简中华离婚的理由。

薄蓝扶着门框,简直要哭出来似的,也在求简中华,"我决定了,你不要再逼我了,我不会生孩子的。"

"怎么能不生孩子呢?"简中华比她还难过,声音颤抖着,"我们家就我一个儿子,三代单传……你也不小了,再不生……"

"你不要再说了!"薄蓝有些生气了。

我想是那句,"你也不小了",惹恼了她。

我十五岁已经知道,女人在年龄问题上总是有很多避忌。

最后简中华松开了手,薄蓝马上关上门。

简中华下楼的时候,跟我擦肩而过,他甚至没抬头看我一眼。

简中华的嫌疑是在第一嫌疑人禾永强死后,被排除的。

他的不在场证明牢不可破,案发之时,他在外地进修,封闭式的进修,有至少二十个人可以为他作证。

那么禾永强的嫌疑呢?

我有些怅然。

禾永强是不是凶手，直到现在也不确定——在他死后的很长时间，他的女儿都用尽一切办法羞辱我，骚扰我。

因为她是她父亲的不在场证明人。

那天晚上，她和她父亲在家看《天龙八部》。我不喜欢看电视，但那片子太火了，学校里总有人在讨论，我知道那个电视剧九点十分开场，十点十分左右结束。

我和她，总有一个人说谎了。

其实我从来没怀疑过禾永强。

我见过他。

有一个夏天的晚上，父亲带我出去吃晚饭，回家的时候，他顺路去了禾永强住的小院。

那间小院里摆满了各种各样的花花草草，香气沁人，环境雅致。

种花人禾永强是个憨厚朴实的男人，总是搓着手笑眯眯的，他对我父亲没来由地崇敬，一个劲地督促她的女儿，"小绿，叫伯伯。"

小女孩扎着羊角辫，她和我一样没有母亲，但她父亲肯定比我父亲尽职，所以她的衣服虽然陈旧但是干净，羊角辫扎得纹丝不乱，非常可爱。

我比她还大一点的时候，父亲指派的钟点工不是很尽心，所以我总是脸上脏兮兮的，身上也是。

我看到她整整齐齐、漂漂亮亮地站着，忽然就有些烦躁了。

大概是因为自卑吧。

我想马上离开，可父亲说要和禾永强说点事儿，让我在院子里等他。

禾永强就招呼女儿，"小绿，跟哥哥玩一会儿，别走远了。"

她默不作声地看了我许久，跟我一样，她也是个很安静的孩子。然后，指着身边的一盆花，"哥哥，你知道这是什么吗？"

我怎么可能知道？

我白了她一眼。

"这个花叫香菖蒲,我爸爸种了好多,他说伯伯最喜欢这个花……爸爸还说,再多卖掉几盆,就可以带我去游乐场玩了。"她忽然一笑,幸福满面,扬着小脸,眼睛亮晶晶的,好像世上所有的光华,在那一瞬间,全都落到了她的眼睛里。

游乐场。

比她大了好几岁的我,对这三个字没有任何概念。

薄蓝也在禾永强那里买了同样的花,他经常会骑着辆三轮车,去我们两家送花。

据我所知,也仅此而已。

我甚至不知道这个香菖蒲是做什么用的。

很难说是什么影响了我的判断,左右了我的感情。

是禾永强对女儿的关爱,还是他家窘迫的环境,又或者单纯是他憨憨的笑容。

当警方问询的时候,我描述了我看到的那人的长相,但是却只字未提我认识他。

我没有想过能帮他什么,我没有亲眼看到他杀人,只是看到他离开,这不能证明他是凶手。

禾永强的死,让这件我当初完全想不到有多复杂的案子变得扑朔迷离。

薄蓝死后的第二天早上,警方辗转找到了禾永强,在他去送花的一家商场,他走到门口,看到警察之后,忽然掉头就跑。

警方追他到楼顶,他挣扎过度,不慎坠楼身亡。

他是不是凶手,我已无从了解。

简中华不能告诉我更多的事,我有点失望,我道了谢,告辞。

我照例还是走逃生楼梯，从窗口看下去，外面已经是一片昏黄。不知不觉天快黑了。新校区建在一片高地上，四周都是山坡，种着一模一样的树，从任何角度看都没什么变化，我从五楼一直望到一楼，都没有找到夕阳的位置，只好就此作罢。

　　刚走到门口，就听到了熟悉的声音。

　　"好啦，好啦，散开吧，我等一会儿还有个重要约会……"

　　那声音很快淹没在一阵叽叽喳喳的，年轻而活泼的声浪里："沙教授，拜托，我这里还有一个问题……"

　　"沙教授，是跟什么人的约会，是不是女朋友？"

　　"教授，我们可以陪你一路走吗？放心，等你赴约对象来了，我们会马上消失的！"

　　"教授……"

　　我看到一群学生把沙扬围在中间，就像我当学生的时候一样，他是最受欢迎的教授，这么多年都没什么改变。

　　我心里涌起一股骄傲和嫉妒并存的情绪。

　　这时候沙扬看到了我，招招手，"靖之。"

　　他从那堆年轻人的围追堵截中挤出来，向他们摇摇手指头："喏，我的约会对象已经来了——总可以放过我了吧？像你们刚刚答应的那样，赴约对象一来，马上给我消失。"

　　学生们哄笑着，向他一一道别，四散而去。

　　"你怎么来这儿了？"他惊喜地看着我，脑门上的油光在夕阳下看起来亮得发光。

　　"下午没什么事，我突然想回来转转。"我有些紧张。

　　面对他撒谎，是一件很困难的事，就像我母亲没办法对我父亲发脾气一样，天生都有一种受压制的屈从感。

　　沙扬不仅像我的父亲，他也是我的督导——心理师的导师。

我记得曾经有整整一个学年,我都在努力地学习,如何让病人信任我,如何让他们说实话。

我不仅是个好医生,也是个好病人。

"哦。"他好像不太相信,抬头看看四处,继而又摆出笑脸,"怎么样?新校区比你们那时候好多了吧?"

我没回答。

我不喜欢新的东西,尤其不喜欢新到毫无特点、千篇一律的东西。

"正好,晚上一起吃饭吧?"沙扬擦擦额头上的汗,拍着我肩膀,"我明天有个讲座,实在抽不开身。"

这句话提醒了我。

我应该用这个借口来撒谎。

我从洗手间出来,沙扬已经点好了菜。

他背靠椅子上,穿了一件米色的薄羊毛背心,里面是件深色细格子衬衫,看上去神采奕奕。

就算在这间川菜馆吃了十几年的饭菜,他依旧像第一次来似的,好奇地东张西望……食客们常换常新,他对人的兴趣比对食物来得更加浓厚。

每当想到这一点,我对当心理医生就萌生退意,或者我也应该像他一样,退居幕后,不再正面接触人心的阴暗面,理论研究比现实枯燥,但却安全稳定。

沙扬不建议我这么做,他说过,"你现在是积累经验的阶段,接触到的课题越难解,越能增强你的阅历,比起闭门造车,这是你最好最快的提高方法。"

沙扬是那种一开口,就让你对他的智慧充满敬意的人;也是那种可以拍拍你的背,让你跟他推心置腹一起喝酒聊天的人;还是那种不用多说什么,就能看透你的内心,知晓你语言表象下的真实灵魂,比你自己更了解你的人。

我相信每个人都会在遇到挫折的时候心灰意冷,好在我有一个经验丰富的人生舵手,在我迷航之时能给我指引方向。

沙扬抬眼看到我,露出一个欢欣的笑容:"我点了你最爱吃的糖醋小排。"

我笑笑。

我走到他对面坐好。

沙扬有些出神地看着我："靖之，刚才你走过来的样子，跟你爸爸，简直是一模一样。"

我从不怀念我父亲，这并不妨碍沙扬怀念。

"我认识你爸爸的时候，他跟你现在的年龄差不多……真是书生意气，风华正茂……"

沙扬慨叹着。

"他可是我们医学院的校草……"他一脸戏谑，"当时追他的女生可以围着校区转几个圈了……"他忽然一本正经地说道，"不过他一个也不爱……你父亲这辈子全部心思都用在了科学上。"

我脑子里浮现出一张冰冷严肃的脸，脸色总是苍白的，眉头几乎没有舒展的时候，他比实验室的标本更让人无法忍受。

"我怀疑他一辈子就没有爱过任何人。"我嗤笑了一声，拿起了筷子。

沙扬研究似的看着我，用了点责备的语气："这是什么话，你父亲很爱你的，只是他不善于表达。"

我根本没兴趣听这个，耸耸肩膀，"也许有时候表达得过头了。"

我又想起薄蓝的尸体。

她圆睁着眼睛，嘴半张着，头发披散，衣服凌乱……死的那一瞬间，她都在愕然中吧，我很确定，杀死她的人必定是她熟悉的人。

沙扬眯起了眼睛，"为什么这么说？我知道你父亲平时不太说话，但是不代表他不关心你，不爱你，当然，还有你的母亲……"

"我父亲不爱我母亲。"我很肯定，用不容置疑的语气说，"他从来没爱过她，只是当她是个保姆而已……其实我也很想知道，他为什么会变成这样？是受过感情的伤吗？"

和简中华聊过以后，我不停地在脑中推断。

不管凶手是谁，杀薄蓝的动机是什么？

她是个非常漂亮，但是行事低调的大学讲师，从来没有人听说过她有男女问题，事实上，不管是学生还是医学院的同事，她都是不屑一顾，冷若冰霜的。

简中华的话也印证了我的记忆没错，薄蓝极度自恋，不爱任何人。

这和我父亲倒有几分相似……

很难想象这样的人，会给某个人造成爱情的假象，继而求爱不遂愤而杀人……她不是那样喜欢玩弄感情的人。

当然，也不能肯定凶手就是男人。

毕竟她并没有被强奸，只是被脱掉了裤子，这是任何人都能做到的。

但是我仍然不相信她的死和情杀有关。

钱？

警方没提到这件事，她只是普通的英语讲师，没有额外的收入，那套房子也不是她的。

杀人灭口？

我不确定。薄蓝会知道什么秘密呢？她的存在会影响谁的利益？

沙扬的目光凝重起来，他甚至有些严厉地看着我，"你是这么看你父亲？这么看你母亲的？"

我并不觉得我是任性的孩子，但还是低下了头。

这个态度沙扬很满意，他的口气稍微缓和了些，"可能我年纪大了，也可能我经历的多，我和你的想法很不一样。靖之，在我看来，你父亲深爱着你母亲，就像你母亲爱你父亲一样多……"

我正欲反驳，他挥手制止了我，"你觉得什么是爱呢？什么时候会让你有被爱的感觉呢？"

我茫然不知所措，根本不知道如何回答。

他笑笑，"我觉得是需要感。那种没有我，他会很难过很不舒服的需要感，只有当我们感觉到被需要的时候，才会认定这个人爱我，离不开我。"

我苦笑一声，"我父亲的确需要我母亲照顾他的生活。"

难道保姆都会感觉被男主人爱着吗？

后面这句话我没有说出口。

沙扬摇摇头，"那也是爱。只是跟你想象中的男女之情不同而已，他们没有共同的经历，没有相似的喜好……人们常说少年夫妻老来伴，我想他们只是跳过少年夫妻的阶段，并不代表他们不爱对方。"

我觉得再说下去，是对母亲的不敬。

我不知道我爱不爱她，但是我不想再回忆那些过往。

沙扬接着说，"我曾经跟你说过，我年轻的时候感情上一塌糊涂，二十三岁结婚，二十四岁离婚……这大概对你父亲造成了一定的影响，他潜意识里觉得女人并不可信，尤其是漂亮女人。你应该知道，他从上学起就是天之骄子，一心扑在学业上，他并没有时间接触到这些问题……我从来不觉得你父亲选择你母亲是错误的决定，相信我，靖之，他们之间是有爱的。"

我父亲和薄蓝的年纪相差十岁，她来医学院讲课的时候，我父亲已经结婚。

我从来也没怀疑过他们的关系。

我这么想着，心里却有一种石头落地的感觉。

我在沙扬面前，从不掩饰自己的情绪，他很明显感觉到了这一点，"你怎么突然想问这件事了？"

这是我最不愿意回答的问题，我赶快低下头，闷声说，"没什么。"

沙扬没有追问下去，他向后靠在椅背上，"你最近感觉怎么样？"

"嗯，有点累，好像，还有点恍惚。"

我实话实说。

"是访客太多吗？我听杨晨说，你们诊所的经营情况非常好。"

"我跟以前一样，每天除了诊前晤谈的对象，坚持只诊疗七个访客。"

"那么，是那些访客让你心烦意乱了？"

我不知道该怎么回答。

沙扬摇摇头："靖之，你跟你爸爸的脾气一样，对什么事情都特别认真，有的时候，还特别偏执，你要知道，水至清则无鱼，这个世界就是这样的，有善，有恶，有好，有坏，有美，有丑。存在的，便是合理的，你不必为了合理的东西，自寻烦恼。"

沙扬眼光深邃，带着点怜悯，带着点担忧："这个世界不是天堂，不可能人人都是天使。有的时候，靖之，我真有点为你担心，你知道，你从事的职业非常特殊，它要求你有一颗豁达之心。"

"哦，这次，并不是因为那些让我心烦的变态病例……"我有些心烦，迫不及待地想解释什么。

"嗯？有其他原因？这还是第一次，来，跟你的督导说说。"

沙扬兴致盎然，他看到服务员准备上菜了，露出一丝不满，但还是静待了片刻。

我想了一下，才慢慢地："有个女访客，一个年轻的女孩子，给我的感觉……似曾相识。"

沙扬笑起来，做个鬼脸："这对年轻的男人来说，确实是种要命的感觉——'这个妹妹，好像是哪里见过的……'贾宝玉见了林妹妹，是这样说的。"

我没有笑，眉毛微微地拧起："那个女孩问我，我的'内在小孩'，是不是也有哭的时候……我不知道怎么回答，我有点不知所措……"

沙扬审视着我，良久，深深地叹了一口气。

"我想，你小时候的事，你还没走出它的阴影……"

禾小绿之章三

　　我这两天回家都很晚,警队很忙,我虽然做的都是些辅助性的工作,可也需要跟大家一起加班。

　　这天晚上回家的时候,已经是晚上十点了。

　　我很想澡都不洗,马上扑到床上去睡觉。我把挎包扔在沙发上,思想斗争了三秒钟,还是换了身运动装,出了门。

　　爸爸说过,自律对我是有好处的。

　　我的跑步范围,是沿着小区外的马路,跑到两公里外的一个新建地铁站,再跑回来。

　　一晚上四公里运动量,我觉得才足够维持自己的体能和耐力。

　　外面风很凉,空气中的味道有点潮湿,也许要下雨了,我加快了脚步。我穿了一双耐克运动鞋,已经穿了三年,仍很舒服,让我跑起来身轻如燕。

　　跑出去十分钟,开始有雨滴飘落了,行人开始打起了伞,驶过的车子也开始开动雨刷。我把连帽衫的帽子罩在头上。

　　我住的地方是个老城区,马路上夜间营业的店铺很少,晚上十点后,行人很少,只偶尔有一两辆出租车驶过。

深夜跑步，对单身的年轻女子来说，不是很安全的做法，我遇到过两次拦截，一次是个黄头发的瘦男人拿把匕首要钱，一次是三个民工打扮的醉酒男人围住我调笑。第一次那个人，我一脚踢裂了他的下巴，第二次的几个民工，因为没有拿武器，而我又急着回家，便一拳打落了领头那人的两颗牙齿作为教训。

在警校上学的时候，教习我格斗的老师曾当众夸赞过我，说我像只小猎豹，身形不大，却攻击力十足，我很喜欢这个赞美。我希望自己永远保持这个状态——平时隐匿起来的锋利爪牙，在任何需要的时刻，可以随时展现它们闪电般的力量。

我跑了差不多快两公里的时候，内衣已经被汗水浸湿，我把帽子摘了下来，由着小雨淋湿我的头发，我觉得小腿有点麻木，不过，呼吸还算均匀，并没有气喘吁吁，我尽量地让自己匀速前进。

新建的地铁站营运到夜间十二点，现在仍有零星的人进进出出，有两三个卖盗版碟片的小贩，聚在地铁站入口处抽烟打牌。

路边有个穿深色套头衫的矮且粗壮的男人，靠在路灯柱上，手里转动一支网球球拍，好像是等人的模样，一开始，我并没有特别注意他，虽然我潜意识觉得这个男人有点奇怪，有谁会在半夜飘着雨的街头，拎着网球拍等人呢?

我后来才知道，那只球拍是他的武器。

在我跑步经过他身边的时候，那个男人忽然向我跨近了一步，侧过了球拍，用球拍的铝合金边框对准了我。在我吃了一惊，向他看去的时候，那个男人，已经举起了球拍，带着呼呼风动，向我劈了过来。

我侧脸躲开，球拍的边沿距离我的鼻尖，只有0.1厘米，我的几根发丝被球拍的劲风，带得四下飞扬。

那个男人并不停止，他这次用双手举起球拍，加大了力度。

我再次跳开，一边喝了一声:"喂，你是谁?!"

黑夜里，我的声音听上去有点尖利，尾音有丝颤抖。

他是个疯子吗?! 疯子才会想到用球拍来伤害人。

我对上了那个男人的眼睛，他的眼神并不疯狂，而是空洞，漠然，死气沉沉。

他像个没有生命的物体，一块石头，一截水泥柱或一根铁棍。

我这才觉察出了危险，那个男人的力气很大，他的球拍劈得越来越快，他肯定也受过格斗训练，呼吸平稳，手腕下劈的速度虽快，动作却不慌不忙。

坚硬的球拍边框，全是照着我的后脑劈下去的。

那个部位是人体的致命部位，它比一般人想象中更脆弱，只要有足够的技巧和气力，即使是一支普通球拍，也会要了我的命！

我不敢跑，我相信，只要自己转过身，不管用多快的速度，那只球拍肯定会重重击在我的后脑上。

我又躲过了他的两次攻击，现在我已经退到了马路中间，如果我不想被他砸死，或者被车撞死，那我就得反击了。

我深深吸了一口气，在球拍再一次劈下来的时候，我没有跳开，而是蹲了一下身子，用手臂抱住了头，球拍"啪"地一声击在了我的手臂和手背上，被重击的部位，立即传来了一阵火辣的感觉，却没立时感受到疼痛。

我霍然起身，来了个侧踢，男人正再次举起球拍，我的脚直捣那个男人的腋下，用了很大的力气，那个男人一个趔趄，脸上露出了吃惊和不敢相信的混合表情。

我相信自己那一脚的力量。五年来，我从来没有让这双腿有懈怠的时候。

一辆车子正巧驶来，车前灯划过了男人的面庞，那是个皮肤黝黑，面目普通的三十多岁的男人。

突然的光亮，好像让那个男人吃了一惊，他不再恋战，转身跑开。

"站住！"我喊了一声，绕过了车子，追过去。

男人的身姿特别灵巧，他的腿不长，但跨动迅速、有力，我相信他平时也在进行耐力训练。

男人跑入了地铁站入口，几下跳跃，钻入了一辆正要起步的列车车厢。

我追过去，列车已经缓缓驶去，我只看到了那个男人在车厢中迅速前行的背影。

这个时候，我才感觉到了手臂和手背被击打部位的尖锐的、灼热的疼痛。

我去了一家 24 小时营业的诊所，我的手背破了一大块皮，我还要检查一下手臂的骨头。

结果还是很乐观的，我的手背只缝了两针，而手臂上红肿紫涨的皮肤，只是软组织挫伤后的瘀伤而已，骨头安然无恙。

我请医生给我开了几片止疼药。

我慢慢走回去，不能跑了，跑起来摆动的手臂会让我疼痛难忍。

除了这一点以外，我觉得自己今晚还算是幸运的。

想想看，如果那个男人拿的不是球拍，而是砍刀，我的一条手臂，还有得保吗？

我一边走，一边想着刚才的那个男人，我相信我的遭遇不是偶然。那个男人是个杀手，他就是为了杀掉我而来的！

只是，那个杀手有点太自信了，或者说，不够了解我，以为对付一个女人，用一支球拍就够了。

下次，他就不会这么轻敌了。

我相信，他还会再来的，那个时候，就不会是一个球拍那么简单了。

看来，我早就被跟踪了……

这几天我走访汤悠然的家人和朋友，看来，已经被什么人给察觉到了……

我深深吸了一口气：该来的，总归会来的。

我有所准备，心无畏惧。

他在看到我手背上的绷带的时候，很自然地露出吃惊和关心的神色："你受伤了？"

我坐下，把缠绕着绷带的手臂放到了他的桌台上，微笑了一下："是啊，有人攻击了我。"

他高高地挑起了眉毛，"有人攻击？你认识的？"

"不，昨天晚上在路上遇到的，一个陌生男人。"

"最近的治安真差劲……"他想说什么，又打消了念头，摇了摇头。

"嗯，坏人太多了，晚上走路，难免会遇到一个两个的。"

我缓缓地说，目光没有移开他的脸。

他看上去很平静，带着几分恰到好处的关心："伤势怎么样？"

"已经不疼了。"

"那就好，你应该休息两天，你的脸色看上去不太好。"

"谢谢，我身体挺好，这点伤对我不算什么。"

我忽然笑了一下："对了，您送给我的那本沙教授的书，我看过了。"

我用那只没受伤的手打开了包，拿出了那本书："有的地方不太明白，就是里面讲到的'场域智慧'。"

我用探寻的眼光看着他，好像是个勤于思考、勇于提问的女学生："这本书里说，人和人在一起，就构成了一个场，这个场是有智慧的，我们可以通过这个场域来沟通……这一点，我不是很明白。"

他，若轻诊所的心理师，一个天使制造者，古靖之，靠在椅背上，侧着脸，认真地思考着我提出的问题，他沉吟了三秒钟，手指敲着椅子扶手："我是这样理解的，沙扬教授在这里指的是催眠师跟催眠者之间的互动。简单说就是，他认为催眠师和催眠者之间是完全平等的关系，双方，要从催眠开始就建立深深的连接，就是场域。催眠的过程，是双方都处于催眠状态的过程，在这个过程中，彼此深化着对方的催眠状态，哦，就像两个人的探戈舞，是彼此探索，彼此学习的过程，而探戈舞的舞台，就是场域。沙教授认为，因为这个舞台是两个人调动彼此的资源互相交流和协作的，所以，它是有智慧的。"

"那么，古医生，你在向我们施术的时候，也是催眠状态吗？"

"哦，这个嘛……"古靖之犹豫了一下，"沙教授说的是种理想状态，他认为，好的催眠师，在施术的时候，自己也应该是精神高度集中，意识狭窄，内心敞开的催眠状态。事实上，催眠师因为担负着治疗的责任，这种状态比较难以达到，不过，在施术的过程中，催眠师的注意力和精神高度集中，这一点是肯定的。"

我点点头，用一种获得了真知般的满足语气："哦，沙教授的意思，是当催眠者的潜意识和内心都向催眠师敞开的时候，催眠师的潜意识，也应该是向催眠者敞开，是这样吗？"

古靖之微微一笑："我刚才说了，沙扬教授说的，是个理想状态。催眠师如果完全陷入催眠状态，让潜意识做主，那治疗的工作，谁来担任呢？"

"场域，沙扬教授说，场域是有智慧的。"

我下结论似的说，用那只受伤的手托着脸颊，很专注地看着他。

古靖之的眼神起了波动，他想说什么，又咽住了。

室内一片静谧，只有雨点敲在玻璃窗上，滴答作响。

他有些暗哑地："我们开始吧，雨大了，你应该早点回去。"

我躺在诊疗床上之前，要求录音，古靖之对此没什么情绪上的表示。他也许觉得能跟他讨论场域智慧的女孩，是因为对催眠术和催眠过程有强烈的好奇和求知欲，才会执著于记录这个过程的。

古靖之按下床边的一个按钮，诊疗床上方的天花板忽然自动打开，在中间一分为二，缓缓地向两边退去。

露出的，是何冰冰对我曾经提起过的，那一片深远的星空。

那不是真正的星空，真正的星空，星星不会这么亮，这么晶莹，每一颗，都像是闪烁的、璀璨的钻石。

这是幻象，做得却如此逼真，我仰躺着，眼波恍惚，像是被那片星空深深地吸了进去……

古靖之悄悄熄灭了那盏落地灯。

室内一片黑暗，只有那片星空，闪烁着神秘、幽远、微弱的光芒。

"你找到北斗星的星座位置了吗？"

"嗯,是那七颗星吗?"

我们俩都像被星空包围,声音空而远。

"对,最明亮的那七颗星。"

"现在,把眼睛的视线,集中在北斗星座上。"

古靖之和缓地:"请你专心地凝视它,一边凝视,一边感到你的身体越来越放松,会感到整个人,越来越安静,念头越来越少,你可以很清楚地觉察到你心中流过的每个念头……

"现在,你感到呼吸变得越来越慢,越来越深沉,你的身体越来越放松,而你的眼皮,越来越沉重……你的意识会逐渐进入一种恍惚的状态,你好像渐渐感觉置身于另外一个时空……

"继续专心地凝视它们,有时候,你会忍不住眨眨眼,这很正常,你每一次眨眼,就会更接近催眠状态……"

我的眼皮渐渐合上了,在古靖之沉稳空远的声音里,沉静下来。

古靖之声音变得更轻:"……你只会听到我的声音,你的眼皮越来越沉重,当你沉重到一定程度时,你就会自然地把眼睛闭起来,享受那种眼睛闭起来的舒服的状态……你已经自然而然,进入到了催眠状态。"

我的左手一直放在我右手的手腕上,那个护腕上的三根钢针,已经深深刺入我的皮肤。

我用这个方法,保证自己不被他催眠!

在他宣布我已经进入催眠状态的时候,催眠师自己应该也是注意力最集中的时候,这是个好机会,唯一的机会。

他在平缓地加深我的催眠状态:"现在,想象你置身于一部电梯,电梯的仪表板显示了从 1 到 10 的数字,你现在,正处于 10 的数字层级上,等一下,我会从 10 数到 1,每数一个数字,你都会感觉到电梯向下下降一段距离,等数到 1,你就会进入非常深的潜意识,进入非常棒的催眠状态……

"电梯缓缓向下移动,达到了 9 的数字,你的心灵越来越宁静了,因为这种宁静,你感到了自己心胸的宽广……

　　"电梯继续缓缓下移,到达了 8 的数字,你的身心更放松了,这种放松,让你从内而外,焕发了一种愉悦的光彩。

　　"电梯慢慢地,下降到了 7 的数字,你的脑海越来越宁静,你的呼吸越来越顺畅,每次深深呼气,都有非常舒服的感觉吸进来……"

　　我按照他的指使,深深呼吸。

　　同时,我把三个钢针在手腕上重新移动了一个位置,再狠狠扎下去!

　　他的声音,也在不自觉地降低:"电梯慢慢地,下降到了 6 的数字,你越来越深地进入你的潜意识了……

　　"电梯下降到了 5 的数字,你的全身都处于一种完全的自由的状态,你身上的一切束缚,一切压力,都没有了……

　　……

　　"电梯下降到了 2 的数字,你进入一种仿佛回到了母亲怀抱的心情,你的心中,充满了安全,宁静,愉悦……

　　"电梯下降到了 1 的数字……"

　　他完全没有预料到,我会在这个时候把眼睛睁开。

　　我专注地看着他,专注而深沉。

　　他没有任何防备地,在精神高度集中的情况下,陷入了我的眼波中。

　　我轻缓地从诊疗床上坐起来,伸出了双手,用两只拇指按住了他的眉心。

　　他的皮肤有点凉,但不会凉过我的指尖。

　　我用的方法,是一种最古老的"抚式"催眠术。

　　这个天使制造者已经无法反应,也无法动作,他慢慢地,不可抵抗地,闭上了双眼。

　　我的两只手,慢慢地左右平行分开,顺着他的额头,他两边的太阳穴,他的耳朵,轻缓地抚摸,与此同时,我的声音,像来自远处星空:"你的血液,正渐渐地向下流动……它流过你的额头,流过你的脸颊,流过你的耳朵,它是清凉的,是纯净的,它让你的心,空灵而自由……"

我的双手,又抚摸着他的肩膀:"清凉的血液流过你的肩膀,它让你的肩膀很放松,从现在起,请你深深呼吸,一边深呼吸,一边聆听我的引导……"

我抚上了他的手臂:"血液流过了你的手臂,你的手臂感到了一阵无法言说的清凉,很舒服,很放松,你现在什么都不必想,也什么都不需要想了,是的,你现在已经进入到非常舒服的催眠状态了……"

我的手指交叉着他的手指,跟他的掌心相对,脸庞凑近了他:"你把你的手指交给我,你的血液,通过你的手指,流到了我的体内,是的,我们是一个人,是个共同体,你相信我,就像是相信自己,你依赖我,就像依赖自己……你已经到达你非常深的潜意识了,你现在只能听到我的声音,而无论你在你的潜意识中听到了什么,看到了什么,都会如实地、详细地告诉我。"

古靖之的表情变得空洞,我想,他的世界已经陷入虚无,而我的声音,成为他那个虚无世界的主宰女神,他别无选择,只能顶礼膜拜,谨慎遵从。

"你是谁?"我问他。

古靖之声音小而吃力地:"古靖之。"

"我是谁?"

"禾小绿。"

我的心颤抖了一下,他果然知道"林茵"的真实面目。在这种情况下,能催眠他,那不仅是极大的冒险,更是无比幸运了。

"你知道禾小绿是谁吗?"

古靖之的眼珠在眼睑下转动,他不知道怎么回答这个问题。

"禾小绿,是个什么样的人?"我放缓了语速。

他的鼻翼翕动,喃喃地:"香草的味道,禾小绿的身上,有好闻的香草的味道。"

"那是香菖蒲。你应该知道它的。"

我的心无以名状地刺痛，手指猛然收紧，古靖之的手臂一动，他好像开始害怕。

我忙放松了手指，跟他的十指交叉，轻轻地抚动。在我得到真实答案之前，我不能惊醒他。

"让你的潜意识引导着你，回到弥漫着这种气味的日子去，也许这种日子是在很久很久之前，但你会清晰地记起它的每一个细节。"

我一边轻抚他的手指，一边和缓地说。

古靖之也露出了笑意，语调呢喃地："香菖蒲，我们以前在郊区租了一个院子，院子里种满了那种草，味道很香……我常常去那个院子里玩。"

"那些草是怎么来的？"

"有个卖菖蒲草的大叔，每半个月拉着车子来送一趟香草。"

"为什么，你们家会用到那么多的菖蒲草？"我有点艰难地问。

"哦，那是爸爸用的，他要提取菖蒲草草籽中的一种物质，做药剂发明用的。"

"那种药剂是做什么用的？"

"我不太懂，但爸爸是脑神经专家，那药剂，是改善人脑神经系统用的吧。"

"嗯，送菖蒲草的大叔，你还记得吗？"

古靖之露出嫌恶的神色："哦，记得，他是个坏人。"

"什么样的坏人？"我咬着牙咯吱作响。

"强奸犯。"

"你撒谎！"我的声音陡然拔高。

古靖之茫然了："撒谎……我没撒谎。"

"你一直在撒谎！你是个骗子，你还是个杀人犯！"我控制不住自己，几乎是喊叫出来。

古靖之皱着眉头挣扎起来，我的指控让他情绪反应激烈："杀人犯？"

"是，你是杀人犯。你说说看，汤悠然是怎么死的？何冰冰是怎么死的？她们都是你害死的！"

古靖之的脸孔扭曲了一阵,忽然睁开了双眼。

我的心直坠了下去。

他一定在自己的潜意识中,埋藏了警戒词条!也许就是我刚才提到的这几个人的名字,一旦他在催眠状态中听到这些词条,便会立即警醒,返回理智意识状态。

他眨了一下眼睛,有一瞬间的茫然。

很快,他意识到了发生了什么事情,他勃然大怒。

"你在干什么?!"

他霍然起身,力道很大地抓住了我的肩膀,吼着。

他的脸逼近了我的,我能在他因为惊惧突然瞪大的漆黑的瞳孔中,看到自己愤怒而绝望的表情。

我很快冷静下来,振作了一下,把他的手臂从自己身体上挪开。

"放开我。"

我双手握拳,垂在身侧,我准备着,如果他再碰触我的身体,我便立即挥拳相向。

"你催眠了我?!"

他还是有点不敢相信。

我用的那种最古老的抚式催眠法,相信连他这样的资深催眠师也未必能了解和掌握。

我面无表情,好像刚才两个人只是经历了一次并不愉快的"对接",而并非是什么奇特异常的事件的发生。

我捡起了自己的挎包,摆出要离开的样子。

"你至少应该解释一下你的行为——你是有目的接近我的,是吗?"

古靖之拦住了我的去路。

我把那只受伤的手臂举起来,放在他的鼻下,冷笑:"我们心照不宣,还用解释?"

"什么意思？"

"是你昨晚派人来杀我吧？"

古靖之像看妖怪似的看我。

"下次派杀手，麻烦派个等级高一点的吧，否则，这么轻举妄动下去，早晚会被我揪住尾巴！"

扔下这一句，我撞开了古靖之的肩膀，大步离去。

毫无疑问，我完全失败了。

我疑惑刚才他根本没有被我成功催眠。

因为人的潜意识是不能说谎的，而他在潜意识状态，竟然还坚持叫我爸爸"强奸犯"！

那完全是彻头彻尾的谎言！

可是，那种典型的催眠状态的情态，都是他假装的吗？

还是，事隔太久，他的记忆已经发生了扭曲，将自己的谎言当成了真相？

我走在夜风中，脚步有点踉跄，心头迷茫。

我，禾小绿，是禾永强的女儿，一个被古靖之指控的，强奸杀人犯的女儿……

迎面有个时髦的女人，不小心撞到了我的受伤的胳膊上，我疼得"啊"地叫了一声。

对方瞄了我一眼，撇撇嘴："走路不长眼睛？！"

我很疼。

而这种疼提醒我，古靖之对我做了什么……他派了杀手，想灭口……

所以，在我问他，禾小绿是谁的时候，他明显是说谎了，他至少应该回答，"禾小绿是我决心要杀掉的人，是下一个目标。"

不是吗？

一个天使制造者，是不容许自己有失败的作品的，被催眠对象反催眠，更会是一次奇耻大辱！

我相信自己马上就能看到他的疯狂报复。

我没什么可怕的，相反，确定了他在撒谎之后，我的心里好受多了。

我宁肯在他的谎言中挫败，也不能对当年所发生事件真相的怀疑产生动摇！

爸爸完全是被冤枉的，是枉死的！

停车场有个高大壮硕的中年女人在下车，她穿了一件棕色皮草大衣，关车门的声音很响。

我认出她是谁，在我第一次来若轻诊所的时候，跟她有过一面之缘。

是了，她叫田乐梅。

我没有什么犹豫，立即掏出了我的笔记本，记下了她的车牌号码。

【禾小绿笔记 何冰冰2】

时间:2010年4月10日 星期六
内容:何冰冰第二次心理治疗之后的讲述

　　昨天是周五,是何冰冰去若轻心理诊所做第二次治疗的时间。今天何冰冰请了病假,我没有在俱乐部见到她,我下午下班后,特意绕路去看她。

　　何冰冰住的公寓是自己名下的,装修精美的三居室。

　　我到达的时候,是晚上六点多。

　　她穿着带维尼小熊图案的睡衣来给我开门,精神看上去很不错,表情生动,举止活泼,并没有生病的样子。她请我在客厅的沙发上坐下。她房间的整洁和清爽让我有些惊奇。因为她的风格,一向邋遢和凌乱。

　　我跟何冰冰的谈话记录(整理自录音笔原声):

　　我:你今天请病假了,我来看看你。

　　何冰冰(笑):我没事儿,就是稍微有点感冒,身体软绵绵的,不想去跳操了。

　　我:没事就好。我还以为你昨天做催眠治疗,产生不良反应了。

　　何冰冰(细声细气):怎么会呢,催眠对人体是很有益的,不会有不良反应……我大概是晚上逛街的时候受风了。

　　我:你昨天晚上回来很晚吗? 我八点多的时候打电话给你了。

　　何冰冰:我回来都十一点多了,离开心理诊所,我又去逛街了。

　　我:你逛街都买什么东西了?

　　何冰冰(皱皱眉头):东西都太贵了,我逛了几个小时,什么也没有买。

　　这也不是她的风格,她买东西的时候,一向都不会问价钱。

　　我(环顾四周):你今天房间收拾得很干净。

　　何冰冰(依旧细声细气):嗯,我收拾了一整天,才有这个效果——以前真是太邋遢了。

我：你昨天催眠情况看来不错，你整个人都好像变了似的。

何冰冰（高兴地笑）：真的？呵呵，我也觉得是，我觉得自己变得更好，更快乐，更进步了。

进步？这个词儿也能从何冰冰嘴里说出来？

何冰冰：对了，小绿，正好你来了，我想托你办件事。

她起身到里面房间，片刻回来，手里多了一个白色信封。

何冰冰：这是我的辞职信，请你代为转交俱乐部经理吧。

我：你要辞职？这个俱乐部你已经工作四年了……

何冰冰（耸耸肩）：所以，才厌倦了。

我：你的钱攒够了？

何冰冰（叹口气）：钱多钱少，够用就行了，何苦为了这些身外之物，扭曲自己的心意。

我：扭曲心意是什么意思？。

何冰冰：就是做自己不喜欢做的事情啊！我不喜欢俱乐部的氛围，太浮躁，太奢靡了，人待在这种环境，会变得腐朽掉的。小绿，我劝你也考虑换个打工的地方吧。

我：哦……我主要觉得，这里薪水比较高。

何冰冰（严肃地）：钱不是人生的目的。

我（不寒而栗，赶紧转移话题）：那你辞职以后怎么办？

何冰冰：再找份新工作，做自己真正喜欢的，能体现自己社会价值的工作。

我：哦，那戴维呢？他今天来给你送花了，你不在……

何冰冰（厌恶地）：我已经给他发了分手短信，我跟他语言不通，所有的交流都在床上，想起来都恶心！

我（缄默三秒钟）：冰冰，我想，你现在已经变成"天使"了。

古靖之之章四

早上的太阳暖洋洋地照在我脸上。

我翻了个身,准备再睡一会儿。

每个星期三都是我的休息日,一个星期也只有这么一天。有些人的周末往往是最忙的时候,一边照常不误地工作,一边叫嚷着活不下去了……

杨晨经常抱怨这一点,我比她好一些。

家庭和事业难以兼顾的事还没发生在我身上,所以一旦碰到这样的患者,我经过 pre-talk 后,都直接转交给她。

她对此乐此不疲,有人听她讲述她的成功案例,对她是另一种肯定,虽然她的成功在我看来只不过是努力赚钱,把女儿送去国外。

我迷迷糊糊地准备睡了,就听到厨房的油烟机打开了,紧接着是鸡蛋下锅的刺啦声。

我叹口气,知道接下来也没办法睡个好觉了,只好起身。

换了衣服,洗漱完毕,刚打开卧室门,就看到元沛站在门口,准备敲门。

"我刚要叫你起床。"他放下手,耸耸肩膀,转身走到厨房。

"我还想睡个懒觉。"我有点不满,瞪了他一眼。

元沛算是和我毗邻而居，一墙之隔。他是个怪人，没什么朋友，两年前他从医学院的附属医院辞职以后，专职在家搞研究，平时大门不出二门不迈，只有每天早上九点，会来我家做早饭。

"你就不能收拾一下你家的厨房吗？"我叹口气，坐在餐桌旁，看他穿着围裙，像个男佣一样给我递上煎熟的鸡蛋，香肠，还有一杯鲜榨橙汁。

只是这个"男佣"戴厚厚的眼镜片，头发蓬乱，衣衫不整，从来不擦皮鞋……他的每次出场，对我都是一次挑战。

让我觉得不可思议，这个世界上真有活得如此忘我的人。

他可以一无所有，只要让他做他喜欢的试验。

科学真有如此魅力？我总是会莫名惊诧。

元沛坐在我对面，先慢条斯理地切了一块香肠送进嘴里，咀嚼彻底后，才说，"那不行，油烟会影响那些小白鼠。"

我绝对相信这是我自找的。

脑子里不期然地涌现出元沛的"实验室"，那些老鼠尸体，脑浆四溢，血流成河，死不瞑目的样子。

我不知道他从哪儿搞来那么多小白鼠，更不知道他怎么可以隐蔽得如此彻底，如果让小区其他住户知道这里住着一个"小白鼠开颅手"，我想后果一定不堪设想。

"那你不能专门搞个实验室吗？"我揉揉太阳穴，喝了一口果汁。

"嘿嘿。"他得意地笑了一下，"差不多了，我想很快就不用给你做早饭了。"

"什么意思？有人投资你的试验了？"

他神秘地摇摇头，"我不缺资金。"

这话我倒是相信，元沛的父母去世以后给他留下了一大笔遗产，具体的数额我虽然不太清楚，不过他既然敢辞职专门做研究，想必是个不小的数目。

"你找到合作伙伴了？"

我想不到其他可能性了。

元沛皱着眉头，斜着眼睛瞪我，"我辞职专门做研究，不就是因为有人跟我合作嘛? 你忘了? ”

是吗?

我一点都不记得了。

我赔着笑脸,"哦,对对,忘记了。"

这么一说,他又开始忧心我的头疼,"杨晨把药给你了吗?"

"给了。"

"有按时吃吗?"他像足了我的心理医生。

不过我对他没有阴影,即便撒谎也不害怕。

"当然按时吃了。"我很郑重地表示。

"撒谎。"他一点也不相信,"你要不要去医院做个CT,看看是怎么回事?"他很热心,"我来帮你安排。"

"好了,好了。我知道了。"我用敷衍的口气应付道,"如果我要去医院,一定告诉你,由你亲自给我看看。"

这么说,他就放心了。

我想我还是不习惯和人太过亲近,其实我跟他一样,没什么朋友。

我闷头吃着早饭,开始想今天的行程。

我想再找一下当时负责薄蓝案子的警察,他也曾追捕过禾永强,亲眼看到禾永强坠楼而死。

只是我要想个好的理由,他不是简中华,警察的假身份帮不了我。

这时候电话响了,我拿起来看了一眼,是华青。

我叹口气,如果不是紧要的事,她不会在我休息的时候打扰我。

"怎么了?"我接了电话就问。

"古医生,有一个姓乔的警察来找你,说有些事想问问你。"她压低声音说。

"你说他姓什么?"我有些吃惊。

禾小绿的上司不是姓聂吗?

"他说他叫乔安南,是市局刑警队的。"

我在犹豫的当口，听到华青在跟人小声说着什么。

"他现在就在诊疗室吗？"

"是的，他想要你的电话，我没有告诉他。"华青很尽职地回答。

"你把他的电话告诉我，我等下打给他。"

我讨厌事态超出我的控制，这意味着我需要更多的时间来进行决策。

华青很快报了一串数字。

我记录下来以后，推开了餐盘，看到元沛已经穿好了衣服，准备离开了。

"又剩饭。"他不满地嘟囔一句。

"我不喜欢吃早饭。"我瞪了他一眼，"给我用一下你的电话。"

他最好的一点就是很少问为什么，耸耸肩膀，从口袋里拿出电话递给我；他最不好的一点就是不识相，所以整个电话过程，他都在"监听"。

我瞪了他一眼，转过身去，拨通了乔安南的手机号。

只响了一声就接通了。

"是古先生吗？我是乔安南。"

是个悦耳的男声，想必年纪不会很大。

但是他叫我古先生……是不相信我的职业素质还是专业能力？

我在心里笑笑，"你好，乔警官。"

"我们今天接到了你的信，想尽快跟你谈一下禾小绿的情况，不知你今天有没有时间？"他开门见山地说。

"嗯，我要谈的意见，信上都已经写明了，关于她的情况，我也只能谈到这种程度。"

事实上，这个电话已经超出了我的预期。

我以为，我留下了若轻心理诊所的信息，足够让他们相信我，继而会按照我的建议寻找适合的途径解决问题，而不是质疑我的判断。

我压抑着心中的不满。

乔安南呵呵笑了两声："古先生，根据你的建议书，我们的警员禾小绿患有被害妄想症，这份建议书对她个人而言，事关重大，我们领导委派我调查和了解一下情况，请你务必支持。"

对乔安南的绵里藏针，我沉默了几秒钟，终于相当勉强地："下午三点，在我们诊所楼下的丽水咖啡厅见怎么样？"

"好，不见不散。"

丽水咖啡厅在那幢商务楼底楼的一角，面积不算很大，精美的欧式装修，厅堂里到处是大丛花束和银光闪闪的烛台，光线柔和，温度适宜，服务生都打扮得像十九世纪的英国绅士，气度沉稳地托着盘子走在光可鉴人的大理石地面上。有三四桌客人，都很优雅地压低声音交谈，厅堂里飘荡着轻柔的爵士乐。

这是个舒服的地方。

有时候我甚至觉得这里是世界上最安全的地方。

三点钟，我走进丽水咖啡厅。

下午时分，人并不很多，靠窗的位置一个男人正躲在装帧精美的菜单背后，好像在读论文似的专注，他是咖啡厅里唯一的单身，我想了想，试探着走过去。

他马上抬起了头，眨眨眼，像是很吃惊似的，"古先生？"

我和他同样吃惊。

他的气质和警察相去甚远，如果平时遇到他，我一定猜测他是个政府的公务员，成天泡茶聊天，写一些形式大于内容的报告的那种。

至于他对我的吃惊，我也不难猜到，我的很多女患者对我的"爱慕"，除了心理师的身份，就是这具她们认为可以去当模特当影星的臭皮囊了。

我冷然看着他，"乔警官。"

这算是我打招呼的方式了。

乔安南笑着将手伸给我："叫我乔安南好了。"

我犹豫了一下，也伸出了手。

这个男人的手比我想象中有力，他的体温偏低，手指握上去有点凉。

我脱下风衣，丢在椅背上，坐下来，扬手叫来了服务生："来杯拿铁。"

"哦，我要一杯红茶。"

乔安南应该也是刚到。

"这里的咖啡很不错，红茶一般，要不要试试咖啡？"

我很自然地向他建议。

"多谢了，我不太喜欢喝咖啡。"

我耸耸肩膀，不勉强，对着服务生点点头："再给我们来一盘小甜饼和两块黑森林蛋糕。"

服务生满面含笑地开了单，直接交给了我，我签了个名，又还给他。

"这里的小甜饼和巧克力蛋糕做得不错。"

服务生走后，我对乔安南说。

"呵呵，看上去古先生像是这家咖啡店的老板。"

他大概是想开个玩笑，不过我却点点头："是我们诊所出资开的店。这附近没什么好馆子，我们又常加班，实在不方便，便自己弄了个吃饭的地方——没想到，开业以来，这里生意还算不错。"

"原来开心理诊所这么赚钱？"他忍不住瞪大了眼睛，冲口而出。

我仿佛又看见一个崇拜者，淡淡地说："还算可以，我们诊所规模并不大。"

服务生端来了咖啡，我撕开了焦糖包，把整包糖都倒了下去。

"乔警官想向我了解什么？"

乔安南端着茶杯微笑，不温不火："我想知道你出于什么理由，给我们写了这封……"他斟酌了一下措辞，"举报信。"

他现在还是站在禾小绿的一边，对我充满敌意，我笑笑，"我只是根据我的判断，得出结论，禾小绿是否需要接受专业治疗，是由你们来决定的。作为一个普通市民，我想我有责任把潜在的危险早一点暴露出来。"

"这么说，你觉得禾小绿很危险？"

我深吸了一口气，"就目前的情况，我认为她不适宜当警察。"

乔安南沉默了一会儿。

"这是禾小绿的预约登记表吧？"他拿出手机，按了几下递给我。

手机上的照片，是禾小绿预约的时间表……确切的说，是林茵的预约登记表。我不知道他从哪里得到的，虽然他表情无辜坦荡，完全不当一回事似的，但我相信，绝不是华青给他的。

"你应该知道，病人资料是保密的。"我冷冷地说，强压住涌上心口的一股怒气。

他笑得明媚，"哦，这样吗？我看你的秘书有点忙，正好没事翻到这儿……你不会介意吧？"

我很介意，为了表示我的这种情绪，我板着脸，没有回答他。

事实上，我的脑子也有些混乱……这个横空出世的乔安南，大大地超出了我的预料，接下来，我的计划也许会因为他的这次行动而宣告失败……

"我很好奇，既然禾小绿用的不是真实姓名，你是如何知道她的身份的呢？你不是派了私家侦探调查她吧？"

他果然第一个提到了这个问题。

"那么你是如何知道林茵就是禾小绿的呢？"我反问道。

"哦，因为我曾经跟踪过她。"

他非常坦然地回答，坦然到了我无言以对的地步，然后他挑着眉毛，兴味盎然地向我微笑着。

"是她自己告诉我的。"我冷着脸回答，"她上个月在我为她做催眠治疗的时候，试图反催眠我，可惜她失败了，就在那个时候，我知道了她的真实身份。"

乔安南看上去已经惊讶得说不出话来，我知道这听上去有点像是魔法师斗法。大多数人理解的催眠术，就是一个江湖术士，在表演舞台上忽悠了几个人，或癫狂，或痴呆，一会儿装小鸟儿，一会儿学狗叫的无聊而荒唐的"秀"。

"禾小绿会催眠术吗？"

"哦，不仅会，而且，她的手法很高明。"我缓慢地点头。

乔安南打个寒战，他咳嗽一声："她为什么会对你做这些？我的意思是，本市有很多心理师吧，她为什么会单单找你呢？"

"这个问题你可以问问她。"

对警察撒谎不是明智的举动，我决定避重就轻。

乔安南的表情瞬息万变，"那你怎么会知道她的身份？你并没有被她催眠？"他尖锐地问。

我莞尔，很想为他的一针见血鼓掌。

"也许她并不这么认为。就在昨天，她第二次试图催眠我，并且以为成功了。"我长舒了一口气。

乔安南瞪大了眼睛，想了很长时间才说，"她第一次催眠你，失败了，反而暴露了自己的身份，然后时隔一个月，她再次试图催眠你……她是唐·吉诃德吗？不屈不挠地跟你作斗争？"

这一点也不好笑。

我冷着脸，"现在的她并不知道自己的身份是什么时候暴露的，正如她不知道她七月份已经成为我的病人，而不是她以为的十月。"

乔安南皱起了眉毛。

"禾小绿喜欢用录音笔记录诊疗的经过，我的手段也许不太光彩，但我要为我的病人负责……我有这个录音记录。"我斟酌了再三，"如果你们需要，我会提供证明。"

录音记录有太多东西出乎我的意料，我其实并不希望有警察参与进来。

"还有，在寻找录音笔的时候，我在禾小绿的包里发现了这个……"

我递给他一张照片。

照片中的禾小绿笑得很生硬，她从来都不是一个愿意勉强自己的人。当然，更重要的是，她穿着警服，而她身后的背景正是市警察局的长匾。

"嗯……"乔安南认真看了看，"我记得这照片，那时候小绿刚来警局……还是夏天。"

"我想知道你判断的依据，还有……禾小绿成为你的病人已经这么长时间了，你为什么现在才寄信给我们？她一开始表现得很正常对吗？"

"当然。"我深吸一口气，强迫自己冷静下来，小口地吮饮着咖啡，"她一开始扮演的是一个有排队恐慌症的女人。"

乔安南眨眨眼，"看来我对'正常'的理解有误……那么是什么时候，你觉得她的情况已经严重到不适合做警察了呢？"

"我想你误会了……人的心理或者精神上的问题，并不是一下就会爆发出来的，医生往往需要更多的时间来进行诊治和判断，我是结合了她的所有问题，统一得出的结论，并不是某一个特定时刻突然察觉的。"

乔安南赶快正色道，"我只是不太懂……被害妄想症，是觉得有人要对她不利吗？"

我沉默着，算是承认了。

"那么她是认为，如果不排队就会有人要加害她吗？"看得出来，乔安南费了好大劲才忍住不笑出来。

我言简意赅地："她对林茵这个扮演对象的设定是排队恐慌症。"

乔安南侧脸想了想："你的意思是，禾小绿并不是自己有心理障碍，而是在扮演一个心理有问题的人？"

"不，我怀疑她为了压制自己的被害妄想症，而不得不给自己多制造了一个性格障碍，她对这个性格的设定，便是个有心理过敏反应、深感痛苦、来做心理诊疗的人。在第一次治疗的时候，她便要我对林茵形成这个判断，她在心理师面前表现的一切反应都恰如其分，都在指向这个'心理问题'症状的结论。我第一次的时候，并没有作出正确的判定，对不起。"我说到这点，内心掺杂了一丝郁闷。

"哦，可是她为什么要压制自己的被害妄想症？"

"禾小绿对我有很深的敌意，我并不能给你更多的解释，我只是从我的专业角度，根据她的行为，作出这个判断——她不适合做警察，需要接受专业的治疗。"

我们都沉默了一会儿。

"那，她以为你是怎么样的施害者呢？"乔安南又抓抓下巴，不死心地找尽可能刁钻的角度提问。

我双手交抱在胸前，沉默了片刻，索性一股脑儿地倾倒而出："她昨天晚上，指控我派杀手去袭击她，她还给我下了战书，说下次派杀手，要派个高明一点的。"

"什么？"乔安南吃惊地看着我，"她是说，她手臂上的伤是你派去的杀手袭击造成的？"

我把咖啡一口气喝完，放下杯子，我用纸巾抹抹嘴角，眉头略蹙："就是因为发生了这事，我考虑了很久，才觉得有必要尽快让她的上司和同事知道她现在的情况。我一贯以来，一直把保护问诊者隐私放第一位，这次，实在是情况太特殊了，因为她是警察，而且目前的情绪偏执而激烈——我想，您也应该看到她手臂上的绷带了吧，她已经开始伤害自己了……从伤害自己到伤害别人，这个过程是很快的。她对我怀有深深的敌意，绝对不会听取我的任何意见，为了她好，为了别人好，我只能采取这个不怎么光明的办法。"

乔安南沉默了。

我是时候告辞了，"不好意思，我还有些事。"

乔安南恍然道："啊，一聊就忘了时间，古先生去忙吧。"

他依旧没有认可我的医生身份……我想他平时和禾小绿的关系一定很好。

我站起来穿上风衣，心情有些阴郁："乔警官，我希望你们能早点送禾小绿去治疗，她的病症，是经历了漫长时间的精神压抑和心理创伤而来的，这种病症对患者本身，是很痛苦，同时也是很具伤害性的。"

我双手插在风衣口袋中，望着隔着玻璃窗的楼下街角熙来攘往的人群，"我也很希望她能早点恢复健康……希望她不会因为我的贸然而怨恨我，我觉得自己是为她好……当然，她很难会明白我的立场和心情。"

我对着乔安南领首："不管怎么说，她是个很坚强的女孩子，又有真正关心她，为她考虑的同事，她会慢慢好起来的。"

我想我的表情有些悲伤。

第一次听到"内在小孩"的说法，还是上大学之前。

我对自己的选择很是忐忑，这时候，医学院的心理系举办了一次体验课程，沙扬是主讲教授。

大概是我跟他太熟了，看到他站在讲台上，总有一股想笑不敢笑的冲动，不过他像变了个人似的，讲话方式异常稳重温和，不可思议地俘获了所有人的心……这当中包括心理系的老师，相关从业人员，学生，甚至还有精神病科学研究中心的主任韩东剑——父亲去世之前，韩东剑经常来我家，那个时候他还只是研究中心的一名普通医生。

他长得苦大仇深，两颊有很深的法令纹，这让他看起来比实际年龄大很多，不知道是不是因为经常和精神病人打交道，耗费了太多的心力，他总是一副没精打采的样子。

那天也是一样，他看了我一眼，点点头，就坐在教室的第一排。

和我预期的不同，课程内容是对心理学系的概略介绍，对于该领域的相关科目却只字未提。

这些都是我听熟了的东西，但也还是认真地记录在笔记上。

课程还有十分钟的时候，沙扬建议大家提问，他来作答。

提问题有时候比回答更难，可惜大多数人不知道这一点，所以问来问去基本上都是一些关于日后发展、课程难度的垃圾问题。

最后，有一个戴眼镜的男生问沙扬，"沙教授，我想问一下，有这样一个人，他的精神总是非常亢奋，有时候很情绪化，不善于跟人沟通，总是做一些莫名其妙的令自己也无法解释的事，比如会去抢小孩儿手里的棒棒糖……您认为这个人的心理有问题吗？"

我很认真地听着，一边记录一边凭自己的感觉分析着。

沙扬听完，还是一副笑眯眯的样子。

"我想这个人如果超过十八岁的话，那是需要看心理医生了。"

那个男生果然笑了，"我说的是个小孩。"

全场的人都笑了，除了我。

沙扬摇摇头，像是发现了我的不快，耐心地说："心理学是很抽象的学科，专业的知识和丰富的经验必不可少，当然和所有医学一样，我们都需要最缜密的判断，误诊是件很可怕的事……"他的表情严肃起来，"精神病人犯法，是不会受到法律制裁的，如果我们判断失误，把精神病人当作正常人，那么给社会造成的危害是不可估计的，反之，我们把正常人当作精神病人……"他又恢复了笑容，"那就等着上报纸头版头条吧。"

下面笑得更大声了。

早前的几个星期，有一则信访人"被精神病"强送进精神病院的消息，在报纸上刊登了很久，是最近的热点。

那个男生听到这里还是很不满意，"可是您怎么能判断，那个孩子不是精神问题呢？"

"我没有见过他，没有发言权。"沙扬打了个马虎眼，"可是你说的那个孩子做过的事，你小时候也都做过吧？"

男生的脸红了。

沙扬就接着说，"也许现在也还在做……要知道我们每个人心里都住着一个'内在小孩'。"

他转身在黑板上写下这四个字。

"他体现了我们最真实的一面，善良，认真，执著，直接，快意恩仇……那些成年后我们不能去做的事，内在小孩在潜意识里全部可以一一完成，而当一个人压力过大或者精神萎靡的时候，很可能会因为'内在小孩'的'抗议'，而去做一些你不敢做的事……比如求婚。"

这句话让我想起沙扬说过的那个护士系的女生，连我也和大家一样忍不住笑了。

这堂课，就到此为止。

我开始了为期七年的本硕连读课程，'内在小孩'几个字，我再没有时间想起。

第二次听到这几个字，是禾小绿还是林茵的时候。

我一直不能说清我对这个女孩的感觉，但我很确定，每周二对她的诊疗，是我最期盼的时光。

她对自己的穿着打扮毫不在意，那天甚至穿了运动裤和帆布鞋。不过，运动装很适合她，她看上去精神十足，英气勃勃。

她给自己取了一个很好的名字，木秀于林，芳草茵茵。

她并不常把表情露于外，是个极度内敛又单纯执著的女孩儿……心理医生的身份让我很轻易能分辨每个人身上的特质，然而也是因为这样的身份，我对大多数人都心存戒备，甚至厌恶……

并不是每一个访客，都能让人感觉好像蓦然来到一个静谧的树林，双脚踏着柔软而碧青的草地，耳目一新，心神清明。

我不想让自己的表现太过于迫切，见到她来了，只是冷淡地点点头，又敲了两下键盘，才关了电脑。

"不好意思，我刚才给我的督导发一封邮件。"

"督导？是您的老师吗？"她好奇地看着我说。

"可以这么说。督导是指导心理医生调整心理状态，进行心理疏导的人。"

我的鼻翼翕动，又闻到了她身上的青草般的味道。

"心理医生还需要别人进行心理疏导吗？"她好像很惊讶。

"当然，心理医生进行得是高强度的心理劳作，稍不注意，就容易陷入抑郁和迷茫，心理疾病是有同感性和传染性的。"

"那能做古医生督导的，一定是个心理专家了？"

我弯了一下嘴角："他是个有名的精神分析专家。"

"哦，精神分析？弗洛伊德那种的吗？"

"现在的精神分析，跟弗洛伊德那时候比，已经发展了很多了。"

"哦，真想象不出来，能帮助心理师做心理疏导的，到底是什么样的专业人士？"

她是我见过的对心理学科最感兴趣的病人，总是问题很多。

"嗯，他是个精神病和行为科学专业的教授，我是他的研究生。"

"教授啊，学问一定很深厚了？"

"嗯，目前国内精神分析的学术领域，他是权威和引领者。我可以送给你一本他新出来的书。"

我从身后的格物架上，抽出了一本书。是一本《量子力学与头脑智慧》，作者名为"沙扬"。

"沙扬？"

"对，沙教授。"

"量子力学是爱因斯坦的物理学说吧？它怎么跟头脑智慧联系在一起的？"

"这本书就是讲这两者关系的，看看吧，即使是对普通读者，也有很强的可读性。"

我愿意相信她只是个狂热的崇拜者或者心理学爱好者，她问的一切问题，都只是为了爱好、工作、兴趣，或者迷恋。

她微微低着头，并没有特别的表情。

"哦，谢谢了，回去一定好好拜读。"

我看着她把书放在自己的大挎包中，注意到了她剪得很短的指甲和手指根部的茧。

这个美甲时代，好像只有做体力劳动的年轻女子才会留这么短的指甲吧？

不过，跟体力劳动者相比，她少了一份原生态的质朴和粗放。

她是个细致内敛的人，这很明显。

如果用种动物来比喻，她应该是松鼠吧，那种灵巧的，美妙的，懂得为过冬储存松果，用趋利避害的本能保护自己的睿智的小动物。

她偶尔也会露出尖尖的牙齿，但是不足为惧。

我按了一个台灯的调光按钮，光线比以前略暗。

"我们开始吧。林小姐请先将你身体上的束缚，比如说首饰、皮带、手表、手机等都取下来吧。"

她对平常的治疗有很强的反抗心理，这让我不得不把对她进行催眠的计划提前。

"我没有那些东西，手机在我包里。"

我看着她的绿色护腕："还有这个。"

"哦，这个，我不能取下来，这对我来说不是束缚，而是幸运符，我一定得带着它。"

她很坚决地摇头。

我像是丧失了反驳的能力，无法对她坚持我的看法。

事实证明，我的确错了。

后来我才知道，禾小绿的手腕处有一些细小的钢针，藏在绿色护腕后面。

她是用这个方法，逃避着陷入深度催眠状态。

"我们先来测试一下你对催眠的敏感度。"

我拉开了另一张扶手椅，坐下来，跟她距离一米左右。

这样的距离看来让她有些不安了，我看到她改变了下坐姿，她的背靠在椅背上，挺直了脊背。

"别紧张，放轻松。请站起来。"

我看着她的眼睛，她有一双深邃的眼睛，它们让我想到了群山环绕下的湖水，平静无波，却深不可测。

她站了起来，站在灰蓝色地毯的中央。在她站的地方，有一朵云朵状的图案。

地毯绵软温厚，会让我的访客如坠云端。

"现在，平伸你的双手，到达你的胸前位置，左手掌心朝上，右手掌心朝左，竖起右手的拇指。对，正是这样。闭上你的眼睛，缓慢而深沉地呼吸。"

她的姿势很到位，不需要任何指点和纠正。手臂笔直伸展，保持不动。闭合的眼睛，睫毛在微微地颤抖。

"现在，想象你的左手手掌上捧着一本厚厚的大辞典，你的左手会感到越来越沉重……"

她的左手，不易觉察地微微一沉。

她有着很好的想象力。

"想象你的右手拇指上，绑着一只大气球，是氢气球，这个气球逐渐地向上飘移，把你的右手逐渐地拉上去，使你的右手越来越轻，越来越高……"

她的右手，微微上扬。

"你的左手越来越沉，越来越往下，你的右手越来越轻，越来越举高……"

之后，我略停了几秒。

"好，现在暂停一下，睁开你的眼睛，看看你现在双手的位置。"

她睁开眼睛，看看自己的手臂，发出一声讶异的"啊"——刚才平举的两只手臂，已经分开了很大的一段距离了，左手臂下沉了很多，而右臂又高高上扬。

"林小姐，你的催眠敏感度很棒。"

她还在看着自己的手臂，露出一副不可思议的神情。

"你现在是在街上，人来人往，秋天的阳光很温暖，空气清爽，你刚刚吃过一顿丰盛的午餐，你的心情很放松，身体也很舒服，你一边逛街，一边看橱窗里的商品，这个时候，你发现你前方十多米处，有许多人，他们排了一个长长的队伍。"

她的安详表情马上不见了，取而代之的是恐惧和焦虑："啊，有人排队啊……我得快点去，否则来不及了！"

她的手臂陡然绷紧，声音变得细小而尖利，像个小孩子的声音。

她的创伤，来自幼年。

"排队的人很多,又很挤,你并不喜欢排队,可为什么一定要做呢?"我轻声地问。

她急速地呼吸了两下,眼角渗出了泪水,哽咽了:"是爸爸,是他要我排队买肉饼的,我如果买不到肉饼,他会不高兴的。"

"你爸爸不高兴了,他会怎么样呢?"我屏住了呼吸。

"爸爸生了气,就再也不回来了。"

因为她的泪水,我的胸口似乎也在隐隐作痛。

"爸爸带我一起上街,他去百货店买东西,让我排队去给妈妈买肉饼,他跟我说好了,让我买到肉饼,去百货店门口等他……妈妈生病了,她喜欢吃肉饼……买肉饼的人特别多,肉饼做得又特别慢,我排得很着急,我担心排队的时间太长了,等爸爸出来的时候,找不到我发脾气……爸爸的脾气不好,我很害怕,我一边排队,一边忍不住哭了……前面排队的人都回过头,一边指着我,一边笑我,他们知道我很急,可没有一个人肯把位置让给我……后来,天都黑了,我总算买到了肉饼,我跑去百货店门口,爸爸已经不在了……他生气了,再也不回来了……"

她的无声流泪,渐渐转为啜泣,进而又升级为号哭。那是一个孩子绝望的哭泣,整个诊疗室都似乎被这种号哭所震动着。

我觉得呼吸困难,眼睁睁地看她的身体因为痛苦而缩成一团。

在她的号哭又渐渐减弱为啜泣的时候,我开口了,声音难以置信地变得有些暗哑:"他再也没回来吗?"

禾小绿在哽咽中艰难地:"再也没回来……我再也没有见过爸爸……"

对白是为了剧情而设计的,我是这样,那么她呢?

第一次听到这个故事,我并不知道她是禾小绿,禾永强的女儿,一个警察。

我以为她是林茵,年轻的有着独特吸引力的白领,林茵。

我想,这是个抛弃故事。"排队"故事的主角,是个抛弃了生病的妻子和弱小的女儿的无良男人……

看着她的眼泪，我也忍不住唾弃这个男人……

可是第二次，同样的场景，我却不知道该唾弃谁。

"古医生，您觉得我的问题是因为童年阴影吗？"

她醒过来之后，脸上还带着泪痕，迫不及待地问了我这个问题。

她很清楚自己的病情，知道自己在催眠的过程中说了些什么。这也是我希望看到的。

"我想，你是因为无法接受被父亲抛弃的痛苦，而把它异化为对'排队'这个特定行为的恐惧和焦虑。这叫'痛苦转移'，也是人心理自我防御的一种表现。"

在禾小绿的第一份病例中，我还写了这么一段话：这种防御机制虽然能起到回避现实的作用，暂时压抑了痛苦和不安，可心理的症结却会因此更加复杂化，会使人陷入更大的挫折和冲突的情绪之中。

这两句话现在都变成了绝妙的讽刺。

我知道我的判断出现了致命的失误，她唯一的心理问题，是偏执地信任她"畏罪潜逃"的父亲，并且仇视无辜的证人——我。

那是一次不太深入的催眠，在见识过她的"催眠能力"之后，我不得不相信她自己也有这个技能。与其说我催眠了她，不如说，她"让"我催眠了她。

她一如既往地冷静，眼神像针一样刺在我身上，"古医生，童年阴影对一个人的影响很大吗？"

我点点头，很认真地看着她，"嗯。"

她低垂着睫毛的样子，看上去楚楚动人，女人味十足，即使她穿的是夹克衫和运动裤。

"古医生，不知你有没有听过一个名词，叫做'内在小孩'？"

我忽然想笑了。

她肯定是我最好学的病人，每一次都能给我惊喜。

我笑笑，放下手里的笔，"每个成年人的内心，都住着一个'小孩'，那就是童年的自己。成年人的行为、心理、思想，都会在很大程度上受这个'小孩'的影响。童年的痛苦如果没有解决，会引发成人后的许多症状，比如说忧郁，自虐，封闭，暴力倾向，甚至是精神分裂。在我的临床经验中，催眠术是通往成人的'内在小孩'的非常好的通道。让问诊者在催眠状态下回到童年，重新体验童年的痛苦回忆，将不愉快的情绪释放掉，然后再进行系统的心理治疗；让问诊者直面自己的'内在小孩'，跟他谈话，跟他散步，跟他做游戏；让'内在小孩'感受到关怀和爱护，'内在小孩'的伤痕愈合了，成人的心理才能成熟健康。"

她眼神熠熠，看着我，"每个人心里都住着一个小孩……那个，您的心里，是不是也有个小孩？"

我一愣，没想到她会把话题引向我："当然，我也有童年。"

"您的'内在小孩'也有哭的时候吗？"她不依不饶地追问。

我有点不安，从没有想过自己的"内在小孩"应该是什么样。恍惚了几秒，随口应付着："嗯，每个人的童年都有伤痕，只不过，有的人深些，有的人浅些，伤痕浅的那些，在岁月流逝中，便会渐渐遗忘了。"

是啊，我的"内在小孩"应该是已经被遗忘在心灵花园的某个角落了吧？

她看着我，眼神又恢复了翡翠般的清冷。

"我想，您的心理那么健康，您的童年，一定非常快乐幸福，您真幸运。"

这句话就像一支利剑，准确地刺进我的心脏。

我没有说话，也没有办法说话。

她拿起了自己的拎包，淡淡地："并不是每个人都会有这样的幸运，比如说我，比如说汤悠然。"

等我回过神来的时候，她已经离开了诊疗室。

禾小绿之章四

那个时候我才十岁。

我跟爸爸住在郊区的一所民居里,那是我们家自己的房子,爷爷奶奶留下来的,带一个大天井的房子。

这个天井是我们的谋生工具。爸爸是个花农,他在天井里搭了多层的花架,种了很多花草。每天早上,他都会骑一辆三轮车,拉上一车花草,去早市上叫卖,然后在这一天剩余的时间里,他会在天井里泡上一壶茶,一边喝茶,一边侍弄他的宝贝。

爸爸是个快乐的体力劳动者,心性单纯,人品温厚。

我妈妈在我很小的时候就去世了,我跟爸爸相依为命,我们家没什么亲戚,我只有一个姑妈,她在这个城市近旁的一个小镇生活,她跟姑父两个人,在小镇上开了一家小小的中草药铺,他们以此为生。

每年的暑假,姑母都会邀请我去小镇上度假。

那天出事的时候,我姑妈正在给我打电话,她嘱咐我下个月放了暑假,一定去小镇上看她:"小绿,我让你姑父去池塘弄了很多芦苇叶子,等你来,我就给你包你最喜欢的糯米蜜枣粽子。"

说完这个，爸爸就进屋了，他看上去好像有点不高兴，我问姑妈："爸爸来了，你要不要跟爸爸讲话？"

姑妈那天正忙着："不打了，我炉子上还炖着黄豆猪脚汤呢。"

她挂了电话。

真可惜，姑妈为了一锅黄豆猪脚汤，没有跟自己的亲弟弟说上最后一回话。

第二天，爸爸就死了。

姑妈后来向警方作伪证，说那天晚上跟我爸爸通了电话，以此加强我证言的可信度，作为爸爸的不在场证明。但警方因为是亲属的关系，不予采纳证言。

姑妈一度为此很恼火，曾带着我去派出所吵嚷过，她是除了我之外，世上另外一个相信爸爸是无辜枉死的人。

"我弟弟从小老实，三棍子敲不出一个屁来的人，不可能去强奸杀人的！而且，我侄女不是说了吗，我弟弟那天晚上八点多回来，就一直在家没出过门！我侄女从来不说谎……"

姑妈声嘶力竭，但没有人理睬她。

警方说，我的证言在法律上是没有效用的。作为直系亲属，而且还是个未成年人，不管我说什么，都不能改变爸爸那天晚上强奸未遂杀人的嫌疑。

我爸爸是在警察追捕他的时候，从一幢高楼的楼顶上跳下去的，当场死亡。

警察说他是畏罪自杀。

爸爸不可能在警察说的那个时间去杀人。

因为他那天晚上的确是跟我在一起的。

他刚回来的时候有点不高兴，说那个跟他约好时间的古教授突然出门，他没找到他人，也没有收到钱，白跑了一趟。

不过，爸爸看了一会儿他的花草，很快就重新又高兴了起来，他就是那种单纯而厚道的男人，没有什么能让他沮丧太久。他陪我吃了晚饭，便又坐到天井中，一边摇着扇子，一边看他的那些花草，间或还给它们浇浇水，除除草。

九点多，《天龙八部》的音乐声响起，我跑到天井中去叫他："爸，看电视！"

他丢下扇子就跑了进来。

我们俩都很喜欢看这个电视剧，尤其是爸爸，他是个武侠迷。

那天晚上，正好演乔峰跳崖的桥段，爸爸还流下了眼泪，他擦着眼睛，有点不好意思地对我说："真可怜，好人不长命，从那么高的地方跳下去，得多害怕啊……真是可怜……"

一语成谶。

第二天，爸爸不是也同样被人逼得走投无路，从楼顶上跳了下去！爸爸一向最怕高……他从那么高的地方跳下去，可有人像他怜惜乔峰那样说上一句："真可怜，好人不长命，从那么高的地方跳下去，得多害怕啊……真是可怜……"

他跟乔峰所不同的，乔峰死后，得到了武林人士迟来的尊敬和信任，而我爸爸死后，得到的是畏罪自杀的罪名。

那天中午，有个年轻警察找上门来，问清楚我的身份后，带我去了警局。

我很害怕，哭了起来："我爸爸病了吗？"

警察不说话，很严肃，对我的态度蔑视中带着生硬。我很讨厌他。

我们到了医院，我本来以为他会带我去病房或是急诊室什么的，可他径自带我去了地下室，到了走廊深处的一个房间。

这个房间的门，是那种沉重的不锈钢的大铁门。

我的心里盛满了恐惧，脊背上一阵冰凉。

警察打开了那个门，用下巴指了一下里面："进去吧。"

里面有几张带轮子的单人床，其中一张的白色床单下浮起了一个人体的轮廓。

我的眼中立时噙满了眼泪。

警察看着我,放缓了些表情:"小妹妹,你不要怕,你看看,是不是你爸爸?"

他走过去,揭开了白布。

爸爸的脸露了出来。

他的头颅凹陷进去一大块,脸颊处有一大块青肿,微微睁着眼,表情空洞,像是刚刚从一个不怎么愉快的梦中茫然醒来的样子。

我全身发冷,冷得我的胃似乎都扭成了一团,一种锥心刺骨的疼痛,从我的心脏部位,弥漫至全身,有一行行的汗水从我的鬓角流了下来,流向脖子:"爸爸,爸爸……"

我大哭起来。

警察把手放在我的肩膀上,弯下身子对着我的脸:"确实是你的爸爸禾永强吗?"

我不明白自己为什么突然生气了,我向那个警察吐口水,并抬腿踢了他的膝盖。

如果不是他及时把他的手从我的肩膀上抽离,我还想扑过去咬一口。

直觉上,我觉得爸爸的死跟这些警察有关!

一个穿便衣的男人走过来,将那个要发火的警察拉走:"哎,还是个孩子,不懂事……怪可怜的,刚刚成了孤儿……"

那警察悻悻地抹着脸上的唾液:"强奸杀人犯的种,真够野的!"

穿便衣的男人对他"嘘"一声:"你到外面去吧,这里交给我。"

警察走了。便衣的男人给我递了一块洁净的手帕,我把手帕扔在地上,哭:"我爸爸怎么死的?"

他和蔼地拍着我的肩膀,没去捡他的手帕:"我叫金大伟,我们出去说好不好?别在这里打扰你爸爸了。"

我跟金大伟说了爸爸昨天晚上的行踪。

虽然我当时是个未成年人，但我也有足够的认知能力，爸爸那天晚上，从八点半到十点半，一直在我的目光所及的范围之内。他怎么会跑半个城，出现在另外一个地方，对一个女人施行强奸杀人的犯罪行为呢？

金大伟为难地搔搔头："是这样，孩子，有个目击证人，曾看到案发时间，你爸爸从受害人房间出来。"

我跺起脚来："不可能，不可能，爸爸明明跟我一起看电视！"

金大伟没说话，只是同情地看着我。

我抽泣着："是谁?! 是谁说看到我爸爸的?! "

金大伟并没有向我这个嫌疑人家属透露目击证人的信息，他合上正在写的口供记录："走吧，我送你回家，已经通知你们家亲戚了，应该很快就到了……"

我看看他的记录本，再看看他的脸："我口渴，我要喝水。"

我知道饮水机在这间办公室外面。

"喝水啊？好的。"

他找了只一次性杯子，离开了房间。

我马上翻了他的口供记录本，很快找到了一个名字：古靖之。

我见过他，他是古教授的儿子，一个十五岁的中学生。

我不明白，同样是小孩，为什么警察不相信我的话，而相信那个站出来指认爸爸的小男孩?!

那个男孩，一度是我在这个世界上，最仇恨的人！

他说他那天晚上，在案发时间，看见了我爸爸从受害人房间很慌张地跑出去。

他显然是撒谎了，但警察却很相信他的话。

正是因为他，警察才会在第二天一大早，去早市上追捕我爸爸。

爸爸的死，都是因为他！

曾经有段时间，我跑到他学校，等他放学，往他的身上丢石头，扔泥巴。

我叫他"骗子"，叫他"杀人犯"。因为我觉得，那个女人既然不是我爸爸杀的，那大约就是他，或者是他爸爸杀的，所以他才会不择手段地将污水泼到了我爸爸的身上。

那段时间，闹得不可开交，直到我姑妈办好了我的领养手续，将我带离了这个城市。

我嚷嚷着要报仇，不肯跟她去。

她按着我的肩膀："小绿，你要报仇，得等你长大了，有力量了，强大了！人家不是说，君子报仇，十年不晚?! 等你强大了，报仇的时候，才能给敌人最大的杀伤力！"

姑妈的话让我想起了武侠剧上那些背负杀父之仇，忍辱负重，卧薪尝胆的女侠，我重重地点了点头。

十年后，我果然回来了，还当了警察。

姑妈了解我，当时我报考 S 市警校的时候，她很支持我。

"你一年考不取就两年，两年不行就考三年，直到考上! 反正有学费!"她掷地有声地说。

我家的老房子，被姑妈租了出去，她办了一张存折，专门储蓄老房子的租金，说是给我做学费用。

我第一年就考上了。

姑妈把那张存折翻出来，塞给我，又欣慰又伤感："弟弟要是能看到今天，该多高兴啊！"

我想，爸爸未必高兴，性格温厚的他不会希望我做个天天跟杀人犯和尸体打交道的警察。

姑妈要为我大办宴席，要给那些"街坊邻居们"看看："我们家小绿，多有出息，要去大城市当警察了！"

她叉着腰,挺胸说。

小镇人口流动少,生活封闭。虽然有姑母的呵护和维护,谣言和中伤于我仍如影随形。小镇的居民禁止他们的孩子跟我玩,而小孩子们一有机会,便成群结队来到我面前挤眉弄眼。

"你爸爸是个杀人犯!"

"你爸爸是流氓,对女人耍流氓,还杀人!"

"老鼠的儿子会打洞,你长大了,也是个强奸杀人犯。"

"不会啦,不会啦,她是个女的,没办法强奸!"

孩子们都哄笑起来。

我那个时候几乎每天都打几架。

姑妈从来不为我打架骂我,相反,她还很是鼓励,只是叮嘱:"打架别打头,只要不打头,就不会有事。往屁股上、腿上、胳膊上招呼!出点血也不怕,反正我们家是开药铺的,大不了赔他们药好了!"

渐渐地,没有人敢找我打架了。

除了因为我那个有魄力的姑妈,还因为我下手越来越重,越来越狠,跟我交手的孩子总会挂彩。

我的表姐大我六岁,我到小镇没多久,她就出去上大学了,我算是姑母身边唯一的小孩。

我一直没有朋友。

在我受别的孩子欺负的时候,在我被大人们在背后指指点点的时候,在我因为爸爸泪湿枕巾的时候,我常常会想起古靖之来。

他现在在哪里,在做着什么?

他是教授的独生子,父母一定非常溺爱他吧,他还会有很多朋友,过生日的时候,他们会包围着他唱生日歌,给他点蜡烛,还会送他许多他喜欢的生日礼物……

姑妈说,君子报仇,十年不晚。

可在我长成的岁月里,我渐渐明白了,这只是安慰我的一句天真的话。

我长大了,而他也不再是一个十五岁的少年。

他也会更强大,更有力量,我相信在我再次走到他面前的时候,他仍然是站在高处,傲慢地俯视我。

我凭什么会有十年后就能打败他的自信呢?

今天下午,我没有跟同事一起下班,我忙着从网上搜集些资料,乔安南从聂队办公室出来,站在我办公桌前看了我很久。

我好一会儿才意识到他的存在,抬眼看他:"怎么了?"

他露出一个笑脸,笑容有点奇怪:"小绿,你怎么不开灯?"

我这才意识到办公室已经昏暗起来,我随手拧开了我的台灯:"哦,忘记了。"

乍亮的光线把我的模样在电脑屏幕上反射了出来,我蓬头垢面,双目无神,眼窝深陷,黑眼圈很严重。

我猜我现在的样子看上去一定是有点恐怖,正是这个原因让这个八婆同事在我面前驻足不去吧?

他又在表现他那同志式的关切和热情了。

"小绿,今天我请你吃晚饭。"

"不必了,谢谢。"

我觉得他很烦,很想他早点走。

乔安南挠挠头:"事实上,是聂队……聂队有些事情,想让我跟你谈谈。"

我有些吃惊:"聂队?"

乔安南带着同情的神情看着我:"聂队昨天收到一封信,是关于你的……他要我向你了解一下情况。"

我的心急速下沉,我感到呼吸有些困难。

一封信……我有不祥的预感!

聂队收到的,是一封"建议信",来自若轻心理诊所。写信人的署名是古靖之,内容是建议我的领导,关注一下我的精神状态,因为在我的心理诊疗过程中,发现我有精神分裂症的倾向。

在香气氤氲的老鸭汤店,乔安南一边吸溜溜喝着粉丝汤,一边告诉我这封信的情况。

"这个狗娘养的!"

我很生气,拳头"砰"的一声捶在餐桌上。

我们身边的两桌人,都受惊地盯着我看。

乔安南用餐巾纸仔细地抹抹嘴巴,责怪地看了我一眼:"小绿,你冷静点。"

"如果有人弄这么一张纸,说你是神经病,你还能冷静?!"

这个天使制造者,真太他妈的太卑鄙了!

"你去这个心理诊所看病,应该是事实吧?"

乔安南给我泼冷水。

"我不是去看病,我是去查案子。"

"哦,对,那古靖之说你,为了证实他'派人袭击你',把催眠术都用上了。"

乔安南抓抓下巴,不赞成地看着我,轻轻地摇头。

听到了"催眠术"三个字,我在瞬间恢复了理性,沉默了一会儿,我盯着乔安南,很冷静地:"你怎么知道的?他给你说的?"

"聂队看了这封信后,让我给这个心理师打了个电话,他给我介绍了一下你的……呃,简要情况。"

我觉得他说这些话的时候很含糊。

我拳头捏得嘎嘎响,隔壁两桌的人已经纷纷起身,提前离开了。

乔安南为难地看着我,再抓抓下巴:"那,你真的觉得他……想要杀你?"

"不是想要杀。而是他已经是连续作案了。"

我森然地:"前几天刚刚死的汤悠然便是他的杰作。"

我要求他换了个地方,我们到了一处公共绿地,在一个怪模怪样的艺术雕塑前停下,然后在雕塑前的石阶上坐下来。

降温后的温度才十四度,石阶上不时有秋风卷着落叶掠过,空旷地中,风的强度好像大了许多,吹得人冷飕飕的,乔安南裹紧了夹克衫,再把领子竖了起来。

"我们一定要找这个地方吗?"

乔安南一边说,一边在审视我——也许他在观察我的精神状况,判断我到底是不是个疯子。

"嗯,这个地方才安全。"

我低声地说,再瞭了一眼四周。

"难道老鸭汤店里有窃听器?"

我把围巾系好:"嗯,窃听器不太可能,不过,很可能会有人跟踪,谁知道我们旁边的那些人会是什么身份和背景……"

乔安南在秋风中打了一个喷嚏,再紧一紧外套,他一脸忍耐的表情。

我明白他的意思:"你该不会也认为我是个疯子吧?"

"呃,那个……这个……可是,你为什么会觉得有人跟踪我们?是谁派的跟踪者呢?"乔安南叹了一口气。

"古靖之。"

我抚着自己手背上的邦迪贴说。

我胳膊上的绷带已经拆去,正在慢慢愈合的伤口上,只贴了一个小小的邦迪。伤口已经不疼了,只是愈合的创面上,总是传来一阵刺痒,我不时地在它上面抓挠一两下。

"嗯,我知道古靖之挺有钱的,可,他总归是个不到三十岁的年轻人,会有那么大的能量安排这么多人手当他眼线?他难道有另外一个黑帮老大的身份?"乔安南一边搓着手,一边用无奈的口吻说。

我低下声音:"他做心理诊疗师已经四年了,你知道他四年里看了多少病人?据说,他的规矩,是每天诊疗七位访客。"

"假设一个病人需要四次治疗,那除了节假日,每年也得有五百人左右。那四年就得有两千人了吧……可是,这跟他的眼线有什么关系……"

乔安南心算了一下,突然半张了嘴:"你的意思,不会是古靖之的病人,都会成为他的手下,供他差遣吧?"

我点点头,凝视着他,希望他能意识到这个问题的严重性:"我差不多就是这个意思。你想想看,在这个城市,有两千人都对他唯命是从,他没有什么做不到的,在一定意义上,他是这个城市最有权力和资源的人……"

乔安南打了个冷颤,然后就用看疯子似的眼光看我。

我捏紧了拳头,一字一顿地:"他用的是催眠术。"

"催眠术……可以完全地操控人么?"

"技术高超的催眠师,如果在催眠中对催眠对象植入指令,只要不解除,催眠对象会一直为他所用。"

"那跟传说中魔法师的魔法一样?有咒语,还有解除咒语的方法?"

乔安南挠挠头。

"嗯,在一定程度上说,古靖之,就是个惯用催眠术作恶的魔头。"

乔安南古怪地看了我一眼,"古靖之说,你催眠的本事也很大……你催眠过他吗?"

我冷笑了一声,"他真是抬举我了。我也以为我催眠得了他,但很明显,失败了。"说到这里,我有些沮丧。

"你怎么知道你失败了?"乔安南很好奇。

因为他在催眠中,都没有说实话!

我忍了忍,把这句话咽下,只是狠狠地瞪着乔安南。

"你护腕上的针头,是用来对付古靖之的催眠术的吧?"

他忽然挑眉看我。

我决定跟他坦诚相见,我卷起了衣袖,让他看我手腕上的十几个针孔:"嗯,这是我去他的心理诊所的时候,用那个护腕里的钢针扎的——我得用这个警醒自己不被他催眠控制。"

乔安南皱了下眉头,丝丝吸着冷气。对他这种极度爱惜自己身体的人来说,我的自虐行为,看上去一定很病态。

"你说,他派杀手杀你……原因是灭口吗?"

"对,灭口,我想,他一定发现了我的真实身份和接近他的目的。"

"哦,你接近的真实目的,是怀疑他是杀害汤悠然的凶手?"

"对,是为了破案。"

实际的情形要更复杂得多,可我觉得跟他说这一小部分,已经够了。

乔安南想了一会儿,面色凝重地问:"你是不是有个录音笔? 记录了你去古靖之那里问诊的情况?"

我不明白古靖之为什么要告诉他这一点,不过我还是点点头,"怎么了?"

如果录音笔的记录能让乔安南相信我,我想我愿意跟他分享一下。当务之急,是证明我的清白,而不是任由古靖之信口开河,指鹿为马。

面对他这样一个权威,警察的身份也只能是个弱者,任人宰割。

我不会让事情发展到那个地步!

"哦,没什么。"乔安南没有纠缠这个问题,"我还有点不明白,他既然用这些人做他的信徒,为什么又要杀人呢?"他忽然转移了话题。

"这个,我也没有想明白……也许,这几个被他杀害的人曾试图反抗他,或者是,他们也是因为发现了什么,怀疑了什么,而被他灭口了……"

"哦,灭口……可你一样也是被灭口,怎么不是用催眠术,而是派杀手呢?"

"也许,他知道催眠我很难,不得已,才用到了第三者。"

"结果派杀手来还是失败了,他只好把你交给我们处理。"乔安南忽然笑了出来:"那,他为什么这么做呢? 为什么要操纵他的病人们,是要征服全世界?"

他真的当我是神经病!

我看着他:"你根本不相信我对不对? 你宁肯相信我是疯子,也不相信古靖之是个魔头?!"

"哎,不是,小绿,我主要是……听你这么说……实在没什么心理准备……哈哈!"

乔安南笑出了眼泪。

我霍然起身，把围巾绕了一下，抬腿就走，步子又大又急。

"小绿，别生气，等等我。"

他刚才大概是在冷风中待了太久，起身又有点急，腿好像抽筋了，一边拖着腿追我，一边哎哟哎哟地喊疼："小绿，求你别跑了，我的腿筋疼……哎哟。"

我突然停下，乔安南差点撞到我的身上去。

"聂队是什么意思？"

"老聂要我……带你去找精神科的医生看看，你知道，我们做的是刑侦工作……这也是为你好。"

我明白了，如果我被证明真的患有精神疾病，我就不能再做警察了。保护百姓生命财产安全的人民警察，不能是个神经病！

跟古靖之比，我仍然是太嫩了！

他是一只残忍而施虐成性的猫，在把猎物吞下肚子之前，先要好好玩弄凌辱一番。

看着我成了个神经病，失去一份赖以维持生活的工作，对他来说，大约就能抵偿他被我反催眠的屈辱了吧？

"你们要带我去什么地方看病？"

"这个么，聂队跟我商量了一下，他觉得为保护你的隐私起见——毕竟这个心理师也只不过是怀疑和建议，你也很可能是健康的——建议不去精神病院，而托熟人找个精神病专家看看就行了，你觉得呢？"

他好声好气地跟我商量。

"如果鉴定下来，我有病呢？"

"那，早诊断早治疗，是对你自己负责任。"

我冷笑，熟人？谁知道他们找的熟人是什么背景？这个圈子很小，也许这个人便是古靖之的信徒。再说，即使是现场催眠一个精神病专家也是很容易的事！

通过专家之口，宣布我有病，然后将我关到精神病院里，任他宰割——真是一条毒辣的好计策！

我的围巾在风中翻飞,发梢散乱在我的脸颊上,我心里打着主意,沉默了一会儿,我对着乔安南点点头:"行,就这么办吧。"

乔安南松了一口气,用一种完成一项艰难任务之后的愉悦口吻说:"你放心,小绿,就算是你诊断出有什么,我们也一定会为你保密!你还年轻,治好病,前面还有很多美好的事情等待着你呢!"

他又是安慰,又是鼓励。

"那就麻烦您帮我安排吧。"

我很想早点结束跟他的谈话。

"那,我明天上午去你家接你,我们一起去看个专家?"

明天上午?!聂队和他还真是急切!

大概是怕我这个"神经病"会给整个警队闯下弥天大祸吧!

我把双手揣在上衣口袋中,笑了笑:"好,那就明天见吧。"

我回到了家,第一件事就是收拾好了行李。

我不是傻子,不能待在菜板上,等着古靖之来割肉。

【禾小绿笔记　何冰冰3】

时间：2010年6月26日　　星期六
内容：何冰冰之死

今天凌晨时分，我接到了警方电话，说何冰冰的尸体在中山公园的人工湖泊中被人发现。警方是从何冰冰手机中查到了我的联系方式。何冰冰手机中本地联系人只有我一个。

我已经有两个月没有见到何冰冰。自从上次在那个老年公寓分手后，我们只通过电话联系了两次，我本来是想等紧张的毕业考试结束后，再去看她的。

我根据警方的指示，来到了法医中心的一间停尸间。我到达的时候，何冰冰工作单位的两个领导已经在了，其中有个中年女人，正在轻轻地啜泣。

我虽然作了充足的心理准备，可看到何冰冰的模样，还是很震惊。

她全身一丝不挂，裸身盖在一张白床单下，头发上缠着一丝水草，脸部因为被湖水泡得肿胀而有点变形，她的嘴巴微微张开，眼睛也半睁，像是有什么话没说完，死不瞑目的样子。

警察说，她就是这个样子被人发现的。在案发现场勘察的时候，警察在一处岸边发现了她的衣服、拎包，拎包里有手机、钱包、身份证，并没有被人动过的痕迹。

法医说她的死因是溺水身亡。身体没有任何外伤，因为是裸身死亡，还特意做了妇检，结果也没有发现有被性侵犯的痕迹。

法医初步判断为意外或自杀。

何冰冰单位的那个女领导表示，在事发前何冰冰曾表现异常："她有一天半夜里，一个人坐在我们楼下的花园自言自语，被我们保安看到了，问她,她像个小孩似的哇哇大哭;就在昨天,她好好地洗着床单,本来是跟同事又说又笑的,可转眼又变了脸,哭了起来,还嚷着说害怕,用湿床单将自己裹了起来……我们本来打算这两天安排她去看看病的。"

她认为何冰冰有精神分裂症的前兆。

如此一说,法医和警察更倾向于是一宗意外。

我提出了尸体解剖的要求,可警察联系了何冰冰的家人,她的家人并不同意,我以朋友身份,并没有对何冰冰身后事作任何决定的权利。

警察让我回忆最后一次跟何冰冰通电话的情况。

我告诉他,何冰冰最后一次给我打电话,是一周前,她在电话里说,她最近一直在做噩梦,梦到一间空屋子,她被关在一个笼子里回答问题,如果答案不对,就会被砍头。

警察并不觉得这是个有意义的电话,甚至都懒得做记录,只是敷衍地"嗯"了两声。

何冰冰溺水而死,我觉得,是我把她推下水的。

古靖之之章五

上个月,或者更久之前。

我在 MSN 上看到一则留言。

留言人是和我一起长大的老朋友,关乔。

对我这样一个孤僻懒散的人来说,和关乔的联系大多数时候都是他单方面的。我没办法不好奇我身上到底是哪种特质吸引到他,因为除了他,我几乎没有任何朋友。

如果我们是朋友的话。

高中毕业以后他就开始行踪不定,我经常接到不同的区号打来的电话,有时候是东北,有时候是湖北,还有新疆、内蒙……全国各地他都跑过。

我一直不清楚他到底在做什么,他给我的回答是,"瞎跑呗。"

他瞎跑了快十年。

关于关乔,有两件事让我记忆深刻。

关乔的父亲是我母亲的主治医生。如果我去看望母亲的时候,他正好在查房,我就会躲到厕所里,等他走了再回来。

在那之前,我看过一档新闻栏目。一起简单的阑尾手术出了医疗事故导致病患死亡,记者采访主治医师的时候,那人面无表情的淡定给我留下了很深的印象。

我想关乔的父亲就是这样,永远一副事不关己高高在上的态度,他的冷漠建筑在极度的自尊之上,病房是他的王国,病患都是臣民。

有一次我经过他的办公室,听到他用轻描淡写的口吻,对另一个医生说,"三床快不行了。"

他说完不知道怎么抬头,看到站在房门口的我,马上拧起了眉毛,但很快,他又恢复了平静,"我去重症室看看。"

他经过我的身边,没有说一句话。

对他来说,他儿子的同学的母亲,只有一个代号——三床。

我知道他不喜欢这个还上小学就已经学会躲在厕所里抽烟的儿子,自然也不会对我们一家另眼相看,我父亲尚且当我母亲是个路人,他又能做些什么呢?

母亲去世的那天,关乔也在。他从他父亲口中知道这个噩耗之后,就开始放声大哭,哭声震天,感情充沛,我想在场的很多人一定以为去世的是他的母亲……因为我自始至终,也没挤出一滴眼泪。

我依稀觉得,我身体里有某件很重要的东西,和死去的母亲一样,永远地离开了我。

父亲站在床边,他伸手摸了摸母亲的脉搏,像是要确定什么似的,然后他默默地帮她盖好了白布。母亲的手露在外面,他又细心地放进去,并抚平了白布上的褶皱。一切都有条不紊,不急不缓。

我对那天最后的记忆,也就只停留在了关乔哭晕过去……确切地说,他哭得太厉害,喘不上气了才晕的。

后来我问过他,为什么会哭得那么伤心?

他一直说不出所以然,直到高中毕业的那天,他告诉我,"我总觉得哭是会传染的。"

"什么？"我正在宿舍整理自己的杂物，听到他突然这么说，丈二和尚摸不着头脑。

他嬉皮笑脸的，"其实我后来才明白……我当时挺害怕的。你妈去世的时候，你和你爸都僵硬地站在原地，好像傻了一样，我一着急，就忍不住哭了……其实我也一直没想通，我一共跟你妈没说过几句话，至于那么伤心吗？"他一副不解的样子，挠挠头发，"不过后来，我总在想，如果当时，你哭出来了，是不是一切就会不一样了？"

"有什么不一样？"我继续低头整理东西。

"你把自己封闭起来了！"他站在我身后，依旧是一副要死不活的口气，"我搞不懂你到底有什么想不通？我爸妈在家也还不是几天不说一句话？三天两头地冷战，一个个都板着棺材脸，可我还不是活得好好的？"他做出个夸张的动作，用力地昂着头，"他们是他们，我是我，谁都不能替我活着，高兴也是一天，难过也是一天，人为什么要给自己找别扭？"

他根本不理解我，也许连我也不了解自己。

我想母亲的去世，只告诉我一个道理，人死了，就什么都没有了。

什么都没有。

关乔做过的第二件让我难忘的事，和一个，不，应该是几个女孩有关。

这几个女孩我全都不记得名字，只知道一个是外校的，一个是低我们一届的学妹，还有一个是我们班的。

那是高二那年的情人节。

我对情人节并没有什么特别的感觉，甚至经常不记得这个日子，所以当那天早上，我在自己的座位抽屉里发现了两盒包装精美的巧克力之后，是非常吃惊的。

"哇塞，看来你的行情还不错嘛。"关乔就坐在我后面，他懒洋洋地用手支着头，好像不这样就会摔下去似的。

"给你。"我把巧克力丢给他。

甚至没打开盒子上带的卡片，确认一下送礼人。

"你可真是不解风情。"他摇头叹息着，却把包装盒推回来，"我像是没人送巧克力的人吗？"

他一脸不屑。

我当然相信他的"能力"，从初中开始，我所有用来学习的时间，他都用来谈恋爱，就算熟能生巧，他现在也已经是个中高手了，更何况，他天赋异禀，生来就能说会道，讨人喜欢。

"哎，你真的不看看是谁送的吗？"他看我把巧克力又扔回抽屉里，忍不住抬起头问。

"不想。"

他有气无力地又坐回自己的座位，"你该不会喜欢男人吧？"

我瞪了他一眼。

"拜托！大哥，连'麦当劳'都知道送花给女孩了，你怎么还是不开窍？你别告诉我，你从来没喜欢过人！"

"麦当劳"是我的另一个同学，姓麦，人高马大，看起来比同龄人大很多，关乔第一次看到他就很亲切地叫"麦叔叔"。

"啊，不是吧？'麦当劳'送花？哪个女孩这么倒霉？"我一直假装在看书的同桌终于忍不住，转头问道。

关乔一副欲言又止的样子，"算了，你还是不要知道了，我怕你受不了刺激。"他一脸同情地看着她。

我想那一整天，我的同桌都很不舒服。

不舒服的岂止她一个。

放学的时候，关乔的女朋友在教室后面和他腻歪，纠缠着一会儿去哪儿过节的问题，这时候，另一个女孩走进来，见到这个场景，二话不说，冲上来就打。

关乔在她冲上来之前，已经跑远了，"哎，你们，不要，不要……"

他夸张地捂住胸口，嘴唇哆嗦，却对着我眨眨眼。

在我还没来得及反应，他又义正词严地大喊一句，"你们不要这样了，我，我已经有喜欢的人了。"

他话音刚落，第三个女孩走进来，"听见没有？他喜欢的是我，你们两个不要脸的赶快滚！"

这个是外校的女生，好像是体育特长生，异常生猛。

趁三个女孩儿打得不可开交，关乔拉着我，偷偷地从后门溜了出来。他非常冷静，好像根本不记得刚才发生过什么事，在走廊的时候，还对着一个女孩放电。

"你要分手也不用搞这么大吧？"

他这么做，我倒也不觉得讨厌，只是认为成本太大，太过闹腾。

"一举三得。"他拍拍我肩膀，"正好一次解决了。"

我想他肯定是找到了新的目标。

第二天，我在学校门口，果然看到他拉着另一个女孩的手。

我想这件事我之所以记得那么清楚，是因为我根本没办法体会他的心理。在我看来，他从来没有真正地爱过任何一个人，我也是。

我们选了不同的路，却走向同一个终点。

现在，关乔也要结婚了。

我开始觉得孤独了。

挑明禾小绿身份的那天，MSN 上，我又收到了关乔的留言。

"别再给我玩失踪了！11 月 27 号，香格里拉酒店。我 26 号才到 S 市，估计没时间跟你联系了，你自觉点，27 号早上八点准时在我家集合！必须带家属一起来！"

这看起来更像是通缉令。

我看着这封信，忍不住想，有些东西，是一辈子都不会变的。

内在小孩也好，外在小孩也好，终究都是个小孩。

关乔十几年如一日地喜欢自说自话，我雷打不动地沉闷阴郁。

我无意让自己更难过，但是我还是忍不住会想，如果林茵不是禾小绿，我会不会邀请她陪我一起去参加婚礼呢？

大概也还是不会，我是心理师，不能和病人走得太近。

我的病人大多和我连君子之交都称不上。

曾经在一个商场门口，遇到过以前的病人，出于礼貌和对自己职业的尊重，我想问问他的病情是否稳定，谁知道他看到我，像见了鬼似的，拉着身边的女人逃跑似的往另一个方向走去。

我不知道是他的偷窥癖本身让他羞愧，还是我的身份让他惊慌，反正那天之后，我再也没遇到过他。

跟那个警察乔安南见面后的两天，我又接到了他的电话。

确切地说，是元沛接到了他的电话。

当初就是害怕麻烦，才用元沛的电话跟乔安南联系的，没想到最后却变得更麻烦了。元沛不得不放下正在做的试验，跑到我家来。

"因为他好像很急。"元沛擦着汗，把电话递给我，"我说你出去了，等会儿给他回电话。"

他好像知道我什么时候在家似的，一点也没有担心的样子。

我只好当着他的面，给乔安南拨通了电话。乔安南在外面，声音嘈杂，他扯着嗓子喊，"古先生！禾小绿失踪了！"

这是我完全没想到的，我愣了足有十秒钟。

怎么会失踪？

她现在不是应该由警方控制了吗？即便我说的话他们不信，也应该采取必要的措施证明她的心理问题……这些警察到底在做什么？怎么能眼睁睁地让禾小绿跑了？

我压抑不住怒气，"怎么会失踪呢？她现在很危险，你知道不知道？"

乔安南还是一贯的口气，"她还不至于要行凶杀人吧？我倒是觉得，你更危险，她口口声声说你是杀人魔头。"

我倒吸一口凉气，简直说不出话来。

乔安南又说，"她有联系过你吗？"

"没有。"我口气生硬地说，"我倒希望她能联系我。"

这句不是谎话。

乔安南叹口气，"我现在要去禾小绿家，看看她留下点什么线索没有，你要不要一起来？"

这倒让我没有想到，我犹豫了很久。

我知道我越接近禾小绿，对我和她来说，都越危险，但是……我想我作为当事人，比旁观者更容易掌握事态的变化。

"好吧，你在哪里？"

他说了一个地址，我知道那附近是个平民区，鱼龙混杂。

挂了电话，我看到元沛还站在原地，有些担心地看着我。

"没什么，我的一个病人失踪了，警方希望我能帮他们找到她。"我一边安慰他，一边马不停蹄地换好衣服。

元沛不是一个 嗦的人，他摸摸鼻子……这个动作让我忽然又想起乔安南，好像他也有这个小毛病，思考或者怀疑的时候，摸鼻子。

"嗯，那你小心点，我回去了。"

他没有深究，比我先一步出了门。

赶到禾小绿家，乔安南已经在了。

他穿着厚厚的外套，裹着一条格纹羊绒围巾，还夸张地戴上了手套，整个人像是从北极刚度假回来似的。

他站在禾小绿家门口，不时地呵口气，看到我，脸上带着不知道失望还是期望的神情，"哦，你这么快。"

"怎么不进去？"我问他。

"我在等房东，他说很快就来，这都快半个小时了。"他生气地说。

这是个很有意思的男人，我在心里想，他的生气就是真的生气。

过了好半天，我们谁都没说话。

我有一种感觉，乔安南趁我不注意的时候，总是习惯性地用戒备的眼神打量我，他对我的敌意，因为禾小绿的失踪，更强烈了。

楼道里传来脚步声，一个四十多岁的高胖男人喘着气爬上楼，见到我们，上气不接下气地，"你们是警察吧？"

乔安南出示了警官证。

"你是李东？"

"是，是我。"他拿出钥匙，打开房门，"这地方离我家太远了，我都交给物业管理员打理的……他一听说你是警察，非要让我亲自来一趟，哎哟，可累死我了。"

乔安南一直笑吟吟地听着他抱怨，也不着急，等门开了，李东先走进去，乔安南像客人一样，尾随在后。

我跟在他后面，也进了屋。

李东一进门就站在角落，很明显不想招惹任何麻烦，他嘟嘟囔囔地说："我的房客也是警察……警察要开警察的门，房东铁定要倒霉……"

我们都没说话。

虽然我觉得倒霉的肯定不是他。

禾小绿的房间收拾得虽算不上井井有条，但地板上很干净，桌面上的东西也归置得有模有样。

让我有些吃惊的是，房间里非常干净，甚至空旷，几乎没有什么家具电器和装饰物，就好像我和乔安南是来看房的租客，没有发现任何一点有人居住过的迹象。

李东左看右看："挺好的啊，这不是没事吗？"

他大概觉得，在房间里发现一具尸体，才算是"有事"。

我瞪了他一眼，去了阳台。

阳台上有两个空花盆，里面都剩了半盆土，我摸了一把，土壤很湿润，好像刚翻出不久，空气中飘荡着一丝淡淡的清香。

我叹了口气。

禾小绿是打算有一段时间不回来了，她带走了她的香菖蒲。

乔安南去卧室看了一圈，对站在客厅发愣的我说，"床褥整齐，没有人睡过，衣柜里的衣服被带走了一些，看来她是作了充分的准备才走的。"

这话让李东有些担心了，"离家出走？"

这我不怀疑，在乔安南还没来得及带她做系统的检查之前，我的话是唯一的标准，她的离开只能证明一件事，她不会再和我正面交锋，从现在开始，她会化身为隐形的刺客，藏匿在黑暗中，随时会给我致命一击。

"她常背的那个灰蓝色的大帆布包也不见了。"乔安南面色凝重，"我看见过她包里的录音笔。"

他清楚记得我说过的话。

我点点头，"我的电脑里保存了所有记录。"

乔安南的目光看着房间角落里的杠铃，并不正面应对我，"李先生，你房客的租约，跟你订到什么时候？"

他忽然转头问。

"今年春节前。"

春节还有两个月。

"租金是预付的吗？"

"交三押一，按规矩来的。"

乔安南摸摸脸颊，叹口气："嗯，谢谢你，李先生，你可以把门锁上了。"

房间里只剩下我和乔安南。

"真是麻烦啊……这个小丫头。"乔安南叹口气，表现得像个担心女儿的父亲。

"她没有做过精神检查,是吗?"我习惯性的,选择了背光的地方,以便更好地观察他。

"没来得及……"乔安南苦恼地说,"为了防止出现误会,我告诉了禾小绿你对她的诊断,她的表现,有点激动。"

我相信她的激动,绝不是有点。

在我的记忆里,有一个小女孩,梳着两个麻花辫,背着一只淡蓝色的双肩书包,在我放学的路上等着我。

她跟踪过我,拦截过我,向我吐过口水,也扔过石头。

那张表情丰富的小脸孔,时而悲伤,时而愤怒,时而倔强……让我的少年时代过得尴尬而有趣。

她长大了,变成一个清丽的年轻女郎回到我的身边,她的变化那么大,就像是一把愤怒的小匕首,经过时间的热熔和沉淀,转换为一块泛着冷光的神秘玄铁。

十一年的时间,她都在追求一个无法弄清的真相。

她的愤怒是无解的毒药,她需要找到一个试毒人。

喝下她的毒,会是一种什么样的感觉呢?

乔安南盯着我,"我觉得禾小绿对你有很深的敌意,我希望如果她找到你的话,你可以尽快通知我。"

他说得很严肃。

可是转念一想,他并没有确切地指出我和禾小绿谁对谁错,我和禾小绿,不管谁是天使,谁是魔鬼,他只是清楚地明白,我们是对立面而已。

乔安南四处看看,"我们走吧,看来她最近都不会回来了……你说她会去哪儿呢?"

我斜着眼睛看他,没有回答。

走到小区门口,乔安南说再见之前,他先说,"哦,对了,你说你有禾小绿的录音记录,可以借我听听吗？"

我摇摇头,"如果你需要,可以到我的办公室或者你家,在我的陪同下,只有你一个人可以听。"

我想想又解释道:"毕竟禾小绿还是我的病人,我希望最大限度地保护她的隐私。"

乔安南摸摸鼻子,"其实禾小绿本该今天早上和我一起去精神病科学研究中心,但是她没来……我觉得你和禾小绿之间不可能只是医生和病人的关系,所以我调查了禾小绿的档案。"

"你早晚会知道真相的。"我很平静。

"呵呵。"乔安南咧嘴一笑,"我还是不知道真相……如果你那天没有说谎,确实看到了禾永强从案发现场出来,那禾小绿为什么会对这个案子耿耿于怀?如果你说谎了,那禾永强为什么见了警察就跑？"

这些问题,我同样不知道答案。

我深吸一口气,看着夜色中灯光闪耀的楼群,"我并没有说我看到的人是禾永强,虽然我认为就是他,但是当时那个环境,他又是一闪而过,所以我没有告诉警方……"

"不,你说了,你描述了禾永强的长相。"乔安南打断我。

"我不知道他为什么见了警察就跑……如果他是无辜的话。"我只好说。

乔安南也不说话了。

"我想当时负责抓捕禾永强的警察可能知道更多的细节,如果问问他的话……"我顺势说道。

"有道理。我应该去找那个金大伟问问,如果他还活着的话。"乔安南作出一副恍然大悟的神情。

他经常表现的和善,甚至懦弱,但是话语里总是锋芒毕露,有时候简直让人难以接受。

我想他多少也有些人格分裂,说不定小时候受过什么刺激。

"如果可以的话,我想我也能和你一起去。"我试探着问。

他不假思索地，"当然可以。那就说好了，我明天给你打电话。"

我拿出手机，给他拨了个电话。

"你用这个号码联系我。"我说。

我想和警察在一起，比我一个人的力量要强大得多，也方便得多。

乔安南笑笑，"狡兔三窟，你有几个手机？"

我没有回答，挥一挥手，"明天见。"

禾小绿之章五

我拖着一只小行李车,车子里除了我的两个行李包,还放了两盆香菖蒲草。

这些就是我在这个世界上的全部家当了。

我走进了一个高档的住宅小区,门卫拦住了我,问我去找哪一家。

"6号楼902室,我是他们家新来的保姆。"

门卫叫我等一下,他跟业主联系了一下,随即挥挥手放行:"走到底,右转,第一幢楼,楼宇门牌上写着6号楼,你直接按902室的对讲机。"

"谢谢了。"

也许像我这样年轻的保姆不多,我能感觉到门卫的目光一直好奇地盯着我的背影。

902室是个复式大房,有三百六十多平米的面积,难怪会需要住家保姆来专门负责打理。

给我开门的是个年轻的女子,面容姣好,身材纤细,气质温婉。

她看到我,好像有点惊奇:"是保姆吗?"

"嗯,是。"

一个高亢的声音传来:"进来吧,穿那双黄色的拖鞋。"

我听过这个盛气凌人的女声,是田乐梅——我下一步的工作目标。

我把行李箱放到玄关处,换了拖鞋进来。

房间里开了地暖,暖洋洋的,有二十多度的室温。转过了雕花玻璃的玄关,便是面积有四十多平米的大客厅。客厅的挑高天花板上,挂着我在电影里才能看到的水晶吊灯。客厅中央摆了欧式的厚重大沙发和雕花扶手椅,墨绿色大理石的桌几。田乐梅正坐在其中的一张单人沙发上,她穿着一件真丝绣花的睡袍,头发上包着一个粉红色头巾,黝黑的脸颊上隐约有些许红晕,似乎是刚刚洗完了澡。

我把围巾和挎包都解下来,没人请我坐下,我站着也没有什么不自在。

田乐梅打量我,疑惑地:"不是说明天来吗? 这么年轻啊……我记得家政公司介绍的新保姆,是一个四十来岁的阿姨。"

"今天家政公司安排好的那个保姆正巧家里有事,临时出城了,她推荐了我来……不是约好的今天晚上吗?"

我侧着脸,故作疑惑。

事实上,我给了那个保姆一些钱,让她把这个工作机会让给我。

在田乐梅家工作是那家家政公司雇员们公认的苦差,他们家每个月都至少换一个保姆,田乐梅有名的刻薄严苛。那个保姆本来对家政公司的这次派遣很不甘愿,我的提议,让她喜不自胜。

田乐梅继续打量我,小眼睛里精光四射:"你有二十岁吗?"

"我二十一岁,刚刚大学毕业。"

"哦? 你是大学生?"田乐梅脸上浮起了笑容。

"是,我今年刚毕业,找不到别的工作……"

我恰到好处地低下头。

田乐梅走过来,气派大得像个远洋母舰。她拉了我的手,眯着眼睛:"我知道,现在大学生的工作越来越难找了,真是可怜……明妍啊,去倒杯水来。"

她叫的是那个刚刚给我开门的女子，女子有点不满，但被田乐梅盯了一眼之后，还是乖乖地去厨房倒了一杯白水，重重地放在我面前。

"谢谢了，不用这么客气。"

我对那个女子说，对方只是冷冷地瞥了我一眼。

田乐梅呵呵笑了两声："不用跟她客气，她跟你一样，也是大学毕业后找不到工作……哦，她叫明妍，是我的儿媳妇。"

她看明妍的目光，像刀子一般地尖刻，充满恶意。

原来是这样……

我猜这就是田乐梅需要看心理医生的原因吧。

"我家里，除了我，我儿子，媳妇，就没别人了，家庭关系很简单。你没有多少活干，主要给我做做伴儿就行了，我这人性子有点急，但心肠好，你放心，我不会委屈你，会拿你当自己孩子看的。"

田乐梅在我喝水的工夫，好像已经打定了什么主意，我一放下水杯，她就笑容可掬地对我这么说，一只肥硕的手紧紧拉着我的胳膊，她的手指绵软，黏在我的胳膊上，像是无骨的水底软体动物。

我的应聘顺利得让我有些愕然。

也许她在拉婆媳大战的同盟军吧？可是，有必要这么讨好一个小保姆吗？

我很快有了答案。

田乐梅带我参观她的城堡，顺便安排了我的住处——不是楼下的专用保姆间，而是楼上她儿子小两口的隔壁，两间房间，就隔了一个搁物柜做的薄薄的墙壁。估计有什么动静，彼此都能听得一清二楚。

我明白了，她想让我当她的炸弹，埋伏在她儿子和媳妇之间的炸弹！

我有点奇怪她的精神状态。她应该看过两次心理医生了，难道古靖之这个号称是天使制造者的人，能容忍自己的访客，两次心理治疗后，仍没有任何改善吗？

她那个叫明妍的儿媳妇，看了婆婆的安排，脸色苍白，嘴唇颤抖，转身进了自己的房间,紧紧关上门。在田乐梅儿子回来之前的时间里,她没有再出来。

不经意中,我已经卷入了她们婆媳战争的旋涡之中。我像身处于以婆媳争斗为主题的家庭伦理电视剧中。

田乐梅很满意地盯了一眼儿媳妇紧闭的门,拉着我下楼:"我住楼下,你有什么事直接找我,这个家我是主人,什么事都是我说了算!"

她的声音高而尖厉,显然是特意说给那扇紧闭门之后的人听的。

我们回到了楼下,她又领我去看了厨房:"你会做饭吗?"

"家常菜是没问题的。"我姑妈从我十二岁起就教我厨艺了,她认为学一身好厨艺,是女人受益终身的傍身之技。

她满意地眯了眼睛:"那很好了。像你这么大的年轻人,有些笨的,连白米饭都做不好。"

后面这句话她是扬着声音对着楼上说的。

她的鼻子很高,鼻尖有点红,像只好斗的公鸡。

"你负责买菜,我每个月给你两千元菜金,你每周给我报一次账。我们家晚餐要四菜一汤,你买菜的时候要注意荤素搭配,我喜欢吃红烧蹄髈的,我家小俊喜欢吃清蒸鲈鱼……"

她详细地给我介绍了她和儿子的口味偏好。

田乐梅带着我从厨房出来,瞥见了我玄关处的行李。

"哟,你还带着两盆花?"她有些不悦,"小俊有花粉过敏症,我家阳台从来不养花。"

"这是两盆草,不开花的。"

我养的这种菖蒲草叫窄叶香蒲,它的花期是 6、7 月份,它开的花,更像是圆柱型的小坚果,并无花粉。我给田乐梅说得并不确凿,但我觉得解释清楚很麻烦。

田乐梅打量着两盆菖蒲草,想了一下,宽宏大量地摆摆手:"算了,反正小俊也很少上阳台上去,你就养吧。"

我把花盆抱到她指定的地点。

"对了，我还没问你的名字呢。"她笑容可掬地。

"我叫林茵。"

"哦，那我叫你茵茵吧。"

她亲热地说，并没有要求看我的身份证。

田家儿子晚上似乎有公司应酬，他回来的时候已经很晚了，又似乎在楼下妈妈房间待了很久，到他上楼的脚步声传来的时候，我已经关灯上床了。

很快，隔壁传来了这家儿媳妇的哭闹。

男人压低声音低喝："你胡闹什么?! 人家在隔壁住着呢。"

看来他已经由母亲详细介绍过新保姆的情况了。

"你妈妈什么意思，让小保姆住我们隔壁……替你妈听我们动静?"

"别胡说，人家一个小姑娘，你也太刻薄了！"

"你怎么知道是小姑娘?! 你妈说的? 你妈是不是跟你夸她花容月貌了?! "

明妍的声音越来越大了。

"小点声，妈都睡了。"

男人叹气。

明妍抽泣："你们母子两个，是不是商量好了? 要赶我走，干脆点说嘛，绕着弯子弄个女人来逼我自己走……太阴险了！"

"吴明妍！你讲点道理好不好？"

"你妈妈一晚上都'茵茵'、'茵茵'叫着，亲热得跟母女一样，还让我给她倒水，我们俩到底谁是保姆?! "

男人烦恼地："那怎么了? 也许是妈妈觉得她可怜，对她好一点嘛……"

明妍失控地大嚷："你妈那是可怜她吗? 你妈是成心要气死我，找个保姆也跟个狐狸精似的，还不是给你看的吗?! "

男人声音也大了："为什么给我看?! "

"为什么?! 为了勾引你，转移你的注意力，好把我从家里赶出去……"

他们吵架,连田乐梅气势惊人的上楼声都没有听到,直到他们的门被敲得咚咚作响,他们才停下来。

田乐梅的声音很严厉:"小俊,你们做什么?! 注意下影响!!! "

明妍哭得更厉害了。

这个小俊似乎很怕他妈妈,明妍的哭声变得断断续续,像是被丈夫捂住了嘴巴。

"哎哟! "

小俊忽然叫了一声。

"怎么了? 儿子,她咬你了吧? 你受伤了? "田乐梅明察秋毫,立即推断出房间内发生了什么事。

"没事,没事,妈,你去睡吧⋯⋯"

"我睡得着吗?! 你们快把天都闹翻了! 我不敲门,邻居也都要敲门了! 哎呀,明妍,你也是受过大学教育的文明人啊,怎么能跟个野人似的打架? 就这么没素质?! "

明妍没什么动静了,也许她咬了丈夫一口之后,怒气发泄得差不多了。

田乐梅又直骂了五分钟之久,声音比小两口吵架高亢得多。不过,并没有邻居敢来敲门。

田乐梅骂足了,踢踢踏踏地下了楼,一切终于平静下来。

我打了个哈欠,看着黑暗中的天花板想,互相仇恨的家庭关系,还真是可怕!

我孤身一个人在这座城市的处境,看来并不是最糟的。

我睡不着了,拧亮了床头灯,从挎包里摸出了一本书看。

书还是古靖之送给我的那本,沙扬的《量子力学与头脑智慧》。

我上警校的第三天,就知道古靖之做了心理师,现代互联网这么发达,我把古靖之的名字敲进百度,点一下"搜索"就行了。

有古靖之名字出现的第一个词条,是沙扬教授的一则新闻,他在介绍他的得意门生的时候，特别提到了古靖之的名字："是我学生中最具有催眠天赋的，非常有悟性，我想，用不了多久，他就会成为顶尖的催眠大师……"

催眠大师？我想起了当年父亲坠楼的疑案，眼前像是划过一道强光闪电，将我的五脏六腑都照得通透，继而又有轰隆隆的雷声在我耳膜内不断炸响。

爸爸当时行为那么奇怪，莫名其妙跑到了楼顶上跳下来，是不是中了催眠的妖术？！

那个时候古靖之虽然年纪小，可他爸爸古风林也是研究脑神经的，保不住也是什么"催眠大师"吧？所以才遗传了古靖之的"催眠天赋"？更可能是古风林从小就对他儿子进行"催眠术"的培训？当年的案子，是这对父子联手作案，然后再嫁祸给了我爸爸……

我一瞬间如醍醐灌顶，多年密布在我生活中的疑云渐渐散去了。

让一个正常的、健康的、理智的人，短时间内丧失心智，陷入幻觉，只有这种摄人心魄的妖术才能做到！

我跳了起来，差点撞翻了电脑桌。

我握了拳头。一定是这样，是催眠！

他有催眠天赋，所以长大了，做了催眠师！

催眠就是他的武器，而我要跟他战斗，一定得做好我的"盾牌"！

我在第二天马上跑到学校的图书馆，借回了所有有关催眠术的书籍，这些让我并不满足，我在网上又订购了所有我能找到的书。

我如饥似渴地研读这方面的知识，夜以继日地打造我的"盾牌"。

警校四年，我一直关注着古靖之的消息：他跟着沙扬教授去国外做短期学术访问，他成了"若轻心理诊所"的合伙人，他的名气越来越大，报纸和期刊上做了他的专访，有文章称他是"天使制造者"……

我看到这五个字，不由得笑了，天使制造者？

世人愚钝，双目浑浊，都被古靖之的假象所迷惑了。

制造天使的人，难道是魔鬼吗？

我坚信他的邪恶的。

十五岁就能面不改色，笃定从容地在人命案中撒弥天大谎，这不是一般人能做到的，也许，这也是"天赋"？！

我早上起来给我的菖蒲草浇好水，然后洗了拖把，拖地板。

我得谨守本分，在保姆的角色中存续下去。

田乐梅起得也很早，她的脸暗沉沉的，对着我的勤快点点头："茵茵，你起得很早。"

"您早。"

田乐梅顾不得跟我多说，她在楼梯口喊儿子："小俊，小俊，你下来一下。"

楼梯上很快响起了脚步声，一个高个子，长脸高鼻，五官跟田乐梅有五六分相似的年轻人下楼来，他头发蓬乱，眼圈发黑，穿着一件深灰色丝绒睡袍。

田乐梅拉了她儿子的手，将他扯到了她的房间去。

很快，楼下的空间中，便充斥着这个母亲心痛的惊叹声："我的乖乖！她可真狠啊！"还有"你也真没用……怎么不揍她？！"恨铁不成钢的责骂声。

估计今天的家庭大战，还会继续上演。

楼梯上又是一阵脚步声，那个儿媳妇突然冲了出来。

她好像一夜没睡，脸肿着。

"喂，你！"

她对我呼喝。

我觉得她把目标转向我，有点太蠢，我看她一眼，又继续拖地。

她径直走到我面前，踩住了我的墩布："叫你呐，你没有耳朵吗？"

受了欺负的弱者，总是要寻找更弱势的对象，来发泄怒火，平衡心理。

我面无表情地看着她："什么？我又不叫'喂'。"

"对不要脸的女人，叫'喂'，都够客气了，你别让我叫出更难听的话来！"

她一夜之间，变得很可怕。

昨天还是个淑女,今天便成了一个泼妇。

可见,泼妇的练就过程,简单而快捷。只要你有个专横的婆婆和一个软趴趴的丈夫。

我抖了一下拖把,她差点被我闪倒在地上。

她怒气冲天,抬手推我的肩膀:"不要脸……"

我一抬手就捉住了她的手臂,她的脸立即扭曲了,痛得直叫:"呀!"

"放客气点。"

我只用了七分力气,箍着她纤细的手臂。

她不是我的目标,我对她和她的丈夫都没兴趣。

"我做保姆,不会碍你的事,你也别碍我的事。"

我压低声音告诫她。

小俊从他妈妈的房间出来,手掌上包裹着厚厚的纱布,田乐梅刚才在为儿子包扎。

她也随着儿子走出来,看着我们站在一起,伸长了下巴,一双三角眼凶巴巴地瞪着儿媳妇:"你又在惹什么事?"

明妍瞟了一眼丈夫手掌上的纱布,低下了头。

小俊好像还没有原谅她昨天咬他的那一口,他看也不看她一眼,脸色铁青。

"没什么,刚刚吴小姐问我早上吃什么早饭,我告诉她,是鸡蛋炒火腿粒还有皮蛋瘦肉粥。"

田乐梅一双小眼睛骨碌骨碌的,看看明妍,又看看我。

吴明妍也侧着脸,一双眼睛偷偷地瞄我,她大概直到现在,才认真考虑我刚刚给她的表态——"不会碍你的事"——有多大的可信性。

她哼了一声:"叫什么吴小姐啊!你进了这个门,就是一家人了,你不是叫我阿姨吗?那就根据我们S市的规矩,叫明妍'阿姐'吧。"

进门?阿姐?

听上去我好像是田乐梅看中的,要给儿子作主纳的妾……

这句话对她的儿媳妇来说,比打她耳光都难受,明妍好像被什么无形的东西抽了一下似的,缩着肩膀站在一边,眼泪滴在了自己的拖鞋上。

田乐梅看到了明妍的眼泪,叉腰:"一早上就淌眼抹泪的,真是丧气! 你是不是还委屈了……"

她酝酿了一晚上的怒气,找到了爆发口,我没兴趣再听一次河东狮吼,拎着拖把去了楼上。

田家真大,我在自己小公寓能三分钟拖好的地,在这里要用一个小时,再加上这些每天都需要擦拭的欧式雕花家具,这份住家保姆的活儿并不算轻松。

田家二楼有个敞开式的大露台,露台用磨砂玻璃把墙跟室内空间分开,木制装修,加铆钉的长木条地板上摆放着一组纯白色的金属桌椅,桌子上放了一本书,是《兔年运程》,不知是这对婆媳哪位的读物,正被深秋的冷风吹得书页哗哗作响。

早上的阳光很好,我把拖把搁下,手扶在齐腰高的白色木制护栏上眺望四周的景色。

这个小区的树木茂盛,前排两座楼的缝隙中可以看到一个大型的喷水池,喷水池上做了小天使和飞跃的白马的雕塑,在阳光下,水波粼粼;楼下是一条笔直的小区主干道,主干道的尽头,有一座小小的儿童游乐园,有孩子们的欢笑声隐隐约约地传来。

这时,隔壁的露台也传来了拉门的动静,一个四十多岁的短发女人出现了,穿着小花点的家居服,隔着露台间的铁艺栅栏看到我,目露好奇。

"我是这家新来的保姆。"

我自我介绍。

"哦,是这样啊,他们家换保姆换得很快的,上次的那个好像才做一个星期就不做了……昨天晚上又吵起来了吧? 啧啧。"

女人应该是这家的主妇,举手投足间充满主人翁的自信,她有些同情地看着我，忽然又侧耳听听："哟，早上还在吵呢，那个老女人嗓门真够大的！"

果然，楼下传来了又粗又重的田乐梅的嗓音，"贱人"、"吃货"、"离婚"、"滚出去"的字眼被高频率地重复。

女邻居摇摇头，在露台上收了两件衣服，一边抱着衣服慢慢走回去，一边自言自语地抱怨："这个老太婆神经有毛病的，一天到晚嚷嚷个不停——跟他们家做邻居真是倒霉，花了八百多万买来的房子，怎么让人都不得安宁？真是！"

她重重地拉上了露台的门。

我有些愕然，原来像田家这样的大房子，要八百多万，原来住在这里的人，都这么有钱……

我想起了爸爸，他一车花常常只卖二三十元，而为了卖这二三十元，他每天都需要凌晨四点起床。他每天对收入最大的希望，就是等早市结束后，他赚来的钱，除了生活费，还能给我买我喜欢的加鸡蛋的葱油饼做早餐。

我的手肘支在栏杆上，托着下巴，想着爸爸停下三轮车，在天井里大声招呼我来拿葱油饼的喜悦和自豪，一瞬间潮湿了眼眸。

耳畔充斥着田乐梅的怒骂和吴明妍的啼哭。

她们住着八百万的房子，过的生活却如此阴暗，她们也许从来不曾体会到一个爱意浓浓的葱油饼所带来的具有冲击力的深刻的幸福。

可见，幸福，是跟钱多钱少关系不大的东西。

早餐桌上，田乐梅已经雨过天晴，他们母子吃我做的皮蛋瘦肉粥，吴明妍一个人在房间啃冷面包。

媳妇服软，小夫妻俩之间开始冷战，田乐梅对战果很是满意，她愈发地待儿子亲切慈爱，嘱咐儿子今天一早要去打破伤风针："一定要去打针，你不知道，人的牙齿上有多少病菌。"

小俊听话地点点头。

我一直很安静，直到田乐梅说自己上午也要出去一趟的时候，我才抬起头来:"您今天去哪里？我陪您一起出门吧？"

田乐梅微笑："不用了，茵茵，你今天上午还要去买菜，我是去看医生，已经约好了。"

"哦，您是什么地方不舒服吗？"

田乐梅看了儿子一眼，意味深长地："没什么大事。大概是更年期吧，有的时候控制不住情绪，有看不顺眼的事情，就心口憋闷——看的是心理医生，听听人家的解劝，心里会舒服点。"

小俊从饭碗上抬起头："咦，妈，你以前不是都晚上去吗？"

"这是人家诊所安排的。"

田乐梅对着儿子笑。

"那还是让李海送你吧。"

母子两人开始了对这个"李海"的议论。听上去，李海是田乐梅的一个外甥，帮他们家收租，维修房屋，联系租客，兼职做田乐梅的御用司机。

田乐梅摇头撇嘴："李海最近汽油费报得越来越多，我倒想看看，不用他的车，他好意思再跟我搞鬼么！我今天打的。"

小俊笑了起来："妈，你也太小心了，油费能有几个钱？"

田乐梅大口嚼着火腿炒鸡蛋，一边冷哼："我的钱也不是大风刮来的，凭什么白送给别人花！再说，我到年底，还想再买套公寓呢，攒钱要紧。"

我问田乐梅："那您中午什么时候回来呢？"

"这个不一定的，我会打电话给你的，你只管买你的菜，做你的中饭。"

田乐梅和儿子前后脚走了，我洗好了碗，回到了自己房间。

隔壁传来了吴明妍讲电话的声音，她且哭且说，不知道在跟什么人诉苦。

我也开了一下手机，从早上到现在，我有十二个未接电话，全部来自于乔安南。还有三条短信，也来自他。

"禾小绿，你怎么把手机关了？你人在什么地方？"

"你有什么想法，我们当面沟通，我保证完全站在你的立场考虑问题！请尽快联系我！"

"小绿，很担心你，你在哪里?! "

我在心里叹口气。

今天是说好跟他看专家的日子，他找不到我，一定非常恼火。

有点对不起他。不过，我不能冒险跟一无所知的他去找什么精神病专家，如果跟他去了，也许今天晚上就被关进去了。

乔安南是个心肠不错的男人，一个有经验的正直的警探，但他似乎缺乏足够的想象力。

他无法想象天使制造者的可怕！

我删除短信后，又随手关了手机。

我从挎包里拿出了我的笔记本。

每天记笔记的习惯，是从小跟爸爸一起生活养成的。

爸爸虽然是个粗人，却粗中有细，他用一截铅笔，在我用完的作业本的反面，悉心记录花草每天的成长情况。

他的记录很简单，上面满是他自己才懂的各种指代符号，如果问他哪盆花的栽培情况，施肥除草，花期移植等诸多细节，他只要翻一下他的记录，便如数家珍，每个枝叶都清清楚楚。

我觉得这是一种敬业，是对自己目标任务的负责态度。

我也习惯记笔记。

只是我的目标任务不是花草的养殖，而是一桩真相的揭露。

我在笔记的新的一页建立了标签。

【禾小绿笔记　田乐梅1】

时间：2010年11月25日上午九点

地点：华光城小区6号楼902室

内容：对田乐梅的近距离观察情况

11月24日晚，我成功地应聘了田乐梅家的住家保姆，她在若轻诊所已经做过两次催眠治疗，我以此机会近距离地观察她的个性情况和行为表现，希望可以获取"天使制造"过程的第一手资料。

观察对象的个性情况：阴郁，恶意，刻薄，吝啬，对儿媳充满怨毒和敌意。

观察对象今日日程：上午去心理诊所，下午未定。

观察对象的行为表现：

1. 安排新来的小保姆住在儿媳卧室外间，一墙之隔，用心险恶；

2. 拉拢年轻的保姆，作为打击儿媳的工具；

3. 处心积虑引发儿子和媳妇的战争，离间他们之间的关系，孤立儿媳；

4. 吝啬，怀疑外甥有报销猫腻，今天外出计划打的出行，不肯用自家车；

……

电话铃忽然响了，是客厅里的家庭固定电话。

隔壁的吴明妍还在讲手机，似乎对客厅的电话铃置若罔闻。

我合上了笔记本，跑去接电话。

是田乐梅："喂，茵茵啊？"

我看看表，十点二十五分，古靖之这么快结束了他的诊疗？

"是我,您好。"

田乐梅的声音却听上去又亲切又慈祥:"我今天中午不回去了,遇到一个老朋友,我们在一块聚聚,下午一块儿搓麻将,晚饭后再回去。"

"哦,好的。"

我答应着,心里揣测,在心理诊所那种地方,她会碰到什么朋友?

"您看完心理医生了?"

田乐梅似乎没听到我的问题,她很快地挂了电话。

我有点担心,一整天,都在坐立不安中度过。

吴明妍却习以为常,似乎田乐梅这样的一出去一整天的情况是经常发生的。

"田阿姨喜欢打麻将吗?"

在一次吴明妍出来倒水的时候,我问她。

她想不理睬我,可对于家里只有我们俩人在的情况又有点畏惧:"嗯,她这个年纪的老太太,有几个不打麻将的?"

她不太高兴地嘟囔着。

"她经常跟谁打麻将?"

"还不是那些闲得在家没事的老头老太太,她从不在家里摆牌局,我不认识。"

她冷冰冰地说完,便又进了自己房间,把门紧闭起来。

也许是我想多了,只不过是阔太没事出去打一天麻将而已……

田乐梅回来的时候,已经晚上九点多了。

我从七点多开始起,就一直在阳台上望着楼下,她后半天一直关机。

我很后悔,为什么不对观察对象采取跟踪行动。

一日行踪未明,可以发生很多事情……

晚上九点多，门铃终于响了起来，门外是精神略显疲惫的田乐梅，她双目无神，头发有些凌乱。

"田阿姨，你这一天去哪里了？"

我仔细地打量她。

"嗯，打麻将去了，累死了。"

她说话的神态并无异样。

"您的脸色看上去有点不好。"

"嗯，有点头疼，哎，我得马上睡觉……"

"嗯，我去给您打开洗澡水……您今天不是去看心理医生了吗？"

"是，上午看医生，下午去打麻将了……"

田乐梅换了拖鞋，打着哈欠，走向自己的套间。

我给浴缸放水，她换好了睡衣，进浴室的时候对我笑了一下："谢谢，你快去睡吧，这些事情我自己做。"

她的笑容有点奇怪，看上去有些僵硬。还有，这是她第一次对我这个小保姆说"谢谢"……

不过，这也许是因为她打一天麻将，反应迟钝了的缘故。

"您今天是遇到什么朋友了？那么高兴？"

我并不想走。

田乐梅试试水温，缩了一下手："有点热了。"

她没有回答我的问题。

"水温是四十二度，热了吗？"

我没有动过恒温热水器上设定的温度。

田乐梅还是没回答我的问题，她摆摆手，疲倦地："你先去给我倒一杯冷饮料，我喜欢一边泡热水澡，一边喝点凉东西。"

我端着一杯橙汁再进来的时候，她已经把自己脱得精光，倒在浴缸里了，她毫不在意地向我袒露着她的裸体。

她的脂肪把浴缸塞得满满的,一眼看上去,好像在水中都荡漾开来,有些让人担心会不会在热水中融化掉。

她捏着自己大腿上肥厚的橘皮组织叹气:"唉,真是太胖了,该减减肥了。"

她对着自己嘟囔。

我虽然还想探个究竟,可对方的裸体状态让我知难而退了。

我把橙汁放在她的浴缸边,退了出去。

背后传来她扬着水花唱歌的声音。

她唱的是邓丽君的《路边的野花不要采》。

她的嗓音粗犷沙哑,唱这么细柔婉转的歌,即使是音调准确,也让人不忍卒听。

我回了自己房间,把这些都记在了我的笔记本上,又修改了"观察对象今日日程"为"一日行踪未明"。

第二天,我是在田乐梅的歌声中醒来的,她唱的还是邓丽君的歌,这次换了一首,是《何日君再来》。

歌声依旧很难听,不过,可以听出她的声音中洋溢着欢快情绪。

有什么事让她喜不自禁吗?

我跳起来,穿上衣服出去,发现田乐梅正穿戴整齐地在阳台上给我的那两盆香菖蒲浇水。

她一边唱歌,一边浇花,兴高采烈。

不知为什么,阳台上的黝黑丑陋的田乐梅,忽然让我想起了妩媚娇俏的何冰冰,她低头浇花的样子,跟何冰冰弯着腰温柔地给痴呆老人抹口水的样子有几分神似,我的心坠了下去。

天使!

我的身后传来了动静，是穿着睡衣的小俊，他听到了妈妈的歌声，也惊奇得张大了眼睛。

"早啊，小俊，今天天气真好。"

"哦，早……早，妈，你还会唱歌啊?!"

儿子惊讶地舌头都打结了。

田乐梅爽朗地笑："傻小子! 妈怎么不会唱歌，妈妈年轻的时候，每次有集体活动，都会给大家来一首! 我最喜欢邓丽君的歌。"

"我从来没听你说过……"

"是啊，时间久了，差不多都忘了。"

她继续低头浇花。

我审视着她，她今天脸颊有些苍白，嘴唇干裂，眼睛亮得出奇，像是有点发烧的症状。

田乐梅一边继续浇花，一边嘱咐我："林茵，今天别做粥了，年轻人不喜欢吃，做三明治吧。"

她不再叫我"茵茵"，变成了直呼其名。

她忽然又抬起头，问儿子："明妍还没有起床吗?"

小俊挠挠头发，撅嘴："不知道，我昨天晚上在书房睡的……"

田乐梅放下水壶："你还在跟明妍赌气?"

儿子没吭声，一脸烦扰的表情。

田乐梅敛了笑意，郑重地教训儿子："你是个大男人，对女人要宽容一点，怎么那么小气，跟自己老婆吵架还当真?! 去，跟明妍说声对不起，不许再赌气了!"

田小俊吃惊得张大了嘴巴。

我现在已经确信昨天在田乐梅身上发生了什么。

我此时此刻，真心地佩服古靖之。

一夜之间,就把一个人完全变成自己的对立面,即便是"上帝",大概也很难做到完全颠覆一个人的好恶吧?!

田乐梅亲自去楼上看儿媳妇。

很快,她笑呵呵地挽着媳妇走下来,嘴巴里一边说着:"……明妍,今天早上做三明治,你要多吃点,你太瘦了。"

她一只手轻轻地拍着她的手背。

吴明妍脸上是既惊且惧的模样,对婆婆发生的翻天覆地的态度变化,如坠梦中。

走到儿子面前,田乐梅很诚恳地向吴明妍道歉:"昨天妈对你发脾气了,我大概是更年期,脾气古怪,说了那么多难听的话,你可别怪妈妈,我现在心里一直懊悔得很……"

她拉着媳妇在早餐桌前坐下。我按照田乐梅的要求,已经做好了两种三明治。

田乐梅对明妍说:"我让林茵给你做了两种,一种是培根蛋的,一种是芝士火腿的,喜欢吃哪种?"

"呃,都好,都好。"

明妍战战兢兢地,把手从婆婆那双肥厚的手掌中抽出来,拿了一块芝士火腿的三明治。

田小俊也坐下来,端详着妈妈:"妈,你今天看上去很高兴啊,是不是昨天打牌赢了很多钱?"

田乐梅又开始了一家之长的训导,但这次她的训导内容跟平时很不一样,语气也充满了慈祥长辈的语重心长:"家和万事兴。你们小两口啊,要和和美美,你理解我,我理解你,这样日子才能过得舒心畅意嘛。只要你们俩和和气气的,好好过日子,我比赢多少钱还要高兴!"

田小俊条件反射地点头称是后，又惊异地看着妈妈。

吴明妍手里的三明治都掉在了餐桌上。

门铃响了，我去开门，进来的是田乐梅的外甥司机："姨妈，早。"

这是一个二十七八的年轻人，穿着一件黑色皮夹克，头发抹得油光锃亮，皮肤油脂分泌旺盛，一脸疙疙瘩瘩。

"哦，小海啊，吃早饭了没？一起吃点吧？"

田乐梅亲热地说。

李海大概很久没受到过姨妈这么热情地邀请了，一时有点结结巴巴："不，不用了，我，我吃过了。"

"今天怎么来这么早？"

"哦，是康明花园的那个租客，她说房间空调制热功能不太好，要求我们买个新的。"

李海搓着手说，他偷眼看着姨母，好像在提防着她随时像个点燃的爆竹一样炸上一响。一早上就提花钱的事，似乎犯了姨母的大忌。

田乐梅还没有说话，小俊先拧了眉头："现在天气还不冷，用什么空调啊！再说，我们空调又不是坏了，她想用新空调，自己买去……"

田乐梅支着下巴想一想，对着儿子摆手："哎，算了，算了，那个空调确实有五六年了，不好用了。要买，就买个新的好了，那租客也不容易……"

小俊的一口牛奶差点儿当场喷到了早餐桌上。

李海也很吃惊："事实上，我跟她讨价还价了，我说要装新空调的话，每个月须涨一百元的房租……她同意了……我是来跟您说涨房租的事的。"

田乐梅笑："哎哟，就一百块，我们又不是把钱穿到肋骨上的吝啬鬼，跟人家一个单身女人计较那一百块？！算了，给她装个新空调，不用涨房租。与人方便，自己方便嘛。"

"啊……好……"

李海挠挠头。

也许是看姨妈今天早上太好说话了,他掏出了一叠发票:"姨妈,这是这个月的油费和停车费。"

田乐梅看也不看:"一共多少?"

"一千六百四十八。"

田乐梅起身到卧室把自己的皮夹子拿来,取出一张卡:"小海,这张信用卡给你用,限额三万的,你平时油费什么的,就刷这张卡吧,那些小钱也不要跟我算了,我不耐烦管这些。"

李海赶紧把卡接过去,双眼放光:"哦,谢谢姨妈。"

田乐梅坐回餐桌去,看着吴明妍一笑:"正巧小海来了,今天吃完饭我跟你逛街去吧,到处都在换季打折,你也该添几件新衣服了。"

【禾小绿笔记　田乐梅2】

时间：2010 年 11 月 26 日上午

地点：华光城小区 6 号楼 902 室

内容：对田乐梅的近距离观察情况

　　11 月 25 日，田乐梅上午出去后，自晚间九点多才回，一日行踪未明。自述是昨天上午催眠治疗后，去跟朋友打麻将了。从今天一早开始，田乐梅的本性已经很明显地"天使化"了。我基本能确认，她昨天在深度催眠中，已被古靖之下达了"天使变身"的指令了。

　　我有点不明白，下达一个催眠指令，需要一天时间这么久吗？

　　还有，这种"天使变身"的状态，可以一直存续下去吗？ 也就是说，她的人格，能稳定、成熟、持续地转换为另外一个人格吗？

　　何冰冰和汤悠然死亡前后的迷，希望能在田乐梅这里解开谜底。

观察对象个性情况：开朗，豁达，慈爱，公正，慷慨。

观察对象日程安排：由外甥开车，跟儿媳一起去逛街买衣服。

观察对象的行为表现：

1.早起浇花，开心哼唱并主动上楼与儿媳和好；

2.要求保姆早餐做儿媳喜欢吃的三明治；

3.要求儿子主动给妻子道歉，并为儿子和媳妇的和好而欢欣；

4.表示"与人方便，自己方便"，爽快同意给一房客换新空调；

5.给外甥一张限额三万元的信用卡，用来支付车辆停车费和汽油费；

6.早餐后拖着儿媳出门，要给儿媳去买换季新衣。

结论：结合昨天观察对象一日的不知所踪，及前后两天行为表现的判若两人,可以初步判断,该观察对象已经被"天使制造"了,田乐梅已经不再是田乐梅。

......

我合上了笔记本。

心头像是重重压上了几块大石头,堵得喘不过来气。

并非是震惊,我亲眼见证过何冰冰的天使变化,也深入了解过汤悠然的变身前后,有她们"珠玉"在前,田乐梅的变化,并没有超出我所预期的轨道。

让我沉重的,是自己记录的"观察日记"。

把"阴郁,恶意,刻薄,吝啬",化为"开朗,豁达,慈爱,公正,慷慨",如果站在客观公允的立场上,应该为这种变化喝彩和叫好吧?!

尤其是对这家人来说,因为一个人的彻底改变,他们都笑容灿烂,心怀幸福,无比安慰......

很多人都会问这个问题——这难道不好吗?

我曾经为了何冰冰的变化,也问过自己这个问题。当然,那个时候,我还不知道"天使制造"的后果,会导致她的殒命。

如果,古靖之不是我的仇人,我会不会还会为了他的"天使制造"而奔走,而怒吼,而信誓旦旦要揭穿他的阴谋和真实面目?

很可能,我也会是那些喝彩和叫好的人群中的一个吧......

何冰冰死了,如果真的是失足落水呢?

汤悠然死了,如果真的是精神崩溃之后的自杀呢?

作为曾有几千个访客的心理师,有几个偶尔出了意外的,难道就一定很稀奇很可疑?

要知道,心理师的客户群,可是心理问题集中而激烈的高危人群,他们中出现几个意外,难道不是很正常吗?

我对"天使制造者"的痛恨，只是因为我的私人原因？

这是不是心理疾病的一种，比如说，偏执狂？

我使劲掐了一下自己的胳膊，让自己马上从恍惚中警醒过来。

我怎么能忘了那个拎着球拍攻击我的杀手?!

我也不能忘了古靖之以心理师的名义写给我上司的，揭示我"被害妄想症"的建议信！

我很生气自己的软弱和犹疑。

古靖之毫无疑问是邪恶的，就连他把一个人完全变成自己的反面的神奇魔法，也是透着邪恶和诡异。

田乐梅向催眠师求助，难道是为了完全泯灭自己，转换为另外一个人格？

一个人最大的幸福，是自由。

而是否自由的最基本一个评判标准，就是能够对自己不喜欢的事情，说"不"。

田乐梅，还能够再说"不"吗？

古靖之之章六

十一年的记忆会扭曲到什么地步呢?

我很久以前听过这样一个实验。

邀请三十个人,询问他们的童年,问话里涉及了摩天轮,有超过二十个人,很肯定他们小时候没有坐过摩天轮。

无数的暗示,刺激……到实验结束的时候,几乎所有人都言之凿凿,很清楚地记得,自己在什么时候和什么人,一起坐过摩天轮,甚至还会出现一个把甜筒冰激凌洒在地上,哇哇大哭的孩子……

记忆并不都是真实的,我想我比常人更明白这个道理。

金大伟五十多岁,个子不高,身材壮硕,古铜色的肤色,胡须浓密……这样的人我一生中见过无数,但和他一样,没有一个在我脑海中留下清晰的印象。

我甚至不觉得见过他。

乔安南先简单自我介绍了一下,他并没有介绍我,金大伟只是好奇地看了我一眼,就被乔安南说的话吸引住了。

"没想到这么久了,你们还记得这个案子……那个女孩现在是警察吗?"他兴致盎然,招呼我跟乔安南,"坐下说,坐下说。"

乔安南不客气地坐在唯一的沙发上,我不想表现得太过亲热,就站在他身后,活像他的保镖。

"对,她当了警察,您对她还有印象吗?"乔安南笑眯眯地说。

金大伟拉了张椅子,坐在乔安南对面,"这哪能忘了?是叫禾小绿吧?"他得到乔安南肯定的答复以后,又叹口气,"不过说起来,也是十来年前的事儿了……我记得她爸爸死了以后没多久,她就被亲戚收养了……怎么?她还是不死心,觉得她爸爸的死有疑点?"

乔安南点了点头,"其实我看过资料,您写的结案报告非常清楚,我也没有发现什么特别的疑点。"

金大伟咂咂嘴,摇着头,"其实这案子,我后来想起来,也算是没结案……第一嫌疑人禾永强确实意外坠楼死了,可谁知道他见了警察就跑是因为什么事?也不能就这么肯定他就是杀薄蓝的凶手,你说是吧?"

"对,我也这么想。"

我抿着嘴,心情忽然很沮丧。

"可问题是,死无对证了……"金大伟又叹了口气,"我们也调查过禾永强,他老婆去世的早,只有一个女儿。邻居朋友对他的评价都非常高,什么热心助人了,善良宽厚了……只要是认识他的人都想不到他会杀人。咳,别说杀人,其他犯罪事实我们也没找到……考虑到这个案子的动机应该是情杀,这种事除了当事人,谁都看不出端倪,也只好不了了之了。"

"这倒是。"乔安南赞同地点点头,"对了,那您还记得古靖之吗?就是当年报案的孩子?"

我不知道他什么意思,他从头到尾也没看过我,所以我只好配合地板着脸,当自己是个路人。

金大伟苦笑一声,"说起来都有点好笑了……禾永强死了以后,不知道谁告诉禾小绿,她爸爸是杀人犯,这孩子来警局好几次,跟我说她爸爸不是凶手——她当年好像就十来岁吧,还在上小学,一板一眼地说得还挺像回事的……但是这案子就摆在这儿，薄蓝的社会情况我们了解过，也找不到更可疑的嫌疑人，禾永强又是明显的拒捕逃跑，那种情况下，我们也没办法给禾小绿一个满意答案……她跟我谈过几次，见没有什么效果，不知道怎么就跑去找古靖之了。"

"她还找过古靖之？"乔安南的吃惊不像是装的，他大概真的不知道禾小绿为了父亲的案子，能疯狂到什么地步。

"岂止是找啊！"金大伟喟叹了一句，"我当时就觉得这个女孩子真是不简单，没想到她后来还真的当了警察……这应该是天赋了吧？"看到乔安南露出不解的表情，连忙说，"我是真不知道她从哪得知古靖之是目击证人的……那时候她的姑母已经决定收养她了，但是转学手续好像还没办好，家里人都不知道她每天其实不是去上学，而是旷课跟踪古靖之。"

"她跟踪古靖之干什么啊？"乔安南忽然扭头看了一眼我。

我平静地和他对视，直到他移开目光。

"一开始是跟踪，可能没什么效果，她就想尽一切办法对古靖之泄愤……冲他丢石头，骂他是骗子，在学校门口又哭又闹说自己被古靖之欺负……"金大伟摇着头笑了，"她当时就是个孩子，谁也不能把她怎么样，我也是后来无意中撞见一次，才知道她其实一直在骚扰古靖之。"

"那古靖之的反应呢？"

"那孩子挺懂事的，也没跟她计较……对了，有一个场景我记得特别清楚，她躲在树后面，等古靖之和同学一起从校门口走出来，她就突然冲出去，在后面狠狠地推了古靖之一把，把他推倒在地上，结果转身要跑的时候，自己没站好，摔倒了……古靖之就站起来，把她扶起来，还给她擦擦眼泪，整了整她的头发，让她小心点……结果她就吐他口水，哎。"

金大伟叹气，"这俩孩子，一个聪明得不像十岁，一个冷静得不像十五岁……也不知道是不是现在生活水平高，孩子们都早熟。"

乔安南第二次抬头看看我，然后想了一想，"禾小绿有没有说，为什么她坚持认为父亲不是凶手？"

"说过。她说她父亲在案发那天一直跟她在一起，根本不可能杀人。"

"你们调查过吗？"

"调查了……"金大伟肯定地说，"我在结案报告里没有写，禾小绿当时提供了这个情况以后，我就去调查了，可是她说的父亲和她在一起，没有任何证据可以证明，她又只有十岁，她的证词我没办法采纳，只好就此作罢。"

到这里为止，我想我的记忆并没出现偏差。

乔安南摸着下巴，"我记得您在报告里写过，古靖之当时向你们描绘了一个人，从薄蓝家跑出来……你们怎么那么快就确定这个人是禾永强？"

金大伟挠挠头，"这也没什么难的，周围邻居听我们一说，都知道是送花的禾永强，他好像跟古靖之的父亲，还有薄蓝，都有生意上的往来，经常给他们两家送花。"

"那古靖之会不认识这个人吗？他当时为什么没有说明？"乔安南对着金大伟，可是我觉得这问题，他是问我的。

"哦？这个我倒不清楚了，我想可能是那孩子也没看清楚吧？"

乔安南点了点头。

"古靖之的父亲，古风林，你们当时调查过吗？"乔安南大概看出我不会多说什么，他的问题越来越尖锐。

不过我并不在乎。

"调查了，古风林说那天晚上他和禾永强约好了，结算账目，可谁知道他临时有事，就耽误了，没想到会发生这样的事……"

"晚上九点结算账目？"乔安南反问道。

"我也问过他，他说他第二天就要去外地了，大概一个星期才回来，怕禾永强等钱急用，而且大家都比较熟，所以晚上结账也没什么。"

"那古风林的不在场证明，调查过了吗？"

我不知道乔安南是不是想激怒我，还是他根本忘了我就在他身后……不管怎么样，我都很高兴，因为他问的，就是我想知道的。

"调查了一下，他的同事作证，说他们俩当时都在医学院的脑系科实验室里写一份报告书。"

"这点儿案情报告里没写。"

"嗯，主要是没找到古风林的动机，而且他也没必要撒谎，他作证的时候，禾永强还没死，他又不能预料禾永强会坠楼身亡，如果撒谎的话，一定会被揭穿，而且他那个同事……"

金大伟说到这里，忽然露出迷惑的神情，"你是在怀疑古风林？"

乔安南忽然变得扭捏起来，"我听说古风林是个研究脑神经的专家……您觉得有没有可能，他催眠了禾永强？"

真是荒唐！

他一定是被禾小绿洗脑了，用那些乱七八糟的怪谈奇说来夸张催眠术！

我愤愤地想。

金大伟没有我这么激动，但是也很迷惑，"你是说，古靖之的父亲催眠了禾小绿的父亲，让他杀了薄蓝？"

"有这个可能吗？"

金大伟一头雾水，"有那么玄乎吗？再说为了什么啊？我们查过，古风林和薄蓝不是一个专业的，两人平时也很少说话……薄蓝去世的那套房子，她也很少住，是和丈夫分居以后才搬进来的……不可能和古风林有什么过节。"

于是，就回到了原点吗？

我把乔安南的尖锐扔在一边，忽然开始怅然。

如果禾小绿没有撒谎，她父亲和她当时确实在一起，那么就是我撒谎了，因为禾永强不可能同时出现在两个地方……

可是我为什么要撒谎？

人类撒谎，大抵不外乎两个理由，保护自己，或者保护他人……不论出于何种目的，当事人不都应该很确定吗？

哪有人会像我一样，在"我是否撒谎"的问题上纠结？

我这个最应该知道真相的人，为什么会不知道呢？

"禾小绿说当时和禾永强在一起，在什么地方？"乔安南又问了一句。

"哦,她说,那天是周末,禾永强一直在家陪她看电视,一直到晚上十点过了——她还很清楚地记得自己看的是电视剧《天龙八部》,我调查过,的确是晚上十点十分左右播完,可禾家住在郊区,周围也没什么邻居,除了她,谁也不能证明。"

房间里忽然安静下来,谁也没有说话。

自始至终,我都保持沉默。

"对了,禾永强意外坠楼的时候,您也在现场吧?"乔安南喝了口水,把话题转移了。

"对。我负责这个案子,他当时算是第一嫌疑人……"金大伟眯起眼睛,"那天晚上,验尸结果出来以后,我们根据古靖之的证词,确定了禾永强的嫌疑,第二天一大早,我们就去了他家……还是禾小绿告诉我们,禾永强去了百盛商场送货……说起来,他也是个卖花的大户,连商场都是他供货。"

金大伟说了一句完全不着边际的话。

我没有立场指责他,大多数人,都不能完整清晰地表达一件事,他们总是想起什么说什么。

乔安南却兴趣盎然地,"是这样啊。"

"嗯。我和我的同事黎平……哦,他现在在法院工作,当时是我们俩负责这个案子。我们在百盛商场的门口,碰到了禾永强——当时我们已经见过他的照片,所以辨认起来没什么难度。黎平先看到他了,就喊了一声禾永强……谁知道他停下脚步,看到我们俩,忽然掉头就跑。"

"当时你们穿警服了吗?"乔安南马上问。

"我穿了,黎平没穿。"金大伟说。

"哦,那然后呢?"

"他跑,我们就追,一直跑到了商场的楼顶……我们当时出示了身份,勒令他停下,但是他完全不听,就是一个劲儿地跑。因为当时商场还有很多人,我们俩不敢拔枪,一直追到了楼顶,禾永强突然攀爬上防护栅栏,还告诉我们,如果我们再追,他就跳下去。"

我听到这里,忽然觉得禾小绿的问题不是出在父亲是否在案发时陪她一起看电视……那完全不是重点,重点是,禾永强强奸未遂,愤而杀人之后,老老实实地回家,当作什么事都没发生,第二天还继续工作,直到看到警察,才发现自己犯罪了吗?

他不是不应该跑,而是跑得太晚了。

"接下来呢? 发生了什么? "乔安南好像没察觉到这个疑点,他继续问。

"我一看他那个架势,也不敢轻举妄动,就想让黎平打电话求助,谁知道就在这个时候,禾永强突然脚下一滑……当时他的手还抓着栏杆,我和黎平赶快去救他,可是我的手还没碰到他,他忽然松手了。"

"什么? "乔安南吃惊地说,"他自己松手掉下去的? "

金大伟很为难,"我真的不能确定……结案报告上关于这点,我也写得比较模糊……我觉得他不应该是自杀,可能是手滑了吧? "

"先脚滑,然后手滑……禾永强这么倒霉! "乔安南感慨了一句。

告别了金大伟,乔安南提议去我的办公室听听禾小绿的录音笔里的记录,我不知道他是想借机调查我的诊室,还是希望更明确我的身份。

我点头答应了,这本来就是我应该做的。

一路上,他的废话颇多,从空气污染说到美食娱乐。

我是个好听众,从来不打断他,确切地说,我根本没注意他在说什么。

乔安南没开车,我不会开车,我们理直气壮地坐地铁,这当然让我的困扰降低很多——这大概是我生平第一次喜欢嘈杂的环境。

"……谁知道那个人就这么杀了他! 你说好笑不好笑? "乔安南碰碰我的胳膊,在我惊觉转身之后,看到他脸色红润,笑出了眼泪。

"嗯,挺好笑的。"我意兴阑珊,勉强挤出个笑容应付他。

天晓得他在说什么。

他好像没看出我的失神,依旧兴致高昂,根本不理会周围人的注目,"所以我说啊，以前那套刑侦方法已经过时了，单单从动机寻找嫌疑人，是片面而且非常不公正的。你说对不对？"

我忍不住和他的目光对视，我想我如果不迟钝的话，应该能听出他话里有话。

"也许吧。"我回答得很冷淡。

"人心是世界上最复杂的东西，你根本不知道每个人的底线在哪里，这么说起来，即便是高学历高智商的人，也不见得就能克服心魔……"

这也太明显了，我挑高眉毛，"你在暗示我父亲是凶手吗？"

他倒坦然，"我只是觉得，金大伟当时不应该那么快排除你父亲的嫌疑。"

"这句话你应该告诉金大伟。"我说。

乔安南咧嘴笑了，"你知道我刚才在门口跟金大伟偷偷说了什么吗？"

"不会就是这句吧。"我心想，你可真是有够无聊的。

"不是。"他摇着头，很得意，"我问他，为什么那天去抓捕禾永强，他要穿着警服？"

他这么一说，我倒是想起来了。

虽然有我这个"证人"，但是也不能完全确定禾永强的嫌疑，当时金大伟和同事是去闹市区，按理不会穿警服那么引人注意。

"他怎么说的？"我好奇起来。

乔安南故作神秘，食指放在嘴唇上，压了一下，才说："他忘了。"

我瞪着他，实在有些受不了他故弄玄虚的恶作剧。

我转过头，又开始神游太虚，心里期盼早点结束今天的安排，我不想再看到这个男人了，一分钟也不想。

"不过啊……"乔安南自言自语似的，托腮皱眉，"我那么一说，金大伟也很吃惊，他好像根本没想过自己穿警服会打草惊蛇似的，还告诉我，他从来没犯过这个错误。"

"这说明什么？"他几乎把脸凑在我眼前，很殷切地看着我。

"你认为这说明什么？"

地铁到站了，我起身，丢下这么一句，大踏步地走出车厢。

乔安南亦步亦趋，我想他真的愿意回答我的问题，只是周围太吵了，时机不好，想到他的长篇大论被迫滞留肚中，我觉得心情好了一点。

走出地铁站，步行不到五分钟，就看到我的诊所了。

今天是周末，是杨晨雷打不动的休息时间。如果不是这样，我也不会让乔安南来诊所，我不想再被人唠叨。

走到写字楼楼下的时候，乔安南突然说："我来过这儿。"

你当然来过，我在心里想，你上次就在这栋楼里的咖啡馆，跟我聊了一个小时。

"不是我们第一次见面那次……事实上，在你写信给警局之前，我曾经在这里，见过禾小绿。"

我吃惊地停下了脚步。

"我看到她进了这栋楼，出于恶作剧的心理，我跟踪了她。"

我看着他的眼神，即便他表现得非常无辜，我也相信，那绝对不是恶作剧。他是为了保护禾小绿才这么说的，禾小绿在工作中一定出现过某些异常，引起了他的怀疑。

乔安南笑着，"看到她进了心理诊所，我还真有点吃惊，后来想想她也许有一个神秘的男朋友，在这里上班……"乔安南促狭地看着我，"接到你的信，我真是有点难过。"

完全看不出他哪里难过。

"我想起来了！"乔安南突然惊叫一声，"我在这里，看到她在楼下抄了一辆车的车牌号……那个车主是个四五十岁的胖女人，穿得很夸张，像个暴发户。"

田乐梅！

我的直觉告诉我，他说的是田乐梅。

可是禾小绿为什么要抄田乐梅的车牌号呢？

对了……

她觉得我是凶手，我是恶魔，而田乐梅是我的目标……就像何冰冰、汤悠然一样。

"你认识这个女人吗？"乔安南走在前面，熟练地按了电梯按钮，转头问我。

"不认识。"我回答得太快，想想有些不对，又补充一句，"你这么说，我哪里认得出来？"

我懒得管他信不信，自顾自地进了电梯。

在电梯里，乔安南还是不肯安静，他聒噪的程度超过三个女人、九只鸭子，"哎，古先生，说起来这几天因为你和禾小绿的关系，我也看了很多心理学的书……照你的看法，你觉得心理学是不是就是一种透过现象看本质的学科？"

我扫了他一眼，确定自己暂时无路可逃，在心里叹了口气，"可以这么说。"

乔安南很高兴，"那和我们差不多！我们做警察的，也是这样，对现场的勘验，对证人的盘问，对细节的发现……这些不都是现象吗？"

"嗯，差不多。"我应付了事。

他却不肯放过我，"其实我这个人的观察力很仔细的……你要不要试验一下？"

"试验什么？"我皱起了眉头，觉得太阳穴有些隐隐作痛。

这跟我的偏头疼没关系，任何一个正常人和他多待几分钟，都会头疼的。

他神秘地上下下看我一遍，"你的所有衣服都是名牌，但是牌子不固定，所以你不是一个偏执的人，至少在穿着方面，不是……你衣服的颜色不都是黑白灰蓝的安全色，上次你穿的绿色毛衣和今天的绛紫色外套，都很出挑，你很会搭配色彩，而且富有冒险精神……你的外套领子的地方有个白色的线头，我想是干洗店洗好衣服以后你拆掉标签的时候留下的，这说明你是独居，至少目前没有女朋友……"

也许每个做刑侦的人，都会将福尔摩斯视为偶像，然而我的理想从来不是当华生。

"分析得不错。"我的反应自然热切不到哪里去。

他也不以为意,继续说:"你的戒备心理非常强,禾小绿就是不了解这点,所以还以为可以催眠到你;你有些愤世嫉俗,不喜欢身边的大多数人,大多数事,我想是因为你是个聪明人,所以觉得没几个懂你的人;你是个成功的都市青年,像你这样的人不会开车简直是个奇迹,不仅这样,我注意到你坐在计程车里,一直脸色发白,双手握紧,好像对坐车都有恐惧症……在地铁里你就坦然多了。"

　　我倒吸了一口气,没来得及说话。

　　他语速飞快地又说下去,"你非常讨厌我,但却是你提议和我一起去找金大伟,你这么做唯一的理由是,当年的案子你也有很多搞不清的事,或者说……隐瞒的事,你需要知道我调查的进度……"

　　他终于说完了,笑眯眯地昂着脸看我。

　　电梯门打开,我们谁都没有走出去。

　　"我父亲是车祸死的。"我艰难地吐出这么一句话。

　　他同情地看着我。

　　华青倒了杯红茶给乔安南。

　　她不会把好奇放在脸上,低着头,走出了办公室。

　　乔安南比她好奇,眼珠子四顾乱转,他不是我的病人,有着大多数在这个房间里出没的人没有的好奇心和优越感。

　　"这是什么?"在我来不及喊停之前,他伸手拿起了桌上的水晶苹果。

　　"天使制造者?"他看着苹果底部,用令人惊异的喜悦口吻叫道,"嗨,禾小绿也是这么说你的!"

　　我深呼吸,"这是病人家属送的,只是谬赞。"

　　我不能对一个外行讲我的工作,只好谦虚地说。

　　乔安南笑眯眯地把玩着手里的水晶苹果,"禾小绿认为你打着天使制造者的幌子,其实是个想要统治世界的魔头。"

　　他的表情是玩笑的,语气却很认真,让我无从猜测他的天平到底倾向于哪一边。

"不过，为什么送你一个水晶苹果呢？"乔安南又兴致高昂地开口，"我觉得应该送你一个天使才对啊。"

我瞪着他，"因为病人家属认为，得了病的人，就像坏了的苹果，我找到了病灶，切除腐坏的部分……剩下的，虽然不完美，但依旧是个苹果。"

这个说法曾经一度让我很是喜欢。

没想到乔安南却摇摇头，"这看起来像苹果电脑的 LOGO，你的病人家属不会是那儿的员工吧？"

"不是。"我冷淡地说。

他根本不以为意，笑呵呵地，"关于苹果电脑的 LOGO，我倒想起一个故事……"完全没给我反应的时间，他接着说下去，"你听过艾伦·图灵吗？他是计算机科学之父，是个非常聪明的男人，也是个同性恋。有一次他的同性伴侣潜入他的房间实施盗窃，图灵报警之后，法官却认为他的性取向违法，要求他坐牢或者接受治疗……"

乔安南叹口气。

我知道很多法律工作者是最不愿意谈论冤假错案的，这个故事的荒唐和"被精神病"其实没什么两样。

"图灵选择了接受治疗，注射各种雄性激素……"乔安南的表情忽然有些沉重了，"有一天早上，他被发现死在自己的卧室，床头放着一个咬了一口的苹果，后来经过鉴定，那个苹果曾在氰化物中浸泡过。"

不自由，毋宁死？

真理是不可战胜的？

又或者他认为缺了一口的苹果和完整的一样，都是充满剧毒的？

还是他想告诉我，他也是个同性恋？

看起来倒有几分像。

我不确定他想告诉我什么。

他也没有再说下去的意思了。

我站起身。

"你听一下吧。"我打开电脑，找出隐藏的文件夹，输入密码，打开文件——这是一份删节过后的录音资料。

事实上，禾小绿的录音笔里记录了许多连我都没什么印象的人和事……如果说他们之间有什么联系的话，那就是我。

我不知道是不是应该高兴，这个女孩从那天起，全部的心思都放在我一个人的身上。

她为我而活，却立志让我去死……

"如果没什么事，我想去休息一下……你要离开的话，告诉华青一声就可以了。"我确实没有精力来应付乔安南了。

他愣了一下，"哦，好吧。"

诊所有一间休息室，平时华青和杨晨午间休息的时候都会在这里。这间房是女士专用，我几乎从来没有踏足过。

坐在散发着淡淡香水味的床边，我的头疼更严重了。

乔安南当然比我想的要聪明，可这跟我有什么关系？我自然不会和他做朋友，也没什么不可告人的秘密……

我和他一样，想找到禾小绿，想解开禾小绿的心结，想了解当年的案情。

我和他是一样的，只是他不知道。

我也不想说。

我揉着太阳穴，从口袋里拿出药盒，刚打开，乔安南就开始敲门了，"古先生，古先生，你睡了吗？"

言语已经无法形容我的心情，把药盒放回口袋，我打开房门，"怎么了？"

乔安南眨眨眼，"你在睡觉吗？"

"我准备睡觉。"

"哦，那不好意思。"他嬉皮笑脸，毫无诚意，"是这样的，我刚才在你房间里……嗯，观察了一下，我发现你好像安装了监视器？"

监视器的位置是在门侧的灯开关右边，名副其实的针孔摄像头，仅仅"观察"是绝对不可能找到它的。

"已经坏了很久了。"我淡淡地说。

"哦……"他很是失望，"我还想如果有摄像的资料，肯定比录音笔更能说明问题。"

"我刚开始行医的时候，没什么自信，又不敢告诉别人，就装了这个摄像头，是为了能更好地分析病人的情况……现在已经不需要了。"

"这样啊……"他一脸狐疑，"可是我看那个摄像头的角度，好像是对着你的办公桌，而不是诊疗床和病人的坐席。"

"我重新调整过布局。"我简单地说。

这件事我不希望他插手，也不希望他再追问下去。

"录音记录你听完了吗？"我问他。

"听完了。"

"有什么问题吗？"

他表情严肃，"确切地说，我没有发现什么问题……禾小绿只是试图催眠你，但我看不出她有什么精神上的问题……不过，我倒觉得这段录音，好像并不是全部……"

我的心跳突然加剧了，眼睁睁地看着他……我不太相信他能发现什么，可是轻敌的后果，我是不是有能力承担呢？

他像是看出了我的异常，故弄玄虚地不再说下去，又浮起一脸笑意，"我注意到一点，就是你们的对话……虽然我对心理医生和病人并没有什么研究，但是你们俩的感觉非常奇妙……如果不知道的话，还以为禾小绿是你的女朋友呢。"

我的心重重地沉了下去，完全没有想到他连这点都看出来了。

"禾小绿也还好，可是你对她的态度温柔得让人……"他摇摇头，"当然，这是在禾小绿第一次反催眠你之前，那时候你还不知道她的身份吧？"

"不知道。"我倒吸了一口凉气。

他挠挠头,"禾小绿凶巴巴的,又不修边幅……搞不懂你怎么会这么喜欢她,为什么?"

"喜欢她?我……没有喜欢她。"好像有只马蜂在我的心口蜇了一下,一阵麻胀之后,是酸痛难耐。

他笑眯眯地看着我,表情理解而宽容,像慈父,像长辈。

禾小绿之章六

田乐梅跟儿媳逛街很快就回来了。

她一边脱外套，一边絮絮叨叨地："明妍，我今天有点不舒服，等下次再给你多买两件。"

吴明妍拎着四五个大纸袋，笑容灿烂。

昨天的恶魔婆婆，一夜之间变成了天使，世上最为此高兴和感激的人，莫过于她了。

田乐梅检点了今天成果，她给儿媳买了一件外套，一件毛衣，给儿子买了一双皮鞋，甚至给我都买了一套蓝色系的雪花图案的围巾手套。

吴明妍穿上新外套，在婆婆面前转来转去，我不习惯收礼物，田乐梅把纸袋硬塞到我手里："天冷了，用得着。"

她傲慢的高鼻子和凶悍的长下巴，还是昨天的模样，可全然没有强硬而粗暴的线条了，看上去一派愉悦和安详。

我道谢并且收下了围巾和手套，给田乐梅取来温度计："您量一下体温吧？"

她看上去发烧了，脸颊绯红。

吴明妍表示担心："妈，您一定是感冒了，最近天气变化太大。"

她跑去给婆婆倒蜂蜜水。

一副婆慈媳孝的画面。

田乐梅有点低烧，三十七度八。

她摆手拒绝了儿媳要叫社区医生上门的意见："不到三十八度，不需吃药，普通感冒，睡一觉就好了。"

我一边给她铺床，一边问："您是不是昨天打麻将，打得太累了？"

"嗯，是啊，一打打了一天，头都昏沉沉的……"

"您昨天上午不是去心理诊所了吗？怎么会打了一天的麻将？"

田乐梅脱了外衣躺下，儿媳给她掖被角。

田乐梅闭上眼睛，嘟嘟囔囔："昨天上午……我没去心理诊所啊，我都是晚上去，从来不会上午去的。"

吴明妍笑了："妈，您昨天的确是说过，上午要去看心理医生的。"

"是吗？那可怪了……"

田乐梅自己也笑了，闭着眼睛说："一定是老糊涂了。"

催眠，一定是催眠造成的记忆紊乱，还有幻觉！

不过，催眠可能会造成人体不适，比如说发烧吗？

"您昨天除了头昏沉沉的，还有别的症状吗？"

田乐梅好像是不胜困乏，背过身，语调含混地："嗯，没事，就是头昏眼困——人老了，体力不行了。"

她对着墙壁挥挥手："你去吧，中午饭不要做我的那份了，我要好好地睡一觉。"

吴明妍将我推出去，轻轻给婆婆关上了门。

我每隔半个小时就会进去看一下田乐梅，她一直睡得很安稳，到了下午两点多钟，她睡醒了，说饿，要我给她熬一份白粥。

我又把体温计递给她："您再量一下体温。"

她笑："你这个孩子,还真是细心。"

她还是有点低烧,三十七度六,比中午稍好一点。

"妈,您要不要叫医生看看? 下午发低烧,说不定夜里会高起来呢。"

吴明妍坐在婆婆的床沿上,表示她的关心。

"不用,如果烧得高了,吃两片退烧药就是了。"

田乐梅不太在意,很大地打了两个哈欠。

吃好了白粥,田乐梅打开手机,看到有几个未接电话,便一一回复。

都是她平时结交的那几个阔太,邀请她打麻将,或者是找她一起做 SPA 的,她都一一谢绝了。

理由都是:"我有点不舒服,而且,还要在家里陪陪媳妇,这孩子一个人在家,闷得怪可怜的。"

对媳妇的疼爱之情,溢于言表。

她打好了电话,出了一会儿神,又叫吴明妍打开壁橱,拿来她的首饰盒。

她将首饰盒推给了媳妇:"这些都送给你吧,我也老了,戴着这些东西不伦不类的,还是你戴好看。"

吴明妍眼泪快下来了:"妈,您自己留着吧,都是您最心爱的东西,再说,我也不喜欢戴首饰。"

吴明妍倒真是个很老实本分的女孩子。

"你不喜欢啊……那我捐给慈善基金好了, 还能帮助一下希望工程什么的。"

田乐梅侧着头,好像犹豫着要选哪一个慈善机构。

吴明妍一听,赶紧把首饰盒接过来:"妈,谢谢了,我会放好的……人家希望工程,需要的都是现金,不是首饰。"

她端详着婆婆,也许在奇怪,一个平时只知道麻将和奢侈品的妇人,怎么会知道"希望工程"?

"嗯,现金啊,好,明妍,你提醒我,我明天去汇现金去。"

"哦……好的,妈。"

田乐梅把首饰盒给了儿媳妇,又把在她卧房门口擦门框的我叫过来:"林茵啊,你大学是什么专业?"

我拎着抹布:"经济管理。"

田乐梅想了想,弹着下巴:"你给我一份你的简历,我帮你发给我的几个有公司的老朋友,请他们为你留意一下有没有合适的职位——你年纪轻轻的,不能耽搁了。"

吴明妍一脸喜色,比婆婆送她首饰盒还喜欢,这是婆婆在表态了,她不准备留我这个"红颜祸水"在家里。

她也立即表态:"我也可以帮忙,我找我的同学和朋友,说不定也能帮她推荐推荐。"

我知道自己这份观察日记大概不会记录太久的,不过,对她们的这个提议却丝毫没有心理准备:"谢谢了,明天给您简历。"

我在想,如果她们明天问我要简历,我是不是就得拖着行李走人了?

有时候,悲天悯人的"天使"也是很招人烦的……

【禾小绿笔记　田乐梅3】

时间：2010年11月26日下午

地点：华光城小区6号楼902室

内容：对田乐梅的近距离观察情况

　　田乐梅中午回来有点低烧，没吃中饭就睡了。下午仍处于低烧状态。我疑惑于古靖之是用什么样的催眠方法来进行对受术对象的长期控制和把握的，我记起了何冰冰第二次催眠治疗后，第二天也自述身体困倦，请了病假的事——难道，古靖之的这种心理治疗方法，会引起人体生理上的不适？比如说发烧症状？

　　观察对象个性情况：体贴，慈爱，慷慨，安详。

　　观察对象的行为表现：

　　1.逛街归来，低烧，没吃饭，午睡；

　　2.午睡好，吃一碗白粥，持续低烧；

　　3.赠儿媳首饰，并表示帮小保姆找工作；

　　4.下午三点开始，在自己房间看电视，打手机；

　　5.晚上六点，精神疲倦，儿子回来后，建议儿子带儿媳去外面吃饭看电影；

　　6.晚餐仍是白粥；

　　……

　　我记录到这里，忽然听到隔壁吴明妍房间的动静，大衣柜打开的声音，窸窸窣窣衣料抖开的声音。

　　这个时间她应该还在电影院才对，而田乐梅刚刚说头疼，已经睡了。

　　我有点奇怪，悄无声息地出了房间，走到隔壁，推开了虚掩的房门。

是田乐梅！

她正在翻儿媳妇的衣柜，儿媳的衣服、毛巾、被单什么的，被她抖得到处都是。

"田阿姨，您在找什么？"我既惊且奇。

她脸颊绯红，只穿了贴身的睡衣裤，看了我一眼，并没有停手的意思。

她手上拿的是明妍那颜色娇艳的内衣裤，她抖开它们，放在自己的鼻子上嗅。

我有些反胃："您在找什么？当心身体……"

她对着我不耐烦地挥手，瞪起了小眼睛："出去！"

她下巴伸得很长，黑着脸，眼中凶光毕露，已然又是以前的那个恶毒妇人了。

难道古靖之的"天使制造"出了什么问题？

一天之间，受术对象所变身的人格，已经不稳定了吗？

田乐梅的心理障碍现在又通过另外一个渠道爆发出来了？

她见我站着不动，发怒了，随手丢了一件吴明妍的胸罩来打我。

我退了出去，想了想，在楼下的客厅等她。

我本来想，她不管要找儿媳妇的什么东西，找到了，肯定会跑到楼下，藏在自己房间。

这是我的失策。

过了十分钟的样子，我仍然没有看到田乐梅下来，却听到了二楼露台门推拉的声音。

我突然有一种不祥的预感，快步跑上楼。

二楼的走廊的地板上，凌乱地扔着田乐梅的睡衣和内衣裤。

我听到了露台传来的歌声，高亢而热情的，邓丽君的《甜蜜蜜》。

我奔了过去。通向露台的门已经锁上了，从磨砂玻璃隔墙的下端，我能看到田乐梅的一双裸露的肥腿和赤足。

我立即趴下，降低视线，贴在玻璃隔墙下端向上看。

田乐梅穿着儿媳妇的粉红色玫瑰图案的胸罩和丁字裤，正在夜空下挥舞着手臂唱歌。她几乎是全裸的，儿媳的 S 号尺寸根本遮不住她肥硕的身体。

"甜蜜蜜，你笑得甜蜜蜜，好像花儿开在春风里……"

她唱着，在深秋的夜风中毫不觉冷意，她声音越来越高亢，借着风飘出去很远。

对面楼上有几家的窗户打开来，邻居们探头出来，他们看到这一幕，惊呆了一下，然后都笑了起来。

隔壁的露台似乎也有动静，但在一声惊惧的"啊"声之后，那家露台的门猛然关闭。

近距离看田乐梅的怪模样的确很恶心。

时间并不太晚，楼下很快聚集了一些人，大家都在指指点点。

人们的关注，让她更兴奋起来，她左手做握话筒状，举在嘴巴边，右手像歌星对着她的歌迷，热情地挥舞着。

"在梦里，在梦里见过你……"

她粗着嗓子，越吼越兴奋，将身子探出了露台的栏杆。

我忽然明白了她要做什么，心狂跳起来——何冰冰、汤悠然……现在又要再来一次天使的毁灭了！

可是，为什么，田乐梅的毁灭，来得如此迅雷不及掩耳呢?!

她被天使制造了只不过才二十四小时而已！

露台的磨砂玻璃门，我如果一脚踢碎，发出的大声响会不会让半个身子在外面的她，突然惊惧坠楼呢?

我的额头渗出的冷汗，沿着我的鬓角，流到我的脖颈里，我趴伏在地板上，一动都不敢动。

对面楼上看热闹的人也开始发出了惊呼，我看到有人拿起了电话。

三秒钟之后，我手脚并用地爬起来，迅速地奔下楼，冲出去，敲打隔壁人家的门。

给我开门的还是那个四十来岁的短发妇人。

"哎哟……"她高高地挑着眉毛。

我来不及跟她说话，一把推开了她，跃向室内。

两套房子的房屋结构基本上是一模一样，我找到了楼梯，疾步而上。

那妇人小跑着跟着我，又惊又惧："你要干嘛？"

"麻烦借用一下你家的露台。"

说话间，我已经打开了妇人家的露台，猫着腰，轻手轻脚地进去。

从两家露台的隔离栏杆的缝隙中，我能看到一脸迷醉，沉浸在自己幻想中的田乐梅，她此刻，正试图骑坐在露台边沿的护栏上。

楼下的人群，传来阵阵惊呼。

露台栏杆外面，只有二十公分左右宽的一条窄窄的，水泥质地的边沿，现在田乐梅就把一只脚搁在那条边沿上。

有认识田乐梅的老邻居在喊："田家妈，不要想不开啊！快回去！"

"田太太，已经给你儿子媳妇打了电话了，他们很快就到了……"

他们应该已经报警了，110民警和消防队很快就会到了。

我蹲下身子，趁着田乐梅对着下面招手挥舞的工夫，悄无声息地挪动，很快，贴近了隔壁露台的护栏，我打算寻找合适的机会，用闪电般的速度翻过去，把田乐梅推进护栏内。

田乐梅像是听到了动静，她忽然转过脸来，她的脸孔已经被寒风吹得发紫，嘴唇苍白，她的眼神没有焦距，并没有落在我的掩身之处，她对着墙角的阴暗处，若有所思，瞬间又无声地咧开嘴笑了。

楼下又传来了一阵喧嚣，田乐梅又向后移动了一下身体，她的一只脚，已经完全悬空了。

　　我深深地吸了一口气，决定等她一转头，我就立即起身动作。

　　楼下传来了一声撕心裂肺的"妈"！

　　是田小俊他们回来了。

　　田乐梅听到儿子的声音，转过脸去，脸上洋溢着欢心的微笑。

　　我霍然起身，双手扶栏杆，一个跃身，就翻到了护栏外面。

　　我一手拉着露台的栏杆扶手，双脚侧放在外侧边沿上，试探着往田乐梅的方向靠近。

　　再有二米，我就能接触到田乐梅了！

　　楼下的人群看到我，惊叫声此起彼伏，又是一阵喧闹。

　　"妈！您当心，快回去啊……"

　　是吴明妍的声音。

　　田乐梅伏身对着楼下的人群，巡视，很快，她找到了自己的儿媳妇，她脸色瞬间变了，变得嫌恶而毒辣，她以手做枪，对着儿媳妇，做了一个瞄准的姿势。

　　"噼——啪！"

　　她嘴巴里模仿着枪声响起的声音。

　　我发动了最后的冲刺。两米的距离，我只需要 0.1 秒就可以了！

　　但随着她嘴巴里的枪声，她的身子已经倾斜下去！

　　我一手抓紧了栏杆，极力地探出身去，向前猛地抓了一把，田乐梅的背部光溜溜，皮肤冰冷，我的手指抓住了她身上粉红色胸衣的背带，背带应声而断，她俯冲下去。

　　她像一只大鸟，对着楼下呆立的吴明妍，重重地砸了下去。

我看到有个邻居及时地推了吴明妍一把,把她推开摔出去。

"噗通"一声巨响,田乐梅的肥大身躯,砸在了吴明妍刚刚站立的地方。

田乐梅在人生最后时刻,做了自己最想做的事情,她差一点就成功了!

人群中发出很大的惊呼声,人们乱成了一团。

从九楼望下去,能看到她的头部迅速地浸泡在暗沉的黏稠液体中。

从这个高度摔下去,不会有存活的可能!

我仍挂在露台外的半空中,大脑一片空白,刺骨的寒意,从我心头升起,迅速漫布,直达指尖。

这家的主妇凑近来,带着哭腔:"你快上来,别在我这里出人命,我这八百多万的房子,你可别给我弄成凶宅!"

她好像怕我掉下去似的,紧紧拉着我的衣袖。

"放开我,我自己翻进来。"

她仍然不肯放,我只好用一只手使力,跳进来。

"哎呀,真是吓死人啊! 你要是有个三长两短,不是害了我们一家人吗?!"

女人见没事了,气势汹汹地责问起来,她丝毫不关心田乐梅的坠楼。

"我不会有事的。"

我倦怠无力,神思恍惚。

我的脚刚才被栏杆上勾了一下,脚趾上的疼痛,是我此时感官上的唯一知觉。

那个妇人注意到了我的脚:"呀,你流血了,你的拖鞋……"

她忙把我在露台踢落的拖鞋捡起来给我, 很怕我弄脏了她的地板的样子。

"对不起。"

我听到了警车上警笛的呜呜声响,那声音让我瞬间清醒过来,我捏紧了拳头,快步从露台退回去。

那个主妇跟着我跑出去,她随手锁了门:"警车还是救护车啊?快去看看,晚了也许人都给收拾走了……"

她终于想起了田乐梅,忙不迭地要去瞧热闹。

我拖着行李箱走出这个小区的时候,门口的保安室一个人都没有,大家还都待在田乐梅的出事现场,陪同 110 民警做调查问询。

我能听到捶胸顿足哭喊的声音,应该是田小俊,吴明妍倒是无声无息,不知是不是因为差点被婆婆砸到,吓傻了。远处有 120 急救车缓缓驶来,肯定不是给田乐梅叫的,应该是她的悲痛欲绝的儿子,或者是魂不附体的媳妇。

我戴着一顶棒球帽,帽檐低低地压着眉头,脸庞上严严实实遮着田乐梅送我的那条围巾,身上穿了那件何冰冰送我的纯羊毛的大衣,那件大衣的衣领可以立起来,一直遮到我的眼睛下面。即使是被门口的监控录像拍到,也拍摄不到我的面孔。

我趁乱离开,不想在事情闹大之前,被聂队和乔安南捉住——如果在命案现场被捉,他们的第一反应一定是要送我到精神病院关起来。

我离开自己的公寓已经两天两夜,即便是乔安南曾经在那里等待过我,现在肯定也不会再有人守株待兔了。

我决定今天晚上先暂且回自己的家,至于下一步做什么,如何做,我希望今天用一夜的时间来考虑清楚。

这是深秋的,晴朗的夜。云层淡淡的,月色朦胧,它近旁的几颗星星倒是很亮,在寒风中闪烁不已。

街上的树已经差不多完全凋零了,我的行李箱的轮子,不时因为落叶的阻挡,颠簸而倾斜,像是要挣扎出我的控制。我紧紧地拉着行李箱拖杆,手指冰冷。

街灯在清冷的空气中显得特别明亮,将我的身影一会儿拉长,一会儿缩短,走马灯似的变幻着各种形状,一会儿圆胖,一会儿狭长,像个会变身的鬼魅。

我的心冷得缩成一团,我在慢慢反刍着田乐梅的死给我的冲击。

我不相信古靖之会对他的每一个访客下手。

他是魔鬼,但不是疯子!

可是,他为什么会挑到田乐梅? 难道,他是因为发现了我潜伏在她的身边? 所以,临时下达了自我毁灭指令?!

我回忆自己一天的行踪。是了,我上午出去买菜,下午去超市买了卷筒纸……难道古靖之,或者是他的手下,对田乐梅实施了监控,然后,发现了我?

十之八九是这样!

我先是懊悔自己的大意和粗糙,继而厌恶起了自己。

我觉得在一定意义上,自己跟古靖之一样的冷酷!

我行李箱中的笔记本,就是我冷酷的记录。

我是怎么怀着一种旁观者的冷淡和研究者的漠然,在田乐梅生命的倒计时中,做她的观察者的?

而我,观察了什么?

观察了她丧失了自主意识,落入了天使制造者的陷阱,最终被毁灭的过程?

我想起了自己当时是怎么怂恿、引导何冰冰去若轻诊所的,虽然我当时并不知道这是个地狱的入口。

但，我至少清楚古靖之的本性是邪恶的。

我把一无所知的她，推到了邪恶之人的面前，只不过是要以她为媒介，了解敌对方的第一手情报……

说古靖之是邪恶的，我又何尝不是？

我很想哭，脸部肌肉抽搐了几下，眼眶却干干的，没有眼泪。

一辆出租车停到了我的跟前，我拖着行李箱上去。

我把我住的小区的名字告诉司机。

司机从后视镜看看我，点点头，不发一言，启动了车子。

他把车上的收音机打开，电台频道停在了一档深夜心理访谈节目——"心灵之约"上。

我用他车上的镜子照了一下，发现自己双目红肿，脸颊苍白，嘴唇干裂，头发蓬乱，也许司机大叔把我看做了那种跟家人闹别扭，贸然离家出走的任性女子了吧？

特意让我听这种"心灵之约"，疏解我的烦恼和郁结……

我有点想笑。笑容在后视镜中映出来，七分像哭。

司机瞟了一眼后视镜，缩了缩脖子，踩快了油门。

"……加拿大有个心理学家叫达顿，他分别在两座桥上，对 18-35 岁的男人进行调查，一座是吊桥，吊桥距离下面的河面几十米高，左摇右晃，让人感觉非常危险，而另一座桥是坚固的木桥……"

心理节目的主持人，照例是那种具有温柔亲和声线的年轻女子，她的声音像一缕柔和的风，不用怎么费力，就吹进了听众的心田。

我知道，她在讲的，是心理学上著名的"吊桥理论"。

吊桥上的男人，因为那种过吊桥时的心跳加剧、战战兢兢的情态，跟恋爱的感觉相似，会很容易产生爱上跟他在一起的异性的错觉。这是这个

"吊桥理论"的最终结论。

我在上警校一年级的时候,就读过它,当时觉得有些胡闹,这种牵强而随机的实验,怎么也会被记录下来,编进教材呢?

错觉,爱情就是一场错觉吗?

在我看来,害怕就是害怕,爱情就是爱情,就像黑夜与白天的区别,只要不是瞎子,怎么会对这种明显存在的差异视而不见?!

我没经历过爱情,我只在一个男人面前才会心跳加速,血脉贲张,但那显然是因为仇恨和厌恶,绝不会因为心跳快一点,就会产生爱上他的错觉。

在我的世界中,黑夜就是黑夜,白天就是白天,不会存在动摇和含混的灰色地带!

我在女主持人的温柔声波中,发出两声冷笑。

出租车司机把车子开下了高架桥,路面有些拥堵。

"……所以啊,现在有很多聪明的年轻人,约心仪的异性去看恐怖电影,一起去体会那种心跳加速、手心冒汗的感觉,会让感情急速升温,哦,还有,去游乐园一起坐过山车,也是个不错的选择……"

什么乱七八糟的!紧张和刺激如果能产生爱情,那与狼共舞就会爱上狼吗?

我很想叫司机关掉广播,但我的目的地到了。

司机停下了车,翻了表收钱,又叮嘱我:"姑娘,下车小心。"

我住的小区是个石库门的房子,连小区围墙都没有,晚上十点多,初冬的清冷早早地将居民们赶到自己的房子里,小路上一个人都没有,街灯昏暗,到处都黑洞洞的。难怪司机会嘱咐我。

"谢谢您。"

我等不及他打印发票就下了车,拉着行李,向一团黑暗走去。

我这幢小楼里的照明灯坏了，黑黢黢的，我拖着行李箱，摸索着走进去，行李箱很重，而我还要小心不要弄得陈旧的木制楼梯过响，打扰了上了年纪的邻居的睡眠，所以动作很慢。

　　好不容易挪移到了三楼楼梯转角，突然有个低沉的声音，在黑暗中炸响："禾小绿。"

　　我抬起头，一束强烈的光线照在我的脸上，把我的眼睛刺痛。

　　光束的来源，是个黑糊糊的身影，我能感觉到从身影上射出来的，比手电筒光线更刺人的炯炯目光。

　　几乎是本能，我意识到来者的恶意，立即侧身向后闪了一下，一道劲风，迎面而来，擦着我的鼻尖过去。

　　我嗅到了冰冷的金属气味，那是一枚短匕首！

　　一个穿黑衣低着头的男人从楼梯上冲了过来，我对上了那个男人的眼睛，是那双冰冷的，暗沉的眼睛。那个杀手！

　　他是什么时候潜伏在我的居所之处的？是两天前，还是在我离开田乐梅家之后？我被监视了吗？

　　没有时间让我思考下去，他又一次冲刺过来。

　　我的后背紧贴了墙壁，已经退无可退，我飞起一脚踢向他的手腕，这只能缓冲一下他的攻势，我的肩头已经被他刺中，我能感到热而黏稠的液体瞬间黏湿了我的毛衣。

　　网球球拍换成匕首，他的杀伤力显然进化了。

　　我的手碰到了行李箱上的菖蒲草花盆，随手掭起来，对着男人的头砸过去，狭窄的楼梯口没有多少躲闪的空间，黑衣男人身子一矮，菖蒲草的狭长坚挺的叶子从他的额头擦过，花盆应声碎在了墙上。

　　很大的"啪啦"一声！

　　泥土和碎的瓦片"乒乒乓乓"落了一地。

瞬间,二楼和三楼的几户人家都同时开了门厅的灯:"怎么回事？"

"出了什么事？"

"有贼啊?！"

是乱纷纷一边开门,一边惊叫的声音。

男人的死鱼眼出现了一丝慌乱的波澜,跟刺杀我的任务相比,他好像更关心的是能否全身而退的问题。

他把他的手电筒迎面丢过来,空间太小,我侧闪了一下,手电筒的把柄,还是重重击到了我的额头。他随后又挥舞着匕首,把我逼退了两步,而后,一步跃上了楼梯间的窗户,没有丝毫犹豫,飞身跃下。

我冲到窗边,他已经双脚落地,随后,一瘸一拐地向小巷深处跑去。

我疾步奔下楼梯。

这里是三层楼的高度,楼下是坚硬的水泥路面,我不能跳下去,我没有把握不跌断自己的脚踝！

底楼楼门口放了不知是谁家的一根短竹竿,我随手抄起,冲了出去。

我追到了他刚刚消失的小巷深处,在黑暗中侧耳倾听,一边捕捉着脚步声响,一边追过去。

跑了二三十米,我已经能看到他的身影了,他正拐着脚,奔向街对面的地铁口。

"站住!"

他听到我的声音,加快了速度。

一个人从三楼跳下,跛着脚,还能移动得这么快,我是个受过四年特殊训练的人,但我也没有自信能做到这一点。

他跑到了街上,跌跌撞撞地,进入了地铁口。

又来上次那一套吗？我的心怦怦急跳起来。这次,我不能再让他跑掉了！

我跑进地铁入口的时候，一个地铁管理员拦住了我，指着我手里的半截破竹竿："这个不能带进去……"

我把竹竿扔下，拨拉开那个管理员："闪开。"

我和那个杀手的距离因此而再次拉远了一点，我拼命摆动双臂，尽全力加大每次跨步的距离。

我肩头被匕首刺伤的伤口仍在流血，每摆动一下手臂，都牵动着伤口，传来灼热的疼痛。

我试图救田乐梅时，在露台割破的脚趾上的伤口，在用力的时候也再次撕裂了，我能感觉到自己的运动鞋里面的黏湿。

我追得并不快，但我们之间的距离在缩短，三十米，然后是二十米，十米……

我能看到他的左腿上，有慢慢渗透的血迹露出来，他胸口剧烈地起伏，似乎是呼吸困难，他的速度越来越慢了。这次，他应该逃不掉了！

那趟列车驶进来的时候，我的手已经触到了他的上衣，并一把揪住。

我用的手臂是负伤的那条手臂，力气并不大，而他的夹克衫是光滑的尼龙布料，他猛地向前一蹿，摆脱了我。

他前蹿的力道那么大，我脚步跟跄了两下，到底没有收住脚，跪趴在了地铁站台的大理石地板上。

那个男人拐着脚，一边疾步而走，一边回头看我，他的眼神绝望而恐惧，我能注意到他的瞳孔像个濒死之人那样地缓慢放大。

我的心底，为他恐惧到扭曲的表情颤抖了一下——在他眼睛里，追赶他的我，难道是个嗜血的恶魔么？

列车驶进了，在电光火石的一瞬间，他突然将身一跃，扑入了地铁轨道！

站台上零星的几个等车的乘客，不约而同地惊栗尖叫。

我呆怔而立，看着列车一路拖着这个男人的躯体，血肉四溅，伴随着类似于金属激烈碰撞的尖利之声。

有一块血肉，飞到了我的脚下，好像是他的形状模糊的肩部关节。

人群中有人呕吐起来，也有人倒在地上。现场很混乱。

列车一声长鸣，经过紧急制动，刹车停下。

伴随着列车强行刹车所产生的刺目火花，有颗失去了下颌的头颅骨碌骨碌滚了出来。

头颅的眼睛大睁，充满恐惧，正是刚才看我的那种眼神。

这是今天晚上的第二条人命！

我一瘸一拐地出了地铁站，一阵冷风迎面而来，吹开了我衣扣散落的风衣，一个大学生模样的年轻人正跟我走了一个对面，目露惊异和关心之色："小姐，要不要帮你叫辆车。"

我顺着他的眼光看看自己，大衣敞开的里面，白毛衣已经被血迹晕染了，看上去有点可怖。

我摇摇头，走过他。

他好奇的目光一直追随着我，我相信，如果有警察问到他，他一定会提起我这个满身血迹的奇怪女子。

夜空晴朗，那轮月牙儿低低地挂在半空，清冷的空气中有一股糖炒栗子的香甜气味儿，这个季节，正是糖炒栗子当季的时节。

路上的行人很少，远远的有辆卖栗子的小车还亮着灯，车后面的小贩冻得直跺脚。

我有田乐梅送我的围巾，还有何冰冰送我的羊毛大衣，让我无惧寒冷。这两个已经成了天使的女人，用她们的礼物紧紧地裹着我，陪着我走向无边的暗夜。如果她们泉下有知，不知道是会为我加油呢，还是在为我的飞蛾扑火而怜悯悲戚？

我深深吸了一口气，掏出了手机，拨打了一个烂熟于心，却从来没拨过的号码。

电话响了三声，被接起来："喂？"

声音仍是那样的平静无波。

"古靖之，你派来的杀手死了。"

对方沉默了一会儿，沉缓地："是禾小绿吧？我不明白你在说什么。"

"还有，你的病人，田乐梅，也被解决了。"

古靖之停了很久，微微叹气："禾小绿，你应该去医院。"

我咯咯笑起来，有一对恰好经过我身边的、拉着手散步的情侣，被我的笑声惊扰，恐怖地看了我一眼，加快了脚步。

"古靖之，你放心，我的手机没有录音功能，你不用怕被我录下了什么，当作呈堂证供。"

他的回答，还是微微叹息。我的心跳在加快，有汗水濡湿了我的掌心。希望这不是"吊桥理论"的反应。

"我要见你。"

"见面？"

"是，我和你，单独见面。"

他不会拒绝我的，我自动走到他的面前，应该是他求之不得的事。这比他大张旗鼓地派杀手，要方便直接得多。

果然，他立即答应了："好。"

"明天晚上七点半，地点你定。"

我有肩头的刺伤，脚趾的勾伤，膝盖的跌伤，都需要至少二十四小时的休养时间。

事实上，我现在觉得自己全身寒冷，站立不稳，已经有些发烧的症状了。

"那，就来我的诊所吧，这个地方你应该熟。"

他一贯平稳的声音起了波澜，隐隐透露出一丝急切和按捺不住的喜悦。

"好，不见不散。"

我挂了电话。

二十四小时的时间，足够我做好准备工作了。

我准备杀了他！

一晚上两条人命的残酷现实，已经让我很清楚，古靖之这样的人，不能存在于这个世界上！

他精于秘术，杀人于无形，法律对他无计可施。

何冰冰的死，是意外失足，汤悠然的死，是蓄意自杀，田乐梅的死，是失心疯狂，这个杀手的死……是畏罪逃脱，失足致死？跟我爸爸一样？

不管怎么说，这都跟古靖之没有关系。

没有任何证据能证明古靖之操纵、引导了她们的死亡。在她们奔赴黄泉的时刻，他也许在悠然喝茶，也许在看无聊的电视剧，也许在香甜地酣睡。

总之，这一切罪恶，都是无形的，透明的，随风而逝的，他高枕无忧，仍然做他受人爱戴和敬仰的"天使制造者"。

天网恢恢，疏而不漏。现在连天网对他也无计可施。

那么，我，愿意做个替天行道的人。

我在关手机之前，又看到了乔安南的几条短信。

"禾小绿，你在哪里？聂队很着急，你再不回来，就要考虑要不要立案侦查警察失踪案了！"

"禾小绿,如果你不想去看精神科专家,也没有人强迫你,请你看短信后,立即联系我。"

"禾小绿,你到底在哪里?你还好吗?大家非常担心你。"

我苦笑,再次摁下了关机键。

我走向那个糖炒栗子的小贩,买了十元钱的栗子。

卖栗子的小贩,许久没有顾客,对我特别热情,给我装了大大的一个纸袋。

"反正今天卖不了,明天再炒就不好吃了。"

他很朴实地说。

糖炒栗子还是温热的,又香又甜又糯,我剥了一颗,放在嘴里,含混地向小贩道谢。

也许几天后,他在报纸上看到我的杀人报道,会认出我这个买栗子的人,会对旁人说起来:"那个女杀人犯,我还多给了她几两栗子呢!"

我一边剥着栗子,一边走向上次去看胳膊的那家二十四小时诊所。

我摁响了门铃。诊所的门打开,值班的还是那一个五十多岁的老医生,他认得我,惊愕地推了推眼镜:"哟,又是你?"

他看了我的伤口后,面色有些凝重,叹了口气:"你应该报警,姑娘。"

也许他在怀疑我遭遇了家庭暴力。

我把那包糖炒栗子推给他。

"如果要缝针,就不要用麻醉剂了。"我对他笑了一下,说。

麻醉剂会让我的伤口浮肿,会延长我伤口愈合的时间,而我明天晚上的身体状态对我要做的那件大事至关重要。

老医生吓了一跳,面有难色:"至少要缝七针……如果你带的钱不够,我可以……"

"我说了,不用麻醉剂,请您帮忙。"

我固执地。

他用看疯子的眼光看着我,他刚刚以为我是家庭暴力的受害者,现在,大概以为我是个自虐狂。

他勉强地点点头:"我会缝得快一点。"

他拿酒精消毒棉给我消了毒,很疼,我咬着自己围巾的一角,忍住了呻吟。

医生的动作果然很快,他缝得很好。缝针的疼痛,并没有想象中那么剧烈。

"姑娘,你六天之后,要来拆线的。"

"没关系,我自己会拆。"

将打结的线头剪断,再从愈合的伤口抽离,我一只手能做得了这活儿。

我把鞋子脱下来,再给他看我脚趾上的割伤。

医生瞪大了眼睛,嗫着嘴巴:"你身上到底有多少伤?"

"今天就这两处。"

膝盖也很疼,也有丝丝液体渗出来的感觉,但我觉得还能忍受,并没有让医生处理的必要。

他摇头,仔细看看我的脚趾:"这个伤口是在什么地方割的?我看,还是打一针破伤风吧。"

他很有经验,大概看出这处伤口来自生锈的铁器。

"谢谢。"

他帮我处理了脚趾,又打了针:"这两天要注意休息,尽量别活动,别碰水,小心伤口发炎。"

尽量别活动?那怎么行,我还得去杀人呢!

在我穿好了鞋子和外套,起身要离开的时候,医生把那袋糖炒栗子又推回给我:"谢谢你的好意,姑娘,可是我有糖尿病,不能吃甜的了。"

也许他不想接受一个自虐狂的谢礼吧。

我笑了一下，接过来："那好吧。"

第二天，或者是第三天，当他从报纸上看到我杀人的图片新闻，也许
会暗道"侥幸"，并烧几柱高香。

"那个女杀人犯，我当时就觉得她有点不正常，幸亏我没接受她的糖
炒栗子……"

我在参观女子监狱的时候，见过那些因犯了重罪，被关押在重重监牢
里的、神情呆滞、眼神绝望的女人。我对她们怀有深刻的印象。

我想象着自己成为她们中的一员，住在狭小的牢房里，每天只有一个
小时的自由活动时间。想象着乔安南对着戴着手铐的我扼腕叹息，甚至暗
自洒泪的样子，想象着聂队摇着头，仰天叹息我一失足成千古恨的模样，
想象着姑妈偶尔来看我，抹泪嘱托狱警对我好一点的情景……

我对着天上的弯月，露出了笑意。

如果真成了一个女死囚，那也不错。

因为，它至少意味着，我顺利地干掉了古靖之，而不是被他干掉。

古靖之之章七

我实在记不起来最近一次参加婚礼是什么时候，可以确定的是，成年以后，这种活动我只在电视上见过。

现在想起来，这确实有些不寻常。

我从未产生过想要和某个人一起生活的念头，不仅仅是女人，男人也如此。青春期的荷尔蒙仿佛出了什么差错，迟迟未爆发出来。至于像很多人仅仅是为了生孩子，为了减轻生活负担或者为了不让自己孤独终老而结婚，在我看来更是匪夷所思……我似乎从来没有意识到，我是一个普通人，一个心智健全身体健康的普通的地球男人。

有些人可能天生开窍晚吧？这和幼儿会说话的时间一样，并不完全代表智力的不同。

我只好这么想。

关乔的婚礼表现了汉唐风，他和新娘都穿着宽衣大袖，表情严肃步履缓慢，证婚人又瘦又小，留着撇山羊胡子，像电影里的账房先生或者师爷，用尖锐的声音指导着他们且停且行。

周围的宾客哪怕身处其中，也都是一副看热闹的神情。

从新娘自始至终都皱着眉，瘪着嘴，可以看出，这个婚礼的仪式肯定不是她的主意。

全场唯有始作俑者关乔，自始至终笑容满面，心满意足。

冗长的古风典礼过后，新娘在一群人的簇拥下去换衣服，宾客们各自入席，直到这个时候，关乔才瞥见我。

他没提到我没有按照他的指示，直接去他家，而是典礼过半才到了酒店的事儿，也没有问到我为何不带家属的问题，他一边摇头一边走近，"还是老样子，一点没变！"

我笑笑，"你也一样。"

他拥有一种 Super Star 的气场，总是万众瞩目；我自带隐形雷达，在人群中无声无息，这就是我们各自的天赋。

"有烟吗？"他问。

"没有。"我摇头。

"你啊你！"他左顾右盼一下，从宽大的衣袖里像变魔术一样，掏出一盒烟，感慨地说，"这大概是我的最后一根烟了。"

我还没发问，他已经走到角落里一个裹着红布的巨大圆柱后面，我跟他走过去。

他点燃了香烟，像旁观者一样眯着眼睛看看房间里的人，"这里面，除了你，没一个是我请来的人。"

也许吧，宾客们大多上了年纪，和坐在主席台下方不苟言笑正襟危坐的关乔父母一样的表情。

"我以为你不会再回来。"我老实说。

"倒霉催的！"他咬牙切齿，"谈了两年，都快结婚了，才知道她在西藏只是暂住！上个月就调回 S 市了。"

"她"自然指的是他的妻子。

"那也不错啊，你肯为她回来，她自然有与众不同的地方。"

关乔笑了，"也不全是吧……人到了岁数，总要开始为自己打算，跑了一辈子，我也想歇歇了。"

他恶狠狠地又抽了一口烟，"这歇的代价真够大的，我要戒烟了！"

我明白他说的代价是什么，他从上小学的时候就开始抽烟，十几年的习惯要彻底根除，我想他是准备和过去说再见了。

"要生孩子了吗？"我问他。忽然觉得有些惊悚，从来没想过这样的对白会出现在我们之间。

"是啊。"他叹口气，"去年回来的时候，她去做了个妇科检查，回来就开始跟我唠叨生孩子的事儿……哎，女人真麻烦！"

他一点也不喜欢小孩，但是他喜欢小孩的母亲。

我笑笑，"这不挺好的。"

爱屋才能及乌。

我想我的父亲就是不能爱屋，所以自始至终也无法及乌。

关乔的母亲在主席台那边不知道出了什么事，脸色突然难看起来，她身旁坐着一对中年夫妇，看样子应该是女方的家长，一脸隐忍愤怒的尴尬。

"没事吧？"我问关乔。

关乔毫不介意地挥一挥手，"别管他们！吵了好几个月了，屁大点事，没完没了的。"

他跟从前一样，从来不会觉得父母对自己造成了什么困扰，从这个意义上讲，他是我见过最"独立"的人。

我忍不住又想到禾小绿……

个体的差异要在特定的环境下才能表现得淋漓尽致，我设身处地变换角度，站在禾小绿的位置，我会愤怒父亲带给我的耻辱，绝不会再去调查什么所谓的真相，而关乔，十有八九他会一副关我屁事的德行，继续自己快活逍遥的人生。

这是禾永强作为一个父亲的成功之处，然而禾小绿的偏执和激进真的是禾永强愿意看到的吗？

我有些恍惚。

吵闹声似乎更大了。

"没完没了的！"关乔看热闹似的，吞云吐雾，把自己放在旁观者的位置，"对了，你给我分析分析，这两人为啥到现在都不离婚？"

他说的是他的父母。

我摇摇头，没说话。

"我就纳闷了，两口子过了一辈子，平时谁也不搭理谁，我妈去年得了子宫癌，自己一个人跑到医院切除了子宫……你说她厉害不？居然谁都没通知，我还是正好回 S 市才知道这件事，去医院看她，还骂我多管闲事……好像不这样就不能显示她女强人的身份似的！"

关乔的母亲是市护校的校长，在我的印象里，她是"女强人"三个字最好的诠释。

"他们有他们的理由吧。"我淡淡地说。

心里觉得有些奇怪，关乔去年回过 S 市，可是居然没通知我？

我有一种站在原地，看行人匆匆来来往往，却无一人驻足的感觉。

关乔把烟掐灭了。

"我过去看看。"他说完就走了。

也许事态没有那么严重，嬉皮笑脸的关乔蹲在岳父母之间，昂着头不知道说了些什么，两位老人就露出了笑颜。

他又跟他母亲说了两句，母亲的脸色也好看多了。

不多一会儿，他又回来了。

看看表，"这女人换衣服要多久啊！"

我不得不佩服他了，如果这样的事发生在我身上，光是想一想头已经开始痛了，绝对不可能像他一样，三两下解决战斗，轻松异常。

他抬眼看看我，"你怎么脸色这么差？头疼还没好？"

我都不记得什么时候告诉他我有头痛症的，"断断续续的，这是慢性病，一时也好不了。"

"你当初就应该听我的！学什么医啊？你看看我家那两位学医的人，天天看那些生离死别，心理能不压抑吗？"他瞪我一眼，"别跟自己过不去了！改行吧！"

我笑了笑，"哪有那么简单。"

"能有多难？"他反问我。

我摇摇头，不想多说了。

米兰·昆德拉说过，幸福是对重复的渴望。我想这就是我们喜欢怀旧的原因，因为停留在记忆里的过去，永远是美好的，而现在，则永远是让人无法忍受和极力挣脱的。

自然而然地，我提到了禾小绿。

"你记得禾小绿吗？"

他摇摇头，"谁？咱们班的？"

"不是……"

他认真地回忆并且分析，"我和你都认识的人，不是咱们班的……跟我交往过？"

我瞪了他一眼，"没有！"

"你让我再想想……"他偏着头，想了半天，"不会是你暗恋过的人吧？"

"不是！初三的那一年，我家邻居不是死了吗？禾小绿是那个嫌疑人的女儿！"

他还是没想起来，吭哧了半天，"Who？"

"你都忘了？她不是三天两头去学校围追堵截我，冲我扔石头吐口水吗？"我有些生气，虽然我也想不通我的气从何来。

他半张着嘴，"那个女孩?！"

我心里好受点，正要说话，他开口，"她不是神经病吗？"

我想冲他那张喜气洋洋的脸上来一拳。

"你才是神经病！"

他好像真的迷茫起来，"你在说什么啊！不是你跟我说，她是个神经病吗？"

我说过这样的话？

我也愣住了。

"你邻居死的事儿我倒记得……先奸后杀，我见过她，是挺漂亮的。"他一本正经地又说起这个事儿。

"没有，没有被强奸。"我忍不住又出言反驳。

"哦……那我可能记错了。那么久的事儿谁能记得那么清楚？"他给自己找了个理由。

我记得，禾小绿也记得。

可能是我的表情太过严肃，他也认真起来，"怎么想到这件事了？那个禾小绿，是嫌疑人的女儿？可这跟你有什么关系？"

我深吸一口气，"因为我作证，她父亲才成了嫌疑人，后来被拘捕逃跑的时候意外身亡，她因此恨我。"

这件事，我从未对他提过吗？

我不可思议地看到他醍醐灌顶的表情，"她来找你了？"

"嗯。"

然而这不是他关心的重点，他说，"你真的看到禾小绿的父亲杀人啊？"

"没有！"我觉得事情已经偏离了我想要的方向，所谓叙旧，不是需要两人有同样的回忆吗？

"我下了晚自习回来，正好看到他逃走……"

"你还上过晚自习？"他像看外星人一样看着我，"咱俩不是说好谁都不去的吗？"

什么意思？

"说起来，初三那个班主任，哎，真是个好人，如果不是她实施那个自愿上晚自习的活动,我那年肯定过得特痛苦……你还记得吧? 那年我的女朋友是三中的,人家就根本没晚自习,她父母也不管她……"

他拉拉杂杂把话题扯远了。

"我没上过晚自习?!"

我的音量肯定提高了,周围有短暂的安静,我看到很多人的目光都集中在我们身上。

"你怎么了?"他不解地看着我,"你上不上晚自习都是全班第一……"

像是空气中凭空出现一支无形的匕首,准确地刺进了我的太阳穴,我捂住头,蹲在地上。

周围的声音忽然大了起来,有人鼓掌叫好。

我抬眼,看到新娘子穿着西式的婚纱,微笑着走进大厅。

"哎呀! 我都忘了换衣服了!"关乔跳了起来,"你等等我啊! 等我啊!"

这句话让我忽然明白了什么。

我一把拉住他的衣角,昂着头问,"你去年回来过?"

"是啊!"

"我见过你?"

"废话!"他不耐烦地,"还是我陪你去的医院!"

他甩开我的手,"等我五分钟,我换个衣服就过来……"

他临走的时候,有些担心,"你好像越来越严重了。"

什么严重?

严重什么?

医院?!

我的脑子里一片空白,眼前的景象都在白光中跳跃,欣喜的人群,热闹的叫声,仿佛都正在离我远去……

我再也支撑不住,跌坐在地板上。

我说谎了。

根本没有晚自习……

我自诩完整清晰的记忆，从一开始就是由谎言堆筑的。

再次清醒，我发现自己躺在我的卧室里。

我不记得是怎么回来的。

我拿了手机来看，发现我设了静音，上面有好几个未接电话。

分别是乔安南和华青。

我先拨通了华青的。

"古医生，你没事吧？"她开口就问，"我打了好几个电话你都没接。"

"我有点私事。"我有气无力地回答。

"哦……你没事就好。"她好像真的松了口气，"今天来了好几个警察，他们带了搜查令，还拿走了好多诊疗记录……我又联系不到你……"

"杨晨呢？"我有些烦躁。

不管诊所出了什么事，不都是应该由她来摆平的吗？

"杨医生去了 A 市，她母亲住院了，她昨天晚上就请了假。"

"好了，我知道了。"我挂了电话。

头还在隐隐作痛，一口气喝了一杯水之后，我觉得稍微舒服一点，想了想，拨通了乔安南的电话。

"出什么事了？"我有理由相信，去诊所的警察和他是一伙的，也许就是他领头的。

"田乐梅死了。"他很平静。

我掀开被子，跳起来，冲进洗手间，趴在水台上干呕了半天，却什么也吐不出来。

"古先生，古先生，你没事吧？"

我艰难地开口，"没事。"

我慌乱地打开药柜，寻找我的救命药，手颤抖得厉害，碰倒了一个药瓶，我弯腰捡起来，就在一抬头的瞬间，我忽然发现，药柜的底部，凹凸不平，像是刻了什么字。

我侧头看过去。

上面写着"tianshizhizao"。

天使制造！

下午六点整，乔安南已经等在了诊所外面。

他还是老样子，把自己包裹得像一只北极熊，等我开了门，就迫不及待地冲了进去。

在我的诊疗室，他脱掉外套，表情是难得的严肃。

"田乐梅死了。"他又重复一遍。

我知道了。

田乐梅死了，她穿着三点式内衣，从她家的顶楼一跃而下，当场死亡。

这个景象我一点也不愿想象。

"你们认为是我做的？"我深吸了一口气，坐在我的办公桌后面。

"我昨天晚上就想联系你，但是你的电话一直无人接听。"

这个理由看起来很烂。

我也懒得再说什么，"我睡觉的时候会关机。"

"但是今天白天也打不通……"

"我今天有些私事，不想被打扰。"我压抑着烦躁的情绪。

他在椅子上坐好，认真地看着我，"田乐梅死了以后，我们调查过，她家新来的小保姆叫茵茵，新来两天，田乐梅的儿子儿媳妇都不太清楚这个保姆的底细，但是他们都认出了禾小绿就是那个保姆。"

"还是没找到她？"

"对，田乐梅死了以后，禾小绿也失踪了，而且是带着所有东西有计划地离开……"乔安南看起来真的担心,"田乐梅爬上顶楼准备自杀的时候,禾小绿也在楼顶……当时楼顶只有她们两个人。"

我不说话了。

事实上,无话可说。

我想乔安南如果调查得再细致一点的话,他会知道,田乐梅跳楼的那天,我也去过现场。

只不过更早一点。

那是中午,田乐梅和她一直恨之入骨的儿媳妇,手挽着手,像一对真正的母女,笑逐颜开地一起回家。

儿媳妇手里拎着大包小包,看包装袋,都是奢侈品牌。

这显然让她的心情很好。

田乐梅自始至终都笑眯眯的,慈颜善目,很难想象她在我眼前的另一番模样。

我就站在马路对面,看到她们渐行渐远,谁都没有看到我。

大概十分钟以后,禾小绿穿着围裙下楼。

她忠实地扮演了小保姆的角色,只是那时候她表现得像只猎犬。

她在田乐梅和儿媳妇回来的路上来回走了三趟,跟保安说过几句话,我用一包中华烟得到了她询问的信息,分别是:

她们是不是自己回来的?

出租车的车牌号是多少?

有没有看到奇怪的人在跟踪她们?

保安认为,这个小保姆得了失心疯。

"事实上……"乔安南开口,打断了我的回忆。

"昨天晚上,还有一个人死了,他叫李承鹏。"

是同一个人吗？

我并没有把愕然表现在脸上，事实上，我也不该有什么疑问，如果李承鹏不是我认识的那个李承鹏，乔安南根本没必要告诉我这件事。

"根据监控录像显示，昨天晚上，就在田乐梅跳楼自杀，禾小绿失踪之后，她追着李承鹏跑进了她家附近的地铁站，李承鹏在地铁到来的瞬间，跳轨，当场死亡。"

他作出结论，"这是最后一次我们发现禾小绿的踪迹。"

我觉得呼吸困难，头开始隐隐作痛，我能感受到鼻尖有微微的凉意，我在惊恐的时候，都会出汗。

为了掩饰这种惊恐，我打开了电脑。

tianshizhizao 那几个字母……是做什么用的呢？我为什么要刻那些字母在我的药柜下面？

看字迹，的确是我的没错。

大概是今天的沉闷让乔安南不适应，他咳嗽了一声，"古先生？"

"什么事？"

我不耐烦地说。

话音落了，我才发现我这个样子，像极了在铁证之下无从遁形的罪犯，依旧在作最后的挣扎！

"你认识李承鹏吗？"

他已经拿走了我所有的访客记录，还来问我这个愚蠢的问题！

"当然！他曾经是我的病人！"我掩饰不住愤怒。

"根据我们的调查，他是个私家侦探，你曾经委托他，调查过禾小绿。"

"有什么问题吗？"我没心情应付他，"你是不是也同禾小绿一样，认为李承鹏是我派出去的杀手？"

他没有正面回答我，"在同一个晚上，你的两个病人，田乐梅和李承鹏先后自杀……而这两个人生前接触的最后一个人都是禾小绿，我想知道禾小绿能通过什么途径，得到你的病人记录。"

他说出了我没想到的问题。

"我不知道。"我跌坐在椅子上，失魂落魄地摇摇头。

我电脑的桌面是一张南极风景画，巍峨的冰山和浩瀚的蓝天相互辉映，每次开机都能让我的心情也跟着飞扬起来，但是这一次，我有些沉重。不仅因为警察乔安南就坐在我的对面，还因为我对 tianshizhizao 这几个字母，完全没有任何感觉。

除了电脑，还有什么地方需要字母作为密码呢？

乔安南低头沉吟了一会儿，"因为案情比较离奇，再加上联系不到你，我们不得已出示了搜查令，拿走了你的访客记录。"

我耸耸肩，这显然不是他要说的重点。

果然，他接下来说："在李承鹏的资料里，显示他曾经是个拳击教练，有非常严重的暴力倾向。"

我不同意他的说法。

"李承鹏的情况是创伤后遗症的一种，他小时候接受过长期的家庭暴力，潜意识里认为暴力是解决问题最快最好的方法，但是还没有到很严重的地步，因为除了他的妻子，他对待外人的时候还是可以保持理智的……这也是为什么他被指控严重伤人之后，不需要去精神病院，而是来我的诊所接受治疗的主要原因。"

乔安南点着头，我知道他根本不是这么想的。

"禾小绿是受过专业训练的警察，她的自由搏击已经具备比赛水准，这样的情况下，她还能受伤，李承鹏应该是最主要的嫌疑人。"

"嫌疑人"这三个字让我心念一动。

十一年前，有一个嫌疑人，也是在同样的被警察追捕的情况下，意外死亡。

我从来不相信催眠杀人的事儿。

作为一个心理学的"专家"，我很清楚催眠只能暂时控制人类的某些情感，达到纾解释放的功效，但绝不可能让人无视危险采取过激的行为。

禾小绿的理论，从根本上就找不到支撑的论据，我更愿意相信，何冰冰是意外坠河，汤悠然是自杀，而田乐梅是精神分裂……

可是，李承鹏是怎么回事？

他在自杀之前，充当的是杀手的职责！

很明显，他不是因为"暴力倾向"发作而攻击的禾小绿，有目标，有计划的攻击，不是一个精神病人该有的举动，而这个杀手在失败的瞬间采取了自杀的行为，在我看来简直像武侠小说里被某种蛊毒控制的"傀儡"！

如果他是傀儡，是什么人用什么方法控制的呢？

"古先生……你没事吧？"乔安南又问了一次。

"没事。"我对着电脑发呆，下意识地回答他。

校友录、常用邮箱、MSN……我想了又想，没有和 tianshizhizao 有关系的东西……

"其实我今天整理了一下你的病人记录……我发现一个问题。"他欲言又止地，"就在这半年中，你的病人接二连三地自杀，据我发现，已经有四个人了……何冰冰、汤悠然、田乐梅和李承鹏，这四个人之间有什么联系吗？"

我忽然想起很久以前看过的一个电视剧。

几个风马牛不相及的人相继死去，警方调查了很久，忽然发现这几个人都和若干年前的一起意外有关系……一个孕妇临产，乘坐的计程车和一辆公交车发生了碰撞，计程车的司机和公交车司机以及售票员忙于口舌之争，路过的一辆私家车也不肯载孕妇去医院，等警方赶到，送孕妇去了医院，已经回天乏术了。

若干年后，丈夫步步为营，处心积虑地杀死了这四个人，我想如果他采取更简洁的方法，这案子会永远成为谜局。

李承鹏也曾经跟我说过，"杀人最好的方法就是躲在角落里，一击而中，杀完就跑。"

电视和小说里说的，超越了现实。

我想我或者可以用这样的理由来解释这四个人的死。

我忽然觉得自己也可以幽默，我笑笑，摇摇头，"唯一的联系就是我吧。"

我这么说着，登陆了MSN，手无意识地晃动着鼠标，然后我忽然发现，在我的MSN上，没有关乔的名字。

他的网名天天在换，我给他自定义的名字永远是"关乔"。

为了确定我不是眼花，我又一次检查了一遍，还是没有。

我的确出席了他的婚礼，而喜帖是通过MSN接收到的！

这是怎么回事？

"也就是说，我可以基本排除意外的可能性，因为四个人连续死亡的几率实在太低了……换句话说，如果不是你设计杀死了这些人，那么禾小绿就是最大的嫌疑人。"乔安南的声音像是从隔壁房间传来的，又空又远。

"我在控制中，而禾小绿没有……"我不知道我是不是回答他，茫然地说。

我的手颤抖地在MSN上输入了tianshizhizao的账号，密码还是我用熟了的门牌号。

登陆成功的提示让我的心也跟着下沉了。

没有任何联系人。

聊天记录是一片空白。

我茫然地靠在椅子上，想了想，登陆了MSN的邮箱。

邮箱里除了垃圾邮件和广告，还有一封信，是我惯用的邮箱发来的。

也就是说，我给自己发了一封信！

在我不知情的时候吗？

信里有一段聊天记录，是我和关乔的。

时间是一年前。

他问我，"我爸介绍的那个刘医生，说你拿了 CT 结果就跑了，你怎么一把年纪了，还是这么任性？"

"我还在 S 市，你快点跟我联系！"

"古靖之，你是死是活？！"

我叫古靖之，二十七岁，我是一个心理医生。

我有一个刻在药箱底部的 MSN 账号，一个十几年追着我不放的仇人，一段谎言与真相交错的记忆，我爱上了我的仇人……

我是谁？

我的头要爆炸了似的，我知道我没有一点力气可以支撑下去了。

所有的记忆喷涌而出，真实的，虚构的，荒诞的，理智的……我并不知道那是谁的记忆，而哪些记忆又是我的？

我趴在桌子上，觉得我就要死了……

不，还不行，还有一件事……

我的电脑里存储着完整的录音记录，录音者是禾小绿，时间是从半年前开始。

"这真的是何冰冰吗？我不敢相信自己的眼睛，她疯狂地崇拜着古靖之，我想这本身就很有问题……病人对医生不是只有感激之情的吗？"

"何冰冰死了……我知道凶手只能是古靖之。"

"我比想象中更冷静，古靖之不是上帝，他无法制造天使，我也不是恶魔，我没有惧怕他的理由。第一次的 pre-talk，我用早就编织好的理由通过了他的测试，只是那个噩梦似乎多此一举了，古靖之对何冰冰溺水而死好像没什么感觉，也许他只是掩饰得太好了……他相信我的排队恐惧症，我觉得这已经足够了。"

"古靖之的办公室里装有摄像头,我简直不敢相信！他或许早就发现了我躲避催眠的小伎俩……他一定是在搞什么把戏,看来我要加快速度了。"

"我在诊疗室门口遇到了汤悠然,这是我第一次也是最后一次看到她……之后,她自杀的视频在网上引起了轰动。很遗憾,我第一次看到她,并没有把她和欺侮女同学的那个不良少女联系在一起……她实在太过正常,不,是太过不正常,她是一具行尸走肉,被古靖之夺走了灵魂的躯壳。"

她没有深究自己的记忆形成断层的原因,我想她大概是太忙了,忙着为父亲洗冤,忙着为何冰冰汤悠然平反,忙着对田乐梅实时监控,忙着躲避李承鹏的追杀……

她自觉自愿地让自己很忙,我知道,是时候让她休息了。

手机突然响了,我费力地伸出手,从口袋里拿出来看了看。

是沙扬。

我深深地吸了一口气,摁了拒绝接听的按钮。

很快,沙扬的短信发过来。

"靖之！不要做傻事！"

他的口气像极了我的父亲。

我苦笑着,摁了关机。

摇晃着站起身,在水晶苹果的投射中,看到自己扭曲苍白的脸。

"不过,她很快也会被控制起来。"

我扯动嘴角,想笑一笑。

"她约我在诊所见面,七点半。"

禾小绿之章七

已经下了一天的雨了，这个城市到处湿漉漉的。

我的脚趾已经不再疼了，肩头的伤还有些麻烦，不过，只要我有机会近距离接近古靖之，十成里还是有九成的把握，不用牵动我的伤口，就能让他一刀致命。

我穿了一双栗色小羊皮的长筒靴，靴筒里有一把锋利的窄刃短刀，我上过法医的尸体解剖课，熟知人体解剖学的知识，我知道怎么用这把刀的窄刃，灵巧地避开他的肋骨，快速而完整地插入他的心脏，他完全不用出多少血，就会去鬼门关。

我的专业是刑侦，如果一心要用自己的专业知识反侦探，布置一个掩人耳目、偷梁换柱的陷阱，逃避法律惩罚，或者是至少给自己赢取逃亡的时间，也不是不能做到的事。可是我打算一杀了他之后就马上自首。

我一生只做这一件事就够了，除此之外，再漫长的生命也是虚无。

一想到这里，我的血液就开始沸腾，我几乎可以感受到每一根血管跳动的声音……上帝欲毁灭一人，必先令其疯狂。

我不在乎疯狂，只要能毁灭古靖之，我不惜一切代价。

或者我已经疯狂了。

昨天晚上，我仔细听了一遍我的录音记录，我发现，何冰冰死于六月，而我十月才开始接受古靖之的"治疗"……有足足四个月的时间，我竟然不知道自己做过什么……

这是那个杀手出现的理由吗？

我犯了致命的错，我被古靖之催眠过了！

我的手开始颤抖，不得不拼命压抑内心的焦躁，我知道，这是最后的交锋，不是他死，就是我亡！

已经快到十二月份了，寒气逼人，很多行人都穿了厚厚的大衣，他们打着伞，在昏暗的街灯下，踏着自己雨雾中的黑影，脚步匆匆。

我打着一把透明的玻璃伞，走在通向"若轻诊所"那幢大楼的林荫道上。树叶上凝结的冰冷的大颗雨滴，间或重重地敲打在我的小伞上，伴着雨丝的沙沙声，听起来像一首乐曲，一曲唱给杀手的挽歌。

大概我常常移开伞柄，仰望黯淡夜空的缘故，我的头发，很快也变得湿漉漉的了。它们柔顺地贴在我的脖颈上，不复往日的蓬松张扬。

我穿不惯长筒靴，更何况一只靴子里面还有一把坚硬冰冷的短刀紧贴着小腿，这让我走路的姿势有些别扭，我走着内八字，像个走秀的模特女郎那样，踩着自己的影子走猫步。

我有点后悔打了一把玻璃伞，如果古靖之从他的办公室居高临下地观察我，他会不会觉察到我的异常之处呢？

不过，他对我提出这次会面的目的，一定会早有预料，并戒备森严，也许他根本就不会让我靠近……除非是催眠了我。

可他上过我的当，也许这次，他会先下手为强，对我采取瞬间催眠的方法，先让我失去了心智，再慢慢折磨我……

我要不要再假装一次被他催眠呢？

但是，万一真的陷入他的陷阱怎么办呢？

　　我的各种念头此起彼伏，当我真的站在那幢大楼跟前的时候，我突然发现自己并没有真正准备好。

　　看看表，已经是七点二十五分了。正是我原本拿捏好的时间。

　　已经没有了退路。

　　电梯平稳上滑，停在了二十六层的楼层，伴随着一声"叮当"，门打开，我深深吸了一口气，缓步迈向了大门半开的"若轻心理诊所"。

　　里面的光线有点昏暗，大灯关了，只留着门厅上一盏照明的小灯。因为跟我今天晚上的约会，古靖之肯定早早打发了华青跟杨晨。

　　我推门进去，在前台，华青的位子上，发现了古靖之。

　　他开了一盏台灯，台灯下的面孔，苍白，阴郁，若有所思。

　　我的心狂跳起来，感觉到血液瞬间逆流，耳后的脉搏跳动得飞快。我的脸颊滚烫。

　　如果不是我身上揣着一把刀，这种反应，多像是一个怀春的女子，见到了久别重逢的恋人！

　　我现在有点相信那个"吊桥理论"了。

　　我原本以为他会在他的诊疗室等待我，那个地方，更像是他魔法师的堡垒。

　　"禾小绿，你来了。"

　　他的嘴角扯开一丝放心的笑容，指了一下离前台最近的一张候诊椅，他要我们中间隔开三米的距离谈话。

　　如果他的戒备是不让我近身，这比他一见面就用瞬间催眠法来攻击我，要好得多。我对自己花数年打造的抵抗他催眠邪术的"盾牌"并没有多少信心。

　　我坐下来，将双腿相叠，那只装着短刀的靴筒，跟我的手指距离，只有二十公分。

　　我直视着他的目光，尽量让自己显得平静而从容。

"你比小时候变了很多,你小时候又黑又瘦。"

他款款地说,好像今天晚上我们俩的主题是叙旧。

我是花农的女儿,在夏天,常常会暴晒到蜕皮。

"所以,我那个时候见到你,并没有认出你来。"他眼眸深深地,"人的成长和变化,真是不可思议。"

"你没怎么变。"

我回忆着那个十五岁的少年,他那个时候的五官,气质,神态,跟现在几乎一模一样,变化的只有拉长和加粗的骨架。

"你那个时候扎着两只小辫子,绑着蝴蝶结,笑起来的时候,蝴蝶结一颤一颤的。"

他的双眼,有雾气在氤氲弥漫。

我有对他笑的时候吗? 我只记得怎么对着他吐口水,丢石头。

漫长的时间,会扭曲人们的记忆。

但有个事实的记忆,是无论如何也改变不了的——他害死了我的父亲!

我咬紧了牙齿。

"这些年你过得好吗? 你做了警察……真是想不到。"

"别再废话了! 你应该知道我今天晚上为什么来找你。"我不能再忍受他的伪善和温情脉脉。

他的舒缓的语调,深沉的眼眸,带着一丝忧伤的怀念的态度,让我的心头涌上了一层焦躁情绪。

我手掌冒汗,指尖忍不住探进了靴筒。

他嘴角微翘,台灯下安静地看着我,好像在等待我说明来意。

"田乐梅死了。"我说。

"很遗憾。"他无力地笑了一下。

"是你杀了她。"

"我为什么要杀她?"他揉揉眉心。

"因为你发现了我在她身边,你怕我从她身上,发现了你的秘密。"

"哦？"

"你制造的不是天使，是供你差遣和使用的傀儡。"

他看着我，静默了一会儿，然后叹口气，脸转向了窗外，窗外是一片璀璨炫目的灯海。

"禾小绿，我们能不能不谈这个？你知道，警察正在找你，很急。"

我看着他，有点不明白，他为什么会突然提到了警察？

"有很多人看见，田乐梅坠楼前，你跟她有过肢体接触。"

他转过脸来，四平八稳地说。

我怔了一下，一股冰寒弥漫在我四肢。我忽然明白了他潜台词的恶意。

"莫非你想让我替你背上黑锅？"我冷笑。

"不，我只是为你担心。"他蹙着眉头，眼光真诚。

如果不是熟知他的狡猾本性，我会被他这双澄澈眼睛里的关切骗得吐血。

"你会催眠，而且，技术高超，你在田乐梅出事的那两天，一直跟她在一起。"他像是柯南似的，开始了分析和指控。

"那么，我为什么要杀她？"我怒极反笑。

"也许是为了我。"

他再次叹气，无奈地摇头。

"你恨我，想在我身边制造几条人命案子，让这些案子都指向我，然后，再以警察的身份，逮捕我，毁灭我。我想，这也是为什么你会选择去做警察的原因。"

他的表情，沉痛而哀伤。

我觉得他应该去奥斯卡捧小金人去！

问题是，在我们两个这样知根知底的人之间，这样的表演，有必要吗？

当然，片刻之后，我明白了他这样表演的必要性。

但是，此时此刻，我被他刺激得按捺不住："那么，你的意思，何冰冰、汤悠然，还有田乐梅，再加上昨天晚上的杀手，全是我下的手了？"

他坐直了身体："我是这样想的，禾小绿，你要是真跟田乐梅的死没有关系的话,你应该跟警方谈清楚,解释明白,也好洗刷你的嫌疑。"

他忽然跟我打起了官腔。

我不想再跟这个恶人多说废话。

我的手指移进我长靴的边缘内,正要伺机掏出短刀。

古靖之看着我,笑了,忽然双手轻拍了一下。

几乎与掌声相应,诊所大堂的顶灯瞬间大亮,一个男人从古靖之身后的内门走了出来。

我的手指停顿在我的靴筒内,一瞬间大脑一片空白。

事情怎么会这样?!

那个从内门出来的男人一脸凝重地看着我:"禾小绿,跟我去警局走一趟。"

我从来没有听到过他用那么严肃的声调讲过话。

是乔安南。

与此同时,门口也闪进来一个颀长的身影,是我的同事郑朗。

两个人像是怕我有什么过激反应似的,快步走向我,一左一右地站在我的面前。

我好一会儿才有了反应能力。

我想到了古靖之会设陷阱,可我想不到,他会用警察来设陷阱!

把警察牵扯进来,对他有什么好处?

难道他认为自己毫无把柄,而我,却漏洞百出,注定要为他背黑锅?!

我盯着古靖之,双眼喷火。

他向我摊摊手,眼睛里涌上内疚的神色:"对不起,小绿,我不得不这样做,我想帮助你。"

他的神色,忍辱负重中,带着对我的同情和关切。

我忽然笑了起来:"你杀田乐梅的时候,是不是也是这么跟她说的——对不起,只是想帮你——还有何冰冰和汤悠然……"

乔安南忽然把手放在我的肩膀上,拉我站起来:"禾小绿,我们去警局。有话要问你。"

郑朗帮我拿起了我的挎包。

他们俩个，似乎一点儿也不愿意继续听我说下去了。

古靖之用怜悯的，看一只垂死挣扎的落网小鸟的眼光看着我。

郑朗开着警车，乔安南跟我一起坐在后排座上。

他好像对我无话可说，不停地叹气。

"田乐梅的死跟我没有关系。"我说。

"闭嘴吧，你！"

我还从来没见过老好人乔安南对人这么不客气过。

我当然不怕他："为什么不让我说话？即使是嫌疑犯，也有申诉的权利。"

郑朗从后视镜，瞥了我一眼，有关心，也有同情。

"到了局里，有你说话的时候。"

乔安南揉着额头，不胜烦扰的样子。

我现在已经是阶下囚了吗？

"你们都错了，应该抓的人是他，不是我！"

我的话，连自己听起来都苍白无力，虚张声势。

乔安南闭上眼睛，靠在座椅靠背上："在到局里之前，先让我眯一会儿，考虑一下你弄的这个烂摊子，是不是有个解决的法子。"

解决的法子？

他相信我，要帮助我吗？

我有些狐疑。郑朗通过后视镜给我使了一个眼色，似乎是让我稍安勿躁。

车子开得很稳，轮子碾过湿漉漉的马路，不时溅起积水。

雨仍然淅淅沥沥地下，车窗外，是无边无际的黑夜。

我有一瞬间很想落泪。

并不是害怕，而是一种软弱、郁结、迷茫混杂在一起的复杂情愫。

今天晚上会被警察用警车带走,我想到了……

被警察带走却不是因为我杀了古靖之,我没想到。

到了警局,乔安南直接带我去了一间拘留审讯室,安排我坐下等候,他匆匆而去。

郑朗过来,替我倒了一杯白水,又给我拿了两颗巧克力。

"补充点热量吧,这房间够冷的。"

"谢谢。乔安南呢?"

也许嫌疑犯不应该问这么多,可他既然来示好,我就不应该放弃这个机会。

郑朗抓抓头发,低声地:"他也许去找聂队汇报情况了。"

"汇报我终于落网的情况吧?"

他尴尬地看着我。我面无表情。除了乔安南,郑朗基本上算是我在警局关系最好的,而这两个可以算是我生活圈仅存的"朋友"的人,刚刚却执行了抓捕我的行动,取得成功后,回来向领导请功。

世界上没有永恒的友情,只有永恒的利益。

这句话一点儿也没错。

我冷眼看着坐立不安的郑朗,一口气喝完了那杯水,又剥了一块巧克力放在嘴巴里。

我是匕首一样坚硬而冰冷的禾小绿。

这些叵测的、复杂的、变化无常的人心,已经不能伤害到我。

乔安南很快回来了,他满头大汗,气喘吁吁。

他一来,郑朗就识趣地走了,乔安南拉张椅子坐在我的对面,他砸吧着嘴巴:"小绿,你看你把我麻烦的……啧啧。"

"对不起,那天本来跟你约好了……"

乔安南挥挥手,似乎是表示,跟目前发生的事情相比,那天我爽约的小错误,不值一提。

"你,先把你长筒靴里的东西掏出来。"

他敲着桌沿。

我一怔:"什么?"

"别装傻。你从来不穿长筒靴,在古靖之那里的时候,我好几次都注意你一边脸上装模作样,一边把手指头探进了右脚筒靴。"

他一副洞悉的神情。

我的肢体语言就那么明显吗?也许古靖之这个心理师,也对我的异动早有觉察吧?

可为什么他不等我把刀子掏出来再拍手示意乔安南呢?那样的话,我持械攻击,被抓个现行,不就是既成的犯罪事实了么?

我不相信他还会有给我留三分回旋余地的好心。

乔安南伸过手,催促着:"拿出来,快点!"

我默然地,将靴筒里的短刀抽出来,丢在我们俩之间的桌子上。

他拿起来,皱着眉头,用手指试了一下刀刃:"怎么,你就打算用这把刀,杀了古靖之?"

"我是要用它自卫的。"

我不是敢做不敢当,实在是因为,我下一步还需继续进行那个未完成的计划,而完成计划的前提,是自由。

我不能主动替他们找好理由把我关起来。

"总之,你想用它来对付古靖之?"

"实习警察没有佩枪。"我耸耸肩。否则,我会有更好的武器。

他把短刀收在自己的夹克衫里:"没收了。"

我没说话,觉得他很可笑。即使是三年级上课偷玩弹弓的小孩儿,被没收了弹弓,也会另找一把来玩。

"说说田乐梅吧。"

他用审问嫌疑犯的口气跟我说。

"她的死，跟我没有关系。"我挺直了脊背。

"昨天晚上，至少有五十个目击证人，看到你翻到露台外面，在田乐梅坠楼之前，把手伸向她。"

"那是为了抓住她，救她！"

我气愤地大声嚷道。

"可人家不一定这么看。九层楼的高度，又是晚上，到底是推，还是要抓她，谁看得清楚？"

他手指敲着桌面，用那种成心要气死我的口气说。

"我没有杀人动机。"

"你有，刚才在若轻诊所，古靖之已经分析给我们听了。"

他晃着腿说。

我嗤之以鼻："要用几条人命栽赃他吗？我要想报仇，何必这么麻烦，像我今天一样，拎把刀子去找他好了！"

"哦，话不能这么说，人性是很复杂的，也许你觉得，让他成为杀人犯，身败名裂，比看着他干脆地横死更过瘾。"

我盯视他半响，冷笑："我看，你是被古靖之催眠了吧？既然我是嫌疑犯，你为什么不干脆给我戴上手铐？现在假惺惺地卖弄同事的友情，是想以同事谈心的方式，让我干脆来个自动交代，帮你立个连环杀人案告破的大功？虚伪！"

他笑了，掏出纸巾来抹了抹鼻尖上的汗滴："你说我虚伪，小绿，你自己何尝不是？就拿你刚刚提到的两个字——'报仇'来说吧，这背后有什么背景和内幕？"他的语气诛心刺骨："你扪心自问，一直以来，你对我，够不够坦率？"

我自知进了他的圈套，却没有办法停下来，我气恨交加地："那些过去的事情，跟现在发生的案子没什么关系，那是我的个人隐私，我不需要什么都向你说明。"

"哦，包括你其实是林光辉和禾永琴的养女，而你的生父，是禾永强，一个记录在十年前一桩疑案中的名字。"

"你有话就直说好了，你是不是想确认，我是个强奸杀人犯的女儿？"

我咬牙切齿。

"说到这个,我前两天还去找了金大伟。那是个悬案,你父亲只是有嫌疑,并没有证据。"

他好像以为这样说,我就能好受点似的。

"他已经死了,不能再说话,也不能再辨白。我是有这个想法,要不惜一切代价,找到证据,替他说话!"

我不想在他面前示弱,可不知怎么的,声音突然哽咽了。

乔安南把他的纸巾推给我。

他的纸巾洁白如雪,带着花纹,清香四溢。我给他扔了回去,用自己的袖子抹了抹眼泪。

他摇摇头,对着我啧啧嘴巴。

"你因为要替你死去的爸爸讨个公道,所以,才想到要当警察的?"

我没否认。我的警察肯定当不成了,不需要再为自己做警察的目的掩饰。

"好吧,我想我理解你的心情,你是怀着一种为父亲沉冤昭雪的心情,一直密切观察古靖之的,也是因为这个,你在四个月前,以一个访客的身份,去接触了他。"

四个月前?

"是一个月前。"我狐疑地看他。我们好像没有谈过这件事,我不知道他从何得来的四个月的结论。

他忽然皱起了眉头,接着快速地掏出手机,摁了几下,"你看这个……"

这是一张照片,拍得很清楚。是若轻心理诊所的预约记录单,在最下角填着林茵的名字,正是我的笔迹。

我点点头:"是我写的,我预约登记的时候,用的是林茵……"

我忽然梗住了, 因为我看到了表格的填写日期——"2010 年 7 月 18 日",这怎么可能?! 我明明记得那是 10 月 9 日,刚刚过了十一黄金周的第二天!

我再仔细看了一遍,是我的字没错,我的签名后面,也缀了一个日期,"8"的最后接口的那笔,像是拖了一个长长的彗星尾巴,正是我的风格。

我头晕目眩，脑子里像是有两个妖精在打架。

"我跟他第一次见面，是一个月前……然后，他派杀手追杀我……"我突然虚弱起来。

"不！"乔安南面色凝重地摇头，"你四个月前就作为林茵，接受过他的治疗……如果，你没有撒谎的话。"

"我为什么要撒谎！"我的声音突然高了起来，"这件事有撒谎的必要吗？我四个月前和一个月前认识古靖之，有什么区别吗？"

"当然有。"乔安南不客气地说，"四个月前，汤悠然还没有死。"

我像是被一道闪电击中，头皮在发麻，全身都没了力气。

"你相信是我杀了汤悠然？"我喃喃地发问。

乔安南没有回答，他说，"两个可能，第一，你撒谎，第二，古靖之撒谎。古靖之曾经从你手里拿到过你的录音记录……"

我倏地睁大眼睛，乔安南却示意我稍安毋躁，他接着说，"古靖之并没有告诉我是怎么拿到这份记录的，但我相信，以你的身手和你对他的戒心，他所谓不光彩的手段，很可能就是催眠！"

"不，不可能……"我拼命摇头，"这怎么可能？我……"

我无话可说了。

没有错了，我的确被催眠了，我忘记了第一次跟古靖之在诊所见面的时间……可是为什么呢？他为什么要拿走我的这段记忆？

"你说的那个杀手，是李承鹏吗？"乔安南的眼睛像一对能穿越人骨头的 X 光线。

"李承鹏？"

"你不认识他？就是昨天晚上被你追赶，跳入地铁铁轨，被碾压身亡的那个人。"

我想起了那个血腥的画面，打了个哆嗦。

"原来他叫李承鹏……"

我喃喃地。

"地铁里有监控录像,画面很清楚,他被你追着跑过来,你一把差点抓住他,然后,他跃入了铁轨。"

那么,这条命案,也要记到我的头上了?

"他埋伏在我公寓的楼梯上,攻击我,划伤了我的肩膀,我才追他。"我无力地解释。

我对解释清楚这一切,已经不报有什么期望了。

乔安南却听得很认真:"那么说,是他先攻击你的? 有目击证人吗? "

我的邻居都是在听到我们打斗的声音之后才出来的,而且,那么昏暗的光线下,他们也不可能看到李承鹏的脸。我摇摇头:"没有。"

没有人能证明田乐梅不是被我推下楼的,也没有人能证明李承鹏在被我追赶亡命之前,曾经攻击过我。

我的心沉得像压上一座大山,呼吸困难,我有点明白古靖之为什么会把我交给警察了,因为他知道,我根本没有办法把自己择清楚。

在此刻暴露的我曾经被催眠过的事……会让我的一切行为都顺理成章起来,哪怕,是那么地匪夷所思。

而我,没有任何证据可以证明这一点……

"老乔! 出来一下! "

是聂队的声音。

他知道我回来了,却连面也不想见……也许觉得我太过给他丢脸,抑或是怕见面后我开口求他,他难以回应,所以才躲着不见?

我冷冷地笑,这就是这个残酷世界的人情冷暖。

乔安南快步出去,他忘记关门,门虚掩着,我看到聂宇一脸严肃地站在走廊上。他递给乔安南一张纸,要他签名,乔安南拿起笔,堆着笑。

"谢谢,聂队。"他谄媚地。

如果他是一只狗,现在肯定在努力地摇尾巴。

聂宇并不领情,他冷着脸,哼了一声,拿起他签名的那张纸走人。

我打量了下这间拘留室,考虑打晕乔安南,然后逃脱的可能性。

现在警局是下班时间,除了郑朗之外,门口只有一个门卫老伯。

乔安南对我的警惕性不算高,也许他会给我这个可乘之机,我甚至还能在打昏他之后,将我的短刀夺回来……

乔安南回来了,见了我便长舒一口气:"这下好了,我们走吧。"

我蓦然睁大眼睛。走?

莫非要移送我去监狱?

他嘟嘟囔囔地抱怨:"聂队真是　嗟,非要让我签什么担保书……这下好了,禾小绿,我们是一条绳上的蚂蚱了,算我求你了,你可别再闯什么祸了!"

他对着我拱拱手,一副吃了黄连有苦难言的模样。

什么担保书?

他自己把围巾围围好,又把我的大挎包递给我,"走吧,我们先去喝老鸭汤,暖暖身子再说——这个天,冷死了。"

见我发怔,他扬扬眉毛:"怎么了?"

"你们放我走?"

我不是两桩命案的涉案嫌疑人吗?

"除非你喜欢待在这里。"

他斜了我一眼。

"可……"

他不耐烦了,扭头先走:"别忘了关灯。"

在警局大院的停车场,我远远地看到了郑朗,他背靠着自己的那辆银色的POLO,正对着走向他的乔安南,露出一个会心的微笑。

香气袅袅的老鸭汤店,深夜时分还是人来人往。

乔安南专心致志地享受着他的美食，汤又美又鲜，他好像连舌头也一起吞下去了，对郑朗的任何话头都不予理睬。

我对着自己的一大碗汤发怔，这晚上发生的事，仍让我如坠梦中，充满了不真实感。

我揣着一把利刃去找古靖之，我还没有把刀子掏出来，就被带上一辆警车……我被乔安南带到一间拘留审讯室，作为两桩命案的犯罪嫌疑人审讯，然后，又跟他们来这间店里喝鸭汤！

"咦？不想喝？那让给我好了。"

乔安南盯着我的碗。

我把碗推给他，他眉开眼笑，连呼"罪过"："今天晚上又得吃多了，哎呀，前天才下决心要减肥呢。"

郑朗笑了起来，笑声爽快欢畅。

这两个人，好像什么事也没发生过一样！

我再也忍不住，对着乔安南："那么，我不再是你的嫌疑犯了吗？"

乔安南仍埋头汤碗。

郑朗笑得很单纯："你本来就不是嫌疑犯。今天我跟老乔跑了一天，田乐梅家隔壁邻居给你做了证明，她亲眼看到你翻过她家露台，去抓田乐梅，可惜只抓住了她的'衣服'；至于李承鹏，现在还没有人对他的事故提出归责的问题，监控录像很清楚，他跳下去的时候，你距离他有五米多——再说，我们在他尸体夹克衫口袋里找到一把匕首，匕首刀刃上有血迹，只要跟你的血样对照一下，就能知道他是不是攻击过你……"

"是古靖之找的你们？"

"对，他说你跟他联系了，要跟他见面。他知道老乔在找你，就知会了我们一声，这个人还不错……"

我狠狠地瞪了他一眼，他看看我，把后面的话跟鸭汤一起咽了下去。

我看着吃得高兴的乔安南，想了一下，又觉得不对："既然，已经排除了我的嫌疑……为什么会把我带到审讯室？"

乔安南抬起头来，抹抹嘴角，抱怨地："哦，我们在等聂队，他弄了一份担保书，非要我回来签字，否则，这么晚了，谁还要跑一趟警局呢！"

"为什么是审讯室？！"我意识到了什么，对他怒目。

乔安南吸溜着一根粉丝，无辜地："哦，办公室在三楼，我们懒得爬上去。"

我突然很想把他的脸按在他面前的汤碗里。

"我不吃，我先回去了。"

我拎起挎包想走人。

我当然不是为了赌气，我想起了自以为奸计得逞的古靖之，我还有很重要的事情要做。

拎包的带子被人一把拉住，是乔安南，他眼睛盯着碗里的鸭肫片，头也不抬地："喂，你这丫头，当我签的担保书是假的？我可是为了你，把我的名誉和前途都赌上了！"

"什么担保书？"

他一直嚷嚷的担保书到底是什么东西？我刚才并没心思把它搞清楚。

乔安南把那片鸭肫夹到嘴巴里，细嚼慢咽后，才说："我以我的名誉担保你从今天开始乖乖地休病假，及时就医，休养生息，不再惹麻烦。"

"我没病。"我生气了。

"你愿意有病而保有自由，还是愿意没病，没有自由？"

"我干嘛一定要做这种愚蠢的选择？"

乔安南拍了一下夹克衫口袋，有什么东西碰在桌沿上，叮当作响，那是他刚刚从我这里没收的短刀："因为这个。"

是了，不管田乐梅和李承鹏之死跟我有没有关系，我今天晚上的杀人计划是如假包换的，乔安南那里，有我的证据。

我又坐回到自己的座位上，再次思考打昏乔安南，然后逃脱的可能性。

乔安南终于喝完了他的鸭汤，掏出纸巾抹抹嘴，意犹未尽地站起来，对着郑朗："送我们回家吧。"

"我们？"我抬起头。

"哦，你从今天晚上起，住在我的公寓——我得履行我的担保义务，监护你这个'病人'——哎，真是麻烦。"

他摇着头，不胜烦恼的样子。

郑朗送我们到了乔安南家楼下，他似乎对当我们的义务司机乐不可支："明天早上你们去哪里？我来接你们。"

这就是一位对工作热忱的年轻刑警应该有的态度？我可做不到。我再次觉得这份向阳的、充满热情的积极生活，不适合我这样阴暗处的苔藓。

"哦，还没想好，到时候打你电话吧。"

乔安南挥手打发了他。

我跟在乔安南身后上了楼。

没人觉得我一个年轻女孩子住在这个 嚓、八婆的单身老男人的公寓会有什么不妥，跟我相比，反而是乔安南对此一直苦着脸。

难道跟我一个屋檐下，有可能会吃亏的人，是乔安南吗？

乔安南的公寓非常干净，干净得不像是住了一个单身男人，而是一个有洁癖的专业护士。

房间里一尘不染，地板光可鉴人，桌上，茶几上，电视柜上，每件东西都归置得整整齐齐，沙发上的坐垫，洁白如新，连卫生间毛巾架上的毛巾，垂下来的长度，横看过去，都能成一条笔直的线。

房间里有淡淡的花草香气，客厅通往阳台的门开着，阳台上种了很多缠枝蔷薇。没想到这么八婆的男人也闷骚，会种这么妖娆的花！

我忽然感到精疲力竭。肩膀上缝针的伤口也疼了起来，也许是止疼片的药效到了。

"你睡沙发。"他宣布。

我没有意见。光看他的客厅和洗手间，已经吓坏我了。我想象中，他的卧室就是医院里用消毒火焰喷射过的无菌室。

他抱了一床棉被还有一个枕头过来："太晚了,今天先睡,明天我们再谈。"

"你有止疼片吗？"

"怎么了？头疼？"他帮我把棉被在沙发上铺开,放好枕头,再转过身来打量我："你脸色不好……哦,对了,昨天晚上那个李承鹏应该跟你打斗过,你受伤了？"

真受不了他的　嗦。

"有没有止疼片？"我开始瞪眼了。

"止疼片没有,退烧药行吗？"他想了一下说。

这两种药可以互用？我感到一阵阵疲倦,脑袋很重,手脚冰冷,也许我真的在发烧："好吧。"

看来今天我不能跑路了。

乔安南给我拿来了退烧药,又加了两片安眠药："止疼片吃多了不好,不如吃两片安眠药,好好睡一觉,明天就不疼了。"

他倒来水,　嗦嗦地说个不停,却让人心里一暖。

"谢谢你,乔。"

我为一晚上两次浮起敲昏他的念头而感到羞愧。

他虽然方式有点过分,可目的和意图,还是为了帮助我,解救我的。

为我签的那份担保书,一定让他这种悠然自得、明哲保身的人为难了很久吧？

他拿走空水杯,又帮我倒满了一杯。

"行了,说什么谢谢,你少闯点祸我就要烧香了,要是你有蚂蚁那么大的一点儿良心,也不会弄这么个烂摊子让我收拾！哼！"

我乖乖地喝水,自从确认他的善意,他的　嗦听起来也顺耳多了。

他为我拉上了客厅的窗帘,又谨慎地检查了一遍门锁和水电煤气,熄了客厅的顶灯,才打着哈欠进了卧室。

我躺在沙发上,盖好了棉被。

他的棉被暖和和的，很软，有阳光的味道，枕头也很舒服，恰到好处地托着我昏沉沉的头。我感到一阵身心舒泰。

多久没有睡过这么暖和的被子了？我从来不记得晒自己的棉被，在S市潮湿的空气侵扰下，我每天都像睡在一滩浊水中。

我很快就睡着了。

也许是乔安南阳台上的缠枝蔷薇的香味儿，也许是他那透着阳光气息的温暖被窝，我梦里出现了爸爸的身影，他在天台上晒被子，而我还是个孩子，在棉被里钻来钻去，笑得喘不上来气儿，爸爸看着我，一边扑打着被子上的灰尘，一边呵呵而笑……

有泪水从我的眼角渗出，打湿了枕头。

乔安南的早餐由煎蛋、巧克力奶、牛油土司和切块的新鲜苹果组成，食物盛在有蓝色梅花图案的精美盘子里，一切都那么恰到好处。

我依旧昏昏沉沉，但这样一份色香味俱全的早餐，还是让我精神一振。

"人生苦短，而且，生而艰辛，所以，要在尽可能的范围内，对自己好一点。"

这是乔安南一贯的主张，看来他在自己的生活中也一直是身体力行地加以贯彻。

吃着早饭，他问我："你量体温了吗？"

"没关系，不严重。"我认为只有三十九度以上的体温，才有引起注意采取措施的必要。

"你昨天到底伤到什么地方了？"

"右肩，划了一刀，已经缝过针了。"我一边吃着煎蛋，一边说。

"那你的脚是怎么回事？"

他已经注意到我走路姿势的怪异。

"在田乐梅邻居家翻露台栏杆的时候，不知被什么东西刮了个口子。"

他摇头叹气："你太慢待自己了，年轻的时候对自己心不在焉，上了年纪就吃苦头喽。"

他的语气，好像是个八十岁的老爷爷。

我笑了一下。

他看了我一眼："这就是嘛，身为年轻的女孩子，多笑一笑，打扮一下，在自己身上多用点心，你会发现自己变得受欢迎得多。"

"受谁的欢迎？那些蠢蛋怎么看我，我一点也不关心。"

我嗤之以鼻。

他摇头，不赞成地看着我："脾气真是又臭又硬，倔强多刺，你这样是要吃亏的……"

为了避免他再啰嗦下去，我拿来了我的笔记本和录音笔。

"乔，我想给你看看这个。"

我先把笔记本推给他。

他翻了几页："这是你的日记本？"

"不，是笔记，关于'天使制造'的受害人笔记。里面有三个当事人，何冰冰，汤悠然，田乐梅。"

鉴于他对我的帮助和信任，我决定对他坦诚相见。

乔安南先翻到了田乐梅的部分，一页一页地认真读了下去。

良久，他皱皱眉头，又开始仔细翻看前面的何冰冰和汤悠然部分。

我静静地等待着，心里有些忐忑。希望，看了笔记之后，他不会觉得这是一个疯子的狂想曲。

大概有四十分钟之后，他终于抬头看我，沉吟着："你认为，催眠，变身，毁灭，是天使制造真实面目的三部曲？"

他的总结让我惊喜。

"不错。乔，这只不过是在我的个人力量之内，调查的这三个人，我想，除了她们，肯定还有一些人……比如说是那个杀手，坠入铁轨的那个，也应该是天使制造的受害者。"

"唔，你说说你的判断，关于这个天使制造者和这些天使，你是怎么看的？"乔安南认真地看着我，那肯定不是看疯子的眼光。

"古靖之用催眠术把这些向他求医的人,转换了人格,制造成了他理想中的'天使',然后,因为某种理由——某种只有他自己知道的理由,有些'天使'被他挑出来,予以毁灭。"我斟酌着字句说,努力使自己显得客观而理智。

乔安南没有再提起我跟古靖之的宿仇,我很感激他这一点。

"乔,你不觉得,一个人,被完全改造成了另外一个人,即使是性格完美,道德高尚,也是诡异而可怕的?"

乔安南缓慢地合上了我的笔记本:"我看过一个电影《娇妻俱乐部》,也叫《复制娇妻》,电影里面的男人,按照自己想象中理想的样子,在妻子的脑子中植入了芯片,把她们改造成贤惠,温柔,能干,性感的十全十美娇妻。"

我也看过这个电影:"但是,这些娇妻后来清醒后,第一件事就是狂揍了那个改造者一顿!"

我记得我当时看那个画面的时候,感觉特别地解气!

"嗯,这就是立场决定观点,对丈夫们来说理想的妻子,并非妻子自己的理想。"

"而且,这些妻子,丈夫还是爱她们的,里面并没有出现将改造后的妻子杀死的命案。"

乔安南有一下,没一下地敲着我的笔记本硬皮封面:"嗯,没错。一个人完全变成另外一个人之后,再莫名其妙地死去。这事再怎么说,也透着阴谋的味道……"

我为了他的这番话,差点喜极而泣。

"可是,这也不是你单枪匹马,去单挑他的理由。"他责备地说。

"你们都怀疑我是疯子,而且,他那么轻而易举就能让人去死,法律却丝毫没有办法,没有任何证据能证明他跟这些天使的死亡有关……我觉得,只有跟他玉石俱焚,才是唯一的办法。"

"没有证据吗?"

他看着我的录音笔。

我苦笑:"这只录音笔里的录音,最多是这个笔记本记录内容的一个佐证,我只不过是罗列了一些事实，像你所说的，透着阴谋味道的事实，而这些事实跟古靖之之间的关系，却没有任何证据可以证明……更何况……"我把录音笔扔在桌上，"这个录音笔，古靖之也做过手脚，里面的东西已经不能说明任何问题了。"

"嗯。"乔安南若有所思。

"催眠术就像是邪恶的妖法，像是恶毒的符咒，能隔空取物，杀人于无形……"

乔安南双手交叉于胸前，靠在椅背上，看着我："小绿，你失踪的这几天，我去找了几个催眠专家，他们对催眠术的说法，跟你的有所不同。"

"不同？"

我头晕目眩，胸口泛起一阵恶心，我扶住了额头，对，还有那份诡异的预约登记表……

天使制造者的黑雾漫延，也许在不知不觉间，早已淹过了我。

乔安南的表情很严肃："催眠专家介绍，催眠的效果，有一种是公认的，那就是扭曲记忆，催眠师可以删减或增加受术对象的记忆——如果你的记忆跟现实有差异，比如说那个预约登记表，很大的可能，就是因为这个原因了。"

"他催眠过我？"我咬牙切齿。

他点头："然后，他删除了你这部分的记忆。"

我想了很久，突然开口："如果他催眠了我，删除过我的记忆，那么，为什么不连同我十年前的记忆一起删除呢？那样，他的所有问题，不是都一并解决了?！"

乔安南摸摸鼻子："这个么，得问古靖之本人才知道，也许，是因为你对这个记忆执念太深，即便是他这样技术高超的催眠师，一时也挖不出来……或者，他觉得你这记忆之中有他，不太舍得一下子丢弃，再有，他也许觉得，留着你跟他作对，怪有趣的……"

"你到底问的是什么专家？"我拧着眉毛。

"我问了沙扬教授，还给台湾的一个催眠专家打了电话，这个专家是公认最博学、最前沿的,第三个是北京的一个精神专科教授……"

"哼,一丘之貉而已!"我听到沙扬的名字,冷哼:"古靖之是沙扬的得意弟子,情分上跟他的父亲差不多,你以为他会有多客观?!"

"我不这样认为。我倒觉得他们说得很有道理。"

"比如说?"

他认真地看着我:"比如,催眠专家认为,催眠术,并不能用来操控人的意志,让受术者做出违背自己意志的事,比如自杀,比如失足。"

"什么?"我惊叫起来。

如果是那样,催眠、变身、毁灭的三部曲,没有了催眠术的假设基础,不就完全崩溃了么?

"小绿,你应该也做过噩梦吧?比如说,逃跑,杀人,放火,或者是从楼上跳下来或是从悬崖上坠落……"

"唔,当然。"

我的噩梦,比平常人,要多得多。

"精神专家说,人的梦境,跟心境的关系密切,人的精神越焦虑,越会做紧张和危险的梦……小绿,你在做噩梦的时候,会不会惊醒呢?"

"有时候会,有时候不会。"

"但是不会真的去杀人放火。"

"当然。"

乔安南双手交叉相握,放平在桌面上:"专家是这么解释的,人在做梦的时候,通常会处于一种具有适应意义的麻木状态,嗯,大脑的想象冲动的信号能达到肌肉,但同时,另一组大脑的抑制信号,同时也达到肌肉,阻止肌肉做出反应。所以,做危险的梦,才不会导致危险的结果,并不会真的去杀人放火。"

我侧着脸看他:"听上去也有道理,可是,这跟催眠术能不能杀人,有什么直接关系吗?"

乔安南点点头:"专家认为,催眠状态,跟睡眠状态在这方面情况类似,大脑的抑制信号,也就是警觉系统,仍然存在,而且在有效工作着。一旦外部的指令严重违背了受术者的伦理道德观，还有求生本能，这个系统就会立即启动，产生抗拒暗示的作用。"

我心里还有几分抗拒，不过，不得不承认，这种说法的确很有说服力。

"台湾的专家打了一个比喻，我觉得说得很形象，他说人的大脑，好比是一部复杂而灵活的电脑，人的思维模式和行为，就好像安装在电脑里的程序。其中，有一套重要的、随机而来的原装程序，是具备过滤和防御功能的安全系统。安全系统不会轻易地接受一个建议，而让你的想法变来变去，陷入混乱状态——大脑中的安全系统会将新的东西跟你大脑中的固有程序作个对比，比如说你现有的信念、知识等，判断它兼容不兼容。"

"人在催眠状态中，潜意识是敞开的，这就好比是绝大部分安全系统进行了暂时的关闭，让那些新的想法，新的念头，跟你的大脑直接对话，催眠可以轻松地帮你将新的程序安装在你的大脑中，而不需要经过层层的检测和怀疑。不过，有一些核心的，或者是本能的安全系统，是什么时候也关闭不了的，比如说生存的本能，羞耻的本能。国外有些试验，包括让女子在催眠中脱衣服，或是让人触摸电闸什么的，试验对象得到指令后，大多都会突然转醒，予以拒绝。"

我的声音有点颤抖："那就是说，用催眠术，让人跳楼，或者是杀人，都是不可能的事了？"

"专家的意见，也不绝对。他们认为，催眠术，是一种术，是技巧，是技术，如果技巧得法，技高一筹，摧毁，或者是绕开人脑安全系统的核心防御机制，也不是不可能的事。"

"比如说，可以让人跳楼？"

"嗯，可以做到。如果催眠师能让催眠者相信自己正处在一个滑梯入口，正准备做一个滑梯游戏，说服他只要走下去，便会享受到妙不可言的游戏体验，诸如此类的，给他设造一个虚拟的情景，让他在虚拟情景中，做出现实的举动——跳楼，自焚，服毒，等等，都可以。但是，要做到这一点，一定要在深度催眠状态中，而且，还要有催眠师不停地予以诱导的指令，为催眠者创造虚拟的情景。"

我怔了很久,才艰难地:"这个意思是,催眠师,必须……在催眠者的身边才能做到?"

乔安南点点头:"嗯,这就是关键——没有催眠师可以强悍到能遥控人的意识,操纵催眠对象去自杀的地步,除非是一直在催眠对象身边,持续不断地下达诱导指令,才有可能让催眠对象去做他本能禁止的事情。"

"那就是说,如果古靖之不在汤悠然和田乐梅的自杀现场,他就不可能是凶手?"

乔安南同情地看着我:"嗯,是这个意思。小绿,也许,你那些降头术、符咒之类的书看太多了……"

我双手捶桌:"所以,你更愿意相信我是一个有严重被害妄想症的精神病人?!"

他摇摇头:"哦,我更愿意相信,你在催眠术杀人的假设上,犯了一个错误。"

"什么意思?"

他眨了眨眼睛:"我想,你走了一个弯路。"

我不明白乔安南的意思,依旧怒火熊熊:"如果不是催眠术杀人,那么,汤悠然,田乐梅,还有何冰冰,都是偶然才出的意外?你认为我走弯路,那么最直接的法子,就是抛开一切都不管?这是你跟古靖之都乐见其成的吧?"

他慢条斯理地收着盘子:"事实上,我的确很高兴专家作出的这个结论,催眠术这些东西,太过玄幻迷离,要用刑警的理性思维对付这些东西,我还真有点不太自信。"

他摆摆手,制止了我的反驳,四平八稳地:"这样,我们就可以用科学的态度和方法来解决问题了。"

"科学的法子?"

"比如说,解剖。"

"解剖?"我有点跟不上乔安南的跳跃性思维。

"如果催眠术并不能使天使制造者遥控杀人,那么,这几桩古怪的命案,如果真是阴谋，一定是用其他的方法做成的，只要不是那种玄幻的、意念中的方法，那么，我们就有希望找到蛛丝马迹。"

我怔怔地看着他。

他伸了一个懒腰，又晃了晃肩膀："要寻找蛛丝马迹，当然要从受害者的尸体上开始找。这是我们警探的基本常识。"

我跟乔安南一起，在充满着消毒水、福尔马林溶液等化学药剂的气味中穿行，他一直扭曲着脸，捧着他的胃部："来这个地方，真不该挑中午饭时间，这个味道，让我的胃痉挛要犯了……"

这是法医解剖中心。乔安南来找他的一个中学同学，叫王雄的法医帮忙，请他"超常规"地解剖和检验田乐梅的尸体。

因为田乐梅死前的癫狂状态，她的家属都同意了乔安南向他们提出的"解剖尸体、弄清死因"的建议。

"王雄！"乔安南看到一个矮胖的背影，马上叫起来。

那个穿白大褂的胖子扭过脸："老乔？"

"一会儿吃中饭，我请你。"

王雄推了一下眼镜，摇头："哎呀，不巧，一会儿有个大活儿，估计中午时间全得报销了。"

我知道，法医所谓的"大活儿"，就是一具尸体的解剖工作，而法医的"小活儿"，指的都是血型鉴定、指纹核对、DNA 的筛选等可以在试剂瓶、显微镜和电脑间完成的不需要动刀的工作。

"没关系，我们另约时间好了。"乔安南眯眯笑。

"你有事？"

这位胖法医瞟了我一眼。

乔安南介绍："这是跟我一起办案的同事，自己人。"

他上前一步，压低声音："我请你帮个忙，也是件'大活儿'，请你尽快……嘿嘿。"

王雄斜着眼看他:"这事走程序就行了,干嘛来找我?"

乔安南用胳膊肘碰碰他,挤眼睛:"嘿嘿,你知道的……"

王雄啧啧嘴巴:"怎么?又是你的违规擦边球?人家家属同意了吗?"

"家属同意书我会给你的,就是我们队长……他跟我看法有点不一样,这事我想跳过他。"

"你怎么老是跟你队长看法不一样呢?"王雄一脸麻烦地搔搔头。

"帮帮忙嘛,谁让我们是老同学呢!"

乔安南厚脸皮地腻歪。

"你不是一直喜欢吃我家乡的风味腊肠吗?我让老家亲戚帮我做了很多,过几天送来,分你一半儿!"他明目张胆地贿赂。

王雄咂吧着嘴投降了:"行,只要你拿来家属同意书,我给你加这个班——不过,报告结果什么时候出,这个不一定的,最近工作太多。"

乔安南一脸轻松地从法医中心出来。

"谢谢你,乔。"我真心诚意地。

"为什么要谢我?并不是只有你一个人是热血刑警,也不是只有你一个人有正义感。"

乔安南斜我一眼。

"还是要谢谢你。"

我低下了头。

至少他让我明白了,有些事情靠一个人的力量单打独斗是没办法做成的,人和人之间的协调和合作,才是解决任何问题都不能避开的重要因素之一。崇尚孤胆英雄的我,一直都不愿意承认这一点。

乔安南刚想对我说什么,他的手机突然响了,他看看屏幕:"哟,是郑朗……我让这小子去古靖之那里做关于李承鹏的补充调查,莫非遇到什么麻烦了?"

他接起了电话。

"呃,郑朗啊,哦,哦,什么?! 你说清楚点……啊?! 古医生?!"

他脸色大变,声音陡然拔高。

我吓了一跳,心揪起来,古靖之不会是潜逃了吧?!

他挂了电话,怔怔地看着我。

"古靖之出了什么事? 逃走了?"

他带着不可思议的神情:"古靖之……疯了。"

"什么?!"

我没反应过来。

"郑朗现在在若轻诊所,那里的秘书华青跟他说,古靖之突然精神崩溃,已经送到市精神病院的特护病房了!"

古靖之之章八

世界上最遥远的距离,不是天涯海角,而是近在咫尺,你却不知道我爱你。

我第一次听到这句话,还是上学的时候。关乔一边看杂志,一边念出来,然后他总结,"这个傻×,你不说谁能知道?"

关乔有深厚的男性荷尔蒙影响的固有思维,他对爱情素来是手到擒来,根本不能体会这种只可意会不可言传的境界。

其实我也不懂。

曾经有一个病人,苦恋了自己的大学同学八年,从未说过一次我爱你,最后在人家的婚礼前一天自杀,未遂。

他哭着对我说,"我不爱男人,我也不爱女人,我只爱他,只爱他……"

这个病人让我非常痛苦,因为我找不到可以医治他的方法。我无法转变他既定的性观念,他已经言明只爱那个人而已,我甚至无法称之为性别认知障碍,更何况,同性恋是需要看心理医生的问题吗?

我不这么认为。

他八年的执念,和我两个月的治疗根本无法形成正比,我尝试过催眠,让他放松,让他试想这个世界上有很多人很多事,比他的爱情更重要……

这个说法的扯淡性不亚于碰到劫匪，你还跟人讨论纳斯达克的指数是否正常。

我不知道是不是我从根本上就忽略了他的病情，抑或是我太自信，觉得他的病甚至无法称之为病……

两个月以后，他在我的建议下，和那个深爱八年的人作一个最后的了断。他买了去云南的机票，就在那天，准备放弃了。

事后我曾无数次地想过，当我和我的病人统一思维，想法同步的时候，是不是意味着我的精神也出现了问题？

从那个时候，我就意识到，我，也不见得是一个普通意义上的正常人。

我的病人被他深爱的男人拒绝了，而且是愤怒地，激烈地拒绝了，期间使用了多少侮辱性的词汇我不想回忆，第二天早上，他的尸体在一间酒店的洗手间被发现，身旁就放着他的手机，里面不断地重复着他录制的那段告白，以及他深爱的那个人对他最后说的话……

"滚！"

我只记得一个字。

与其说是拒绝，不如说是歇斯底里的谩骂，听那段录音，你会发现，他爱的人其实比他更像个神经病。

我几乎想建议警方，让那个人也接受心理治疗了。

我想这个案子，教会了我两件事。

第一，心理病人会自杀并不是奇怪的事。

第二，我也不总是对的。

此时此刻，我比那时更了解这两个道理。

韩东剑穿着医生的白色外套，坐在我对面，脸上的表情瞬息万变……认识他这么多年，我第一次知道，除了愁眉苦脸和微笑，他还有别的表情。

他的脸色是阴沉的，眼神是温柔的悲悯，嘴角无法确定想哭还是想笑，于是持续地抽搐着。

他用颤抖的声音问我,"靖之,你还记得发生了什么事吗?"

这个世界真是疯狂。

我身处精神病院,穿着蓝白条纹的病人服,他却希望我能完整清晰地回答他的问题……是他有问题还是我有问题?

我懒得回答他。

"你记得自己怎么来这里的吗?"他看不出我的对抗,当然是假装看不出,继续问道。

我记得。

我被一群穿着白色衣服的人捆绑着拉进一辆白色的面包车,他们给我注射了一种药,然后我就昏迷了,等我再次清醒,我就穿着病人服,躺在白色的病床上了。

"我也想知道,发生了什么事?"我冷笑着对他说。

"你真的不记得了?"他几乎要哭了似的。

"我应该记得什么?"

我开始讨厌这种对话。

曾经看到的那个"被精神病"的人,是否和我一样,自始至终都在用问题回答问题?

谁都不愿意做那个理智清楚的人,也许是因为彼此都清楚,此刻的理智于事态发展根本无益,当然,疯狂的叫嚣也只会雪上加霜。

"我为什么会在这里?发生了什么事?"

虽然讨厌这样,但我还是又重复了一次,我希望我的口气是冷静的。

韩东剑忽然捂着脸,他用发红的眼睛看着我……

这是我见过最惊悚的景象,简直不敢想象,下一秒如果他哭了起来,我该怎么办？

我的父亲不是个好父亲，但也许是个好朋友，他生前的那些朋友，沙扬也好，韩东剑也好，看起来都像诸葛亮似的，真心实意地把刘阿斗当作自己人……

"靖之！"韩东剑猛然提高音量，他气势汹汹地盯着我，与其想让我害怕，不如说想让自己坚强一点。

"我现在去给你办理转院手续，这里的条件太差了，你不要担心……沙教授也来了，就在门外，你想见他吗？"

就像一支蓄势待发的箭，在弓箭手的手中滑落，他说出了完全没有力量的话来。

"我想知道，到底发生了什么事？"

他躲闪着我的目光，最后他咬着牙，"沙教授不建议我告诉你，但是我觉得，靖之，你做了那么多年的心理医生，你的心理素质和专业知识都比常人过硬，隐瞒对你不见得是件好事……"

他唠唠叨叨地说了一堆没用的话，然后重重地呼了一口气，"今天下午，你在一间钟表铺攻击了店主，你声称他是你的病人，需要治疗，那个人认为你疯了，所以报警了……"

"这么说我还去过警局？"我简直想笑了。

"靖之，你患有严重的人格分裂症。"他哀伤地看着我。

我的手表和手机都被收走了，所以我并不知道准确的时间。

在黑暗的天色中，有两个人小心翼翼地搀扶着我，确切地说，更像是挟持着我，上了一辆急救车，我自始至终都很清醒，也适当地保持着冷静。

不知道车开了多久，我看到"精神病科学研究中心"的匾额。韩东剑是这个研究中心的主任，在我还是学生的时候，经常来这里实习调研。

这个研究中心是医学院下属的机构，只有三层楼，外带一个独立庭院，规模和市精神病院无法同日而语，但是我很清楚，这里是精神科领域的特别专科，里面的病人大多具有鲜见性和严重性的明显特征，我想我能到这里来，不是韩东剑给我走了"后门",就是我已经病入膏肓了。

下车的时候,我看到了沙扬。

他也穿着白色的外袍,看我的表情可以说是痛心疾首,然而也只是这样,当我从他身边经过,传递给他最后一个无助的眼神,他躲开了我的目光。

韩东剑告诉我,我袭击的那个人叫唐苏。

他曾经是一个小提琴演奏者,因为沾染了毒品,最后放弃了自己的理想,戒毒之后,他开了一间钟表铺,已经结婚生子,是个本分的人。

他曾经是我的病人,是我帮助他戒毒。

他的姐姐叫我"天使制造者"。

"你告诉警方,唐苏依旧在吸毒,所以你才要拉他去治疗……警方给唐苏做了尿检,结果是阴性,他确实戒毒很久了……"韩东剑这么说,"靖之,你的压力太大了,病人的连续死亡让你对自己产生了怀疑,你认为自己不是个称职的心理医生……"

我觉得他是在为我找借口,只是这个借口,真的会让人接受吗?

我忽然笑了起来,我突然想到了我的那些病人。

那些排着队请我催眠诊疗的心理病人,如果知道轻而易举地打开了她们的潜意识,进入她们心灵最深处的诊疗师,是个得了"人格分裂症"的精神病患者,会不会后怕得发抖?

一个潜伏很深,以玩弄他人潜意识为乐的神经病!

人格分裂,学术上称之为解离症。病人将引起内心痛苦的意识活动和记忆,从整个精神层面解离开,借此保护自己。常见的症状有,意识恍惚,感觉迟钝,情感冷漠,睡眠障碍,自残厌世……

这些症状,我的病人大多都有,看不出来我与他们有何不同。

我想我的细胞在我不知情的情况下，完成了某种分裂，只是那个叫嚣着唐苏还是个毒瘾患者的我，是我分离出来的哪一个人格呢？

我只觉得茫然。

看样子，我所分裂出的两个人格感情并不好，一个人格经常背着另一个人格去做些诡异的事情。

接着，沙扬进来了，他跟韩东剑商量了一下，让护士给我打了一针镇静剂。

在这个过程中，我没有机会跟他说话，因为元沛和杨晨也来了，他们一左一右，坐在我的病床边，关切地看着我，不时地交换一个眼神，摇头叹息。

这两个人，一个是我的工作伙伴，一个是我的生活伙伴，我从来没见过他们同时出现在我的眼前。

我对着他们笑了："你们认识我吗？"

他们两个都神色黯然。

我弄不清楚，我工作中的人格和生活中的人格是不是同一个，很可能不是，如果不是，那他们俩个认识的我，就不是同一个人了……

护士给我打了针，我很快就迷迷糊糊起来。

沙扬俯下身，凑近了我的脸，仔细端详。

我很想对他笑一笑，让他不要那么担心，但我好像已经不能控制脸部肌肉了，我只咧了一下嘴。

沙扬叹了口气，拍拍我的手臂，给我掖好了被角。

他很快离开了我，并带走了杨晨和元沛，也许是去商量我的病情了，也许是去安排若轻诊所的麻烦事……

对不起，让你们头疼了。

我这样想着，笑着，睡着了。

第二天早上醒来的时候，我发现禾小绿和乔安南不知道什么时候来到了我的病房。

如果可以选择，我宁肯死，也不想她见到我这个狼狈模样！

我没洗脸，胡子拉碴，头发蓬乱，穿一身可笑的蓝白条纹的病服，在镇静剂的作用下，表情呆滞而茫然……

我从禾小绿见我时的愕然中，能想象到我现在的模样。

我不自在地动了一下，拉高了一点被单，侧过了脸。

窗户的玻璃上，正好映照出禾小绿的影子，我默默地看着它。

禾小绿眼圈很红，我不确定那是因为昨夜没睡好，还是仇人相见分外眼红，但肯定不会是对我遭遇的同情和怜悯。

我和我那个因爱不遂而自杀的病人不同，我从未觉得我和禾小绿之间有任何距离，不论她在什么地方，不论她是否知道我在想什么，我知道我的心都跟她在一起。

即便我以后都见不到她，她依旧在我心里，永远不会变。

我想这也是好事一件。

"他怎么会……"乔安南一副不可思议的诧异的口气。

我想起他昨天晚上配合地从我这里带走了禾小绿，为这个，我得感谢他，所以，我回过头来，对着他，笑了一笑。

他被我吓了一跳，看我的表情，好像在看一只怪兽。

"他会治好的。"

有一个很肯定的声音响起来，是沙扬。

他穿着白大褂，双手插在口袋中，从门口进来，一脸戒备地看着乔安南和禾小绿。那神情，像是盯着河对面的一只狐狸，把自己的幼仔藏在身后，撅着胡子的水獭。

"古靖之是我的病人，他需要安静，你们有什么需要了解的情况可以向我了解，不要打扰他。"

禾小绿握紧了拳头，眼神里都是愤怒的火焰："我不信他疯了！你在帮他用装疯来逃避罪名吗？他杀了那么多人，以为一句'疯了'，就能逃脱法律的制裁？"

沙扬冷冷地："警察说话，也要讲证据。靖之不会杀人，也不可能杀人！"

"为什么不可能，因为他是你的得意弟子?"禾小绿的笑，比沙扬更冷，更凶狠。

"我比你更了解他，靖之本性纯良，他只会治病救人，不会害人。"

沙扬一字一顿地。

禾小绿嗤笑一声，她冷眼看着沙扬："你是他的同伙吗？"

"小绿！别乱说话！"乔安南一直由着禾小绿咄咄逼人，这个时候才装模作样地出言制止："你要尊重沙教授的判断，沙教授是精神和心理学领域的权威。"

这句话与其说是恭维，还不如说是讽刺。

但禾小绿却好像很听这个娘娘腔男人的话，她看了他一眼，果然不声响了。

"请理解我们的工作，沙扬教授，你知道，古靖之的病人接连死亡，已经是数条人命了，我们有责任调查清楚……"

沙扬淡淡地："数条人命？你指的是那个自己跳楼的田乐梅，还有那个坠入地铁轨道的李承鹏吗？你知道这个城市每天有多少人试图自杀吗？你知道我们心理诊疗师，倾听过多少病人曾经自杀没成功的经历吗？作为一名专门跟心理障碍症患者打交道的心理师，所经历过的病人中，有几个自杀或意外死亡的例子，我认为很正常。"

乔安南点着头："您说的很有道理，教授，但我们还是想跟古医生谈一谈，田乐梅和李承鹏，都是古医生的病人，他也许可以向我们提供些情况。"

"很抱歉，靖之现在需要静养休息，他目前不能回答你们的问题，也无法给予你们任何帮助。"

沙扬双手插在口袋中，面无表情地："还有，我知道精神病患者的证言，在法律上是不予采信的，所以，我搞不清楚你们骚扰我病人的目的——也许我该给你们局里领导打个电话，讨论一下你们的工作态度和工作方式。"

乔安南明显有点狼狈，他很识时务地让步了："好吧，既然沙扬教授已经向我们说明了，我们就不打扰您的病人了……"

"乔！"

禾小绿一边狠狠瞪我，一边叫。

我对着她笑笑。

"走吧，小绿，我们去若轻诊所看看，也许杨晨医生能给我们一点帮助。"

"可是，古靖之……"

"既然古靖之是需要静养的精神病患者，我们不方便打扰他，就静待他恢复精神健康，我们再来拜访吧。"

乔安南对着禾小绿使个眼色，禾小绿虽然满脸的不情愿，但还是跟上了他的脚步。

他们走出去，一边小声地争执着，两个人都没有再看我一眼。

沙扬没有送他们，他走到我的窗前，一直看着楼下，大概是直到看着他们走出了研究所的大门，才长吁一口气，转过脸来。

他看着我："靖之，我不会让你出事的。"

"所以你把我关了起来？"我侧过脸，把头埋在枕头中。

他坐在我的床前，声音是从没有过的凝重："你病了。"

"警察，会相信吗？"

我苦笑，并把头在枕头里埋得更深。

"这是事实，靖之。"

沙扬的声调舒缓，自然，笃定。

我闭上了眼。

"放心，靖之，我会守护好你，给你最好的治疗——哪怕是为了你的父亲，我也会治好你的。"

禾小绿之章八

我陷入了一片黑暗的沼泽地。

身边涌动着带着腐败气息的,不祥的黑色迷雾,非常浓的迷雾,周遭的一切都隐藏在雾气中,我跌跌撞撞地走着,不辨方向。

我在找一件什么东西,一件对我来说,很重要的,却不清楚它形状和质地的东西。

浓雾弥漫,我摸索着前行,突然之间,我的双脚陷入了沼泽的黑泥塘中,沼泽的臭气刹那间将我包围了起来。

我睁大双眼,看向了脚下的水面,那是黑黝黝的,雾气氤氲的水面,腐烂的枯草若隐若现,我自己的影像波荡地出现在水面上,那是一张惨白的脸。

我又冷又湿,突然害怕起这个地方来,我拼命地从泥沼中拔出脚,因恐惧而低泣着,但我却不能逃离,我一定要找到那件"东西"——那是一件将决定我未来命运,与我至关重要的"东西"。

我踉跄着,抽泣着,被不知什么东西绊了一脚,跌倒在地,双手陷入了腥臭的塘泥,我的面前是一洼黝黑的水,我贴近它的时候,又看到一张惨白的面孔,就在塘泥底下,但那却不是我。

那张面孔五官精致，娇媚，睁大的眼睛黑洞洞的，深不见底，是何冰冰。

我尖叫了一声。

伴随着我的尖叫，我俯身的那片脏水，突然冒出了滋滋的声响，一张接一张的白脸缓慢地浮出了塘泥：长得像张柏芝的汤悠然，一脸肥硕的田乐梅，宽额头方下巴的李承鹏……

他们全都腐烂了，恶臭扑鼻，头发漂浮在水草中，眼睛黑洞洞地望着我。

我蹲坐在塘水中，用沾满了黏稠泥水的双手掩住了眼睛，不停地尖叫，恐惧击碎了我的心脏，扼住了我的喉咙，我无法呼吸，无法行动，只能迸发出一声高过一声的尖叫。

"小绿，醒醒，醒醒！"

眼前忽然亮起了一盏灯，一双手推着我的肩膀。

"你做噩梦了，鬼叫得吓死人，哎哟，老天，我快被你叫出心脏病来了！"

是乔安南的声音。

我仍躺在乔安南客厅的沙发上，眼前是一盏落地灯的光亮，没有沼泽，也没有死尸的脸。

我慢慢半坐起来，仍抑制不住地抽泣，将脸埋在了棉被里。

乔安南拍着我的后背："好啦，好啦，梦醒了，没事了……一定是你这几天太累了。"

"我很害怕。"

"你怕什么？古靖之已经被关到了医院里了。"乔安南的声音是从来没有的温柔。

我并非怕古靖之，我从来没有怕过他，即便是以为他是神通广大，能操纵人生死的天使制造者的时候，我也没有怕过他。

很奇怪，我的噩梦中，很少有他出现。

我歪着头想了一会儿，也许，他对我来说，一直是已知的危险，而我的梦境所惧怕的，是未知的，隐藏在黑暗的，不辨面目的险恶。

"这不公平,乔,你和我都知道,古靖之并不是一个精神病人。"

乔安南歪歪头:"这个……我并不是很确定。"

"为什么?难道你觉得,这么有组织,有蓄谋,有步骤的谋杀计划,是个精神病人的杰作?"

"不可否认,有些精神病人,确实很聪明——天才和疯子,本来就只有一线之隔。"

我长时间地看着他,有些悲哀,有些绝望:"你退缩了吗?自从你发现他的背后,站了一座坚不可摧的靠山?"

乔安南皱着眉头:"如果你指的是沙扬……好吧,我们得承认,他的确很难搞。你该知道,我们这个系统,几乎所有够分量的领导,都听过他讲的'犯罪心理学',提起他,总要尊称一声沙老师吧?你也清楚,我们的调查,直到现在,还一直是我们俩欺上瞒下的擅自行动。"

"是,我知道。"

我苦笑了一下,我对乔这个机关中进退得宜,处世有道的好好先生,原本不该寄予多大的期望。

乔安南摸着下巴:"所以,我们该有技巧地,采取迂回战术……"

"得了吧,乔!"我把脸转过去:"今天我们去找杨晨,都没有见到人,诊所关了,所有人都不见了。不等你采取什么战术,该泯灭的痕迹,都泯灭了,该消失的人,也都消失了……用不了多久,古靖之治好了'病',从精神病院出来,又可以肆无忌惮地害人了。"

乔安南笑了一下:"所以说,我们还有时间。古靖之现在被关在医院里,虽然我们不能接近他,但他也不能跑出来给我们捣乱——从好处来看,这是给我们争取了战斗时间。"

我想着古靖之躺在病床上,衰弱无力的样子,不知是嫌恶,还是愤恨的情绪,让我的心头泛起了针扎似的刺痛。

我有些眩晕,捂着头,不想让乔安南看到我的软弱,再次把脸埋在了棉被中:"你知道吗……乔,我觉得你那天晚上不应该把我带回来,你应该让我直接干掉他……"

乔安南静默了一会儿,抓抓头发,叹口气:"我给你再找点安眠药吧,才凌晨四点钟,你还可以再睡一会儿。"

他刚刚转过身子,电话铃就响了,静谧的凌晨时分,听起来异常刺耳,乔安南和我都悚然一惊。

乔安南很快地接起来:"喂?哦,王雄……什么?嗯,嗯,知道了,我马上来。"

他放下电话,马上找外套。

"是王法医?田乐梅的尸检结果出来了?"

乔安南的一脸凝重,让我的心脏不由自主地缩成了一团,王雄这个时间来电话,一定是发现了什么!

"是,结果出来了,他要我马上过去一趟,他要当面说。"

我跳了起来:"我也要去。"

"你?!"

也许我神情中有些什么是他所不能拒绝的,他点了下头,看看手表:"好吧,给你一分钟洗脸梳头,你现在看上去像个女鬼。"

法医中心的灯光,在深夜中看来,有点阴沉沉的。

王雄在解剖室外间的实验室等我们,他一个人,穿着白大褂,在空无一人光线昏暗的大房间里,看上去像是个漂浮的幽灵。

他在看到我之后,瞅了乔安南一眼,大概对我们在凌晨时分一起赶来,心怀好奇,疑惑的是我的脸色太过糟糕,让他诧异。

"结果出来了?"乔安南马上问。

"嗯,我加了一夜的班,喏,刚刚好。"

王雄嘴巴一努,指着里面的解剖室。

解剖室虚掩着门,操作台影影绰绰地放了几块白森森的"东西"。

我想起了刚才的梦境,涌上一阵恶心。

"到底检查出了什么古怪,半夜把我们叫来?"乔安南向着里面探头探脑。

王雄示意我们跟他来，他走到了他里面的办公桌，打开了桌上的一盏荧光灯，荧光灯下有一个摆放好了的显微镜，显微镜下面是一个做好的切片："我想让你看看这个。"

　　"这是什么？"

　　"是我好不容易找到的一块完整的大脑组织，你也知道，死者是从九楼摔下来的，脑子摔得跟碗豆花似的，能取到这样一块完好的，是多么幸运。"

　　王雄啧啧感叹着。

　　"别废话了，到底找到了什么？"乔安南有点急了。

　　"你们自己看看。"王雄得意地推了乔安南一下："要不是我的一双慧眼，这事要换了别人，早被混过去了。"

　　乔安南把眼睛凑到了显微镜下，看了半晌，皱下眉头，又闪开，让给我看。

　　切片上有两个晶莹的小亮点。

　　"那两个点是什么？"我问。

　　"磁性微粒——别看它们小，磁性挺强的。"

　　"那是什么？是外来的东西？"

　　"当然，人的大脑中，是不能自己长出那玩意儿来的。"王雄呵呵而笑。

　　"这表示什么？"

　　王雄又从一个小玻璃盒里，用镊子取了一小块白骨："这是死者的一小块碎骨头，她的头盖骨，碎得惨不忍睹……"

　　他把切片拿开，把头盖骨放到显微镜下："喏，你看，这块骨头的中央，有个圆形的小针孔。"

　　乔安南和我都看到了。

　　"这就是说……"

　　王雄将双手揣到了白大褂的口袋中，咳了一声，接着乔安南的话："这就是说，有人用注射的方法，将那些磁性微粒，注射到了死者的大脑组织中。"

　　"那，李承鹏，就是那个在地铁失足的……"乔安南急忙问。

　　王雄耸耸肩："这正是我要说的，这个田乐梅，好歹能找到一块完整的脑组织，那个李承鹏，脑袋被列车碾过，脑浆全流出来了，头盖骨都碎成泥了……我是努力了半天，没能成功取样。"

"也就是说，这两具尸体的共性现在还是不能判定了？"

王雄点点头："除非你再给我找一具来，而且要份外注意保护尸体的头部……"

"可是……"我忍不住插嘴道，"这种磁性微粒不会损害人的大脑吗？"

王雄想了想，"就我个人的观点，我认为肯定是有损伤的。人脑是很复杂的部位，即便是小手术也很容易出现状况，比如碰到了神经，破坏了皮下组织之类的……这样给人脑注射磁性微粒是非常危险的，而且这些磁性微粒会不停地刺激人体……微粒分布的这个部位叫做杏仁核，位于海马区的末端，是负责人体学习，记忆，处理面部肌肉，表情以及情绪控制的植物性神经中枢……这个位置一旦受损，人很容易出现头疼欲裂，肢体不协调，痴呆，幻觉，还有精神上的一些问题。"

"精神病？"乔安南和我交换了个眼神，吃惊地说。

"杏仁核有一个非常重要的功能，就是控制人体的情绪……这么说吧，如果切除了杏仁核，用眼睛是无法判断危险的，哪怕是你很害怕的动物……"他看看好奇的我们，"你们最怕什么动物？"

"蚂蚁。"乔安南说。

"没有。"我说。

王雄又笑了，"好，假设你最怕的是蚂蚁，但是切除杏仁体以后，你大概会任由蚂蚁爬在你身上，而没有任何不适。"

乔安南打了个寒战，他用力地甩着手，好像在摆脱自己的恐惧之源。

"这是好事吗？"我问。

王雄摇摇头，"这是个危险的信号。对一个健康人来说，丰富的情感和健全的人格必不可少，如果仅仅是情感行为发生了转变，比如爱上了最讨厌的人，这大概是无伤大雅的，可如果是情感反应的丧失，就会变得很麻烦，不知道哭不知道笑，不会感动不会生气……这人就是行尸走肉了。"

是这个原因吗?

所以汤悠然,何冰冰,田乐梅等人身上才会发生显著的变化?因为她们的杏仁核受到了刺激?

"王雄,依你看这个磁性微粒,是怎么工作的?"乔安南摸摸鼻子。

王雄呵呵一笑,"这你可考倒我了,我们法医师没有那么完善的条件,我也没办法检测出这些颗粒是放射性还是断点式的释放磁性——话说回来,即便知道了,也没什么用……这就好像,给你满汉全席的菜谱,你也做不出那个味道!"

我忍不住瞪了王雄一眼,我想,王雄之所以跟乔安南关系好,也许是因为他们唯一的爱好,都是美食。

他挑选食物来打比方,完全是发自内心的第一感觉。

"那你的意思是只有专业的人士,才能完成这个放置磁性微粒的工作?"乔安南果然没觉得不适,他还认真地点头附和。

"那当然了!要避开神经和组织,准确无误地放置进人体,这肯定要经验丰富头脑冷静的专业人士才能完成……再说了,这种磁粒肉眼根本看不到,还不能和人体有排斥反应,光是这个磁粒,我认为就很不简单了。"

乔安南在停尸房原地踱步,似乎他在搜肠刮肚地想尽一切办法,让自己能更清楚地理解这个"高科技"手段,"我记得我看过电视,说以前外国的很多精神病人,会被摘除脑前叶……然后人就变傻了,是不是和这个差不多?"

王雄点点头,走到电脑前,拿起一本书,"说起来也巧,我前几天刚看了咱们市的一个脑系科专家发表的论文,他在文章里提到,杏仁核和额叶,其实都不同程度地负责着人类的情感,但是相比之下杏仁核更有针对性……"

"针对什么?"

乔安南也凑了过去。

"嗯,在文章中,这个专家提到,人类的负面情绪,伤心,愤怒,仇恨,恐惧……有效地刺激杏仁核,会遏制这样的负面情绪……"他想了想,"就像在一道菜里,把你不喜欢吃的扔掉,而摘除额叶,就好比整盘菜都被端走了,你什么都吃不到了。"

天使制造！

乔安南和我的目光再次碰到了一起，我相信他此时跟我想的是一样。

"这个文章的作者叫什么？"他赶快问。

"匿名。"王雄耸耸肩，"不过发表在很权威的医院期刊上，想必来头也不小。"

乔安南接过了期刊，翻看着首页上标注的杂志社和印刷社。

王雄双手揣兜，对乔安南说，"我毕竟也不是专业的，这个教授说的是不是真的，也无从考究。"

外面的天空已经大亮了，今天是个不错的天气，云朵丝丝缕缕，飘荡在淡蓝色天空上，初升的太阳正在缓缓地升起。

一夜噩梦，再加上刚才得到的信息的冲击，让我的身体有些轻飘飘的，我走在乔安南的身边，脚步软得像是踏在云朵上。

"乔，这就是天使制造吧。如果像专家说的，催眠术并不能真正地、长期而稳定地转换一个人的人格，那么，再配合上脑部磁性微粒的手术，两者结合，就能制造出完美的、稳定的人格。"

"嗯。"

乔安南的脚步不紧不慢，他紧锁着眉头，不知道在想什么，也不知道有没有听到我的话。

在人的大脑中，注射异物，操纵人的感情和思想，这种匪夷所思的事情，也许只有在科幻小说中出现过。

我想，不仅是我，连一向老谋深算，从容笃定的乔安南，也受到一次强烈的冲击。

"那，她们就是因为这些磁粒死的吗？"

我没有问出来的问题是，作为心理医生的古靖之，有足够的脑外科知识和动手能力，去给他的访客做脑部手术么？

我想起了刚刚王雄的话："……要避开神经和组织，准确无误地放置进人体，这肯定要经验丰富头脑冷静的专业人士才能完成……"

那，作为心理师的古靖之会是这样的"专业人士"吗？

乔安南将围巾围得很紧，声音听上去瓮声瓮气的，他没有回答我的问题，而更像是在自言自语："假设这几个受害者和田乐梅的情况相似，都是因为脑中的磁粒刺激杏仁核，导致行为失控……可是为什么她们都是自杀呢？她们为什么不能在冲动之下伤害别人？要知道自杀也是负面情绪啊，跟伤人有什么本质的不同吗？"

我想了一下，"如果加上催眠呢？我以前看过一个美国电视，里面一个催眠师就不用近距离，他给被害者植入一个听到信号就行动的指令，比如闹钟，被害者就会按照他的设定，自杀或者杀人……我认为这不是什么不可能的事，至于说人的情感，催眠师更好控制了……就像《盗梦空间》里，植入一个新的信息一样，甚至比那个更容易，要知道病人对着催眠师，是最放松和信任的状态。"

乔安南脚步忽然停顿了一下，看了我一眼，点点头继续迈步："脑科手术，加催眠。"

我弄不清楚，他这个态度，到底是对我的这个看法表示认可，还是不认可？

"乔，我们去哪里？去问古靖之吗？"

我追上了他的步子。

"去找一家杂志社。"

我们用了半天的时间，才找到了这篇关于刺激杏仁核与负面情绪控制的论文的作者地址。

我们去了那个期刊杂志社，被告知发表文章的作者是在网上投稿的，而且也没有提供银行信息作为稿费的接收点。

编辑部里只有主编一人知道这个文章的作者是谁，但是他态度强硬地拒绝合作。

不过，乔安南在编辑部里磨蹭了一个多小时后，还是得到了自己想要的东西:有个好心而爱管闲事的编辑聊天记录里有投稿人的 IP 地址。

乔安南马上把这个 IP 地址发给了警局的电脑技术科的同事,很快,这个 IP 地址所对应的住址查到了,很幸运,这是个私人住址,而不是某家网吧。

地址很熟,正是古靖之目前所住的小区。

10 号楼 601 室。

如果我没有记错的话,古靖之住的是 8 号楼 601 室。

我的心脏几乎要跳出胸腔:"乔,我跟踪古靖之到过他的小区,这个小区的双号都是排在一起的, 十号楼跟八号楼是紧靠的——这两套房子就隔着一个阳台而已!"

乔安南的手机叮咚作响,那是一条很及时的短信,警局的同事已经调查到了这套公寓业主的信息。

"这套房子的业主叫元沛,是个病休的脑系科医生,跟古靖之同一个医科大学毕业。"

他看了短信,告诉我。

是脑系科医生,没错。

乔安南迅速赶回警局,去请求资源支持,全面跟踪、侦查那个元沛。

终于能找到突破口了,他一脸喜色,精神焕发。

他是个好警察,我不应该再怀疑这一点。

"小绿,你回去休息吧。"他走之前,把公寓的钥匙递给我。

"你脸色不好看,回去睡一觉。"

他也许觉得我已经对疯子古靖之失去了攻击的兴趣,他可以完全放心了。

我接过了钥匙:"好的,乔。"

我对着他笑了笑。

我再一次来到了那个"精神病科学研究中心"。

我也不知出于什么理由,也许是不想把我的名字,签在"古靖之"三个字的旁边,我并没有走正规的探视程序。

研究中心门口正好停着一辆药品运送车,两个卸货员正在卸货,一个工作人员正在对着叠起来的药箱点数,他点好的箱子,由送货员搬到里面仓库。运货员是个大伯,满脸大汗,我走过去的时候,他正在艰难地挪动他手臂里抱着的两只叠着的大纸箱,我绕过去,帮他抬了另外一边。

"谢谢您啊!"

隔着纸箱,他看不到我,冲着我的方向大声道谢。

我跟他一起抬着纸箱,一直抬入了二楼的药品仓库,一路上,穿着白大褂的研究员和医生来来往往,没人对我多看一眼。

药品仓库正对着楼梯,我直接上了三楼。

三楼静悄悄的,一个房间传出了抑扬顿挫的讲话声音和嗡嗡的压低的讨论声,好像这里的医护人员正在开会。

古靖之的特护病房在三楼走廊的尽头,一个全封闭的大房间,我很幸运,没有任何人发现我靠近它。

古靖之穿了一身纯白色的棉质病服,靠在监视玻璃窗下面,席地而坐,手里拿了一个画板,正在上面涂涂抹抹。

下午懒洋洋的日光,穿过对面墙上的窗子,淡淡地洒在他的身上,勾勒出一个略带金光的轮廓,他白衣胜雪,眉目清冷,看上去与其说是个精神病人,倒不如说更像一个落难的王子。

我不知道古靖之也会画画。当然,这也可能是一项分析测验,让精神病人画画,再分析这些画作,从而判断病人的精神状态和所思所想,不是电视上和电影里常演的桥段吗?

古靖之画得很认真,他专心致志地俯首在画纸上,间或停顿一下,端详着画面出一会儿神,再继续埋首那些线条。

我站的角度,能将他的画纸尽收眼底。

他在画一个人的素描肖像。

画里的人是个年轻的女子,有蓬松轻盈的短发,黑而亮的眼眸,鼻子小巧秀挺,下巴尖尖,嘴角的线条有些倔强。

我捂住了嘴巴,吞咽回去一声呻吟。

我想,他画的是我,只是,他的画中人,比我美得多。

也许是他理想中的我。

有泪水润湿了我的双眼。

我终于意识到,我为什么会站在这里了。

昨天,他的丧魂失魄,虚弱无力和遭到严重打击后一脸惨白,绝望的模样,一直在我眼前挥之不去。

我恨了他很多年,可他的那个样子,让我的恨突然间土崩瓦解——对他的恨意是支撑我的精神支柱,支柱碎了,我也不再完整!

我像是中了一个符咒,怔立在古靖之的画纸前,无法反应。

我恨他。而他,则更应该有理由恨我,厌恶我!

是我誓死向他复仇,是我处心积虑要揭穿他的真面目,是我打碎他的如意算盘,逼他成了一个"精神病人"……

那么,这幅画却又是什么?!

就在这个时候,他忽然转过了头,抬起脸,正对上了我。

我看到他眯了下眼睛,然后,嘴角浮起了一丝模糊的微笑,笑容宁静,纯粹,像一朵缓缓开放的花朵。

也许他以为我是他的幻觉。

他正在对着自己的幻觉微笑。

这是个疯子吗? 一个人格分裂症患者?

我的脑海中浮起了那个高高瘦瘦的十五岁少年的模样,他把我从地上扶起来,为我拍打衣服上的尘土,并在我向他吐口水之后,仍隐忍不语的模样。

我的心抽疼了一下。

这个时候的他,完全像是换了一个人,难道这就是所谓的人格分裂吗?

他说分裂就分裂了，可我怎么办，那些冤魂怎么办……

我们俩，怔怔地相对很久。

他蹙了一下眉头。

这个细微的动作，让我忽然想到了他的偏头痛——他是因为这种人格分裂的症候，才一直受着头疼的折磨吗？

头疼？！

似乎是被一块急速飞来的石块集中，我的胸口受了沉重的一击。

我后退着，踉跄了两步，闷哼了一声，缓缓地蹲下身去。

古靖之仍然看着我，他的眼神关切，带着一丝费解，也许想不明白他的"幻觉"为什么突然会变得退缩而狼狈。

"……微粒分布的这个部位叫做杏仁核，位于海马区的末端，是负责人体学习，记忆，处理面部肌肉，表情以及情绪控制的植物性神经中枢……这个位置一旦受损，人很容易出现头疼欲裂，肢体不协调，痴呆，幻觉，还有精神上的一些问题。"

王雄法医的话再次出现在我的耳边。

他说，头疼欲裂……

我看着眼前的，这个对着我，露出一脸恬淡笑意的男人，背脊上升起一股寒意。

我突然很想看看他的颅骨下面的杏仁核组织。

走廊另一头，有一道门打开了，走出来两个穿白大褂的医生。

我躲到和走廊尽头相连的一个小阳台上。

那两个医生一边说，一边走，在古靖之的特护病房的监视玻璃窗前停下。一个对着另一个说道："他一直很安静。"

这个人手里拿着一个活页夹，他掏出了一支笔，打开到某一页，写了几个字。

"是啊，一整天都没有说一句话。"另外一个人附和着。

这两个医生都很年轻，脸庞上带着稚气，也许还不到二十五岁。

拿活页夹的那个人一边沙沙写字，一边说："沙扬教授很为他担心呢，一定要让他住特护室，要我们每隔一个小时，就观察记录他的状态，其实，我觉得他的病情没那么严重……你觉得呢？"

"嘘，小声点，别让人听见，你难道在质疑沙扬教授的判断？"

那个人连忙否认："不是啦，不是啦……我的意思是，沙扬教授对他真的很好，跟儿子似的，很操心。"

"嗯，是，他说这个病人他亲自治疗，连昨天做磁共振的时候，沙扬教授都没有让别人插手，是自己来的呢。"

"哎，今天下午怎么没看到沙教授的人影？"

"说是警察找他呢，录口供什么的，都是为了这个人……"

做观察记录的人写完了字，合起了活页夹，看看表："一会儿要给他注射镇静剂了。"

"还是那个剂量吗？"

"对，沙教授特别交代过，让他多睡点，对他的病情稳定有好处。"

"嗯，好，我去安排一下护士。"

这两位年轻的医生一前一后地沿着走廊去了。

我从小阳台上闪身出来。

古靖之还是坐在玻璃窗下的那个位置，他好像一直在看着我藏身的方向，见我出来，他翕动了一下嘴唇，要跟我说什么的样子。

我对着他，做了一个"嘘"的手势。

我不知道他这个封闭空间能不能听到我的声音，但我还是说："如果，这不是你应该待的地方，那么，我救你出来。"

沙扬的办公室在二楼，就在这间特护室正下方的楼下，跟三楼的装修不一样,他的办公室,跟小阳台是相连的。

昨天我跟乔安南来的时候,因为引路人带错,我们曾经进过他的办公室一次。

我退回到刚才藏身的小阳台,略一沉思,便决定翻下去。就算他阳台门已经落锁,这种圆形的喇叭锁,我也有办法拧开。

至于我到他办公室要做什么,找到什么东西,我完全没有思考。

我好像又回到了那个浓雾弥漫的梦境。

我跌跌撞撞地闯入危险之地,不惜一死,去找寻一个自己没有任何概念的,却至关重要的"东西"。

时近黄昏,天色渐暗。

即使是在光线明亮的时刻,我也不必担心被人发现,这个阳台的位置正对着僻静的围墙,围墙外面是一片绿地,空荡荡的,没有其他的建筑物。

我手搭住阳台栏杆,轻轻纵身,翻了出去。

伴随着像风吹落叶一般的细微声响,我双脚落在了二楼的阳台的地砖上。

我轻轻转动门把手,很幸运,阳台的门并没有锁。

我把门拉开了一条缝,先观察了一下室内的动静,这间屋子很安静,屋门紧闭,窗帘四合,室内光线很暗。

我闪身进入。

室内有淡淡的松木清香味道。

沙扬的办公室摆设的全是松木的原木家具,除了门和窗口,四壁全是书架,中间是一张很大的桌台,放着电脑和文件夹,桌子前面的招待区,摆着两组松木扶手的布艺沙发,中间是个松木桌几,田园风格,自然而雅致。

我不知道先从什么地方开始,电脑吗? 还是那些文件夹?

可是,我到底要找什么东西呢?

不管我要找的是什么东西,它肯定是跟古靖之有关的。

我悄悄拧亮了桌台上的台灯,开始从桌台上的文件夹翻找起来。

沙扬的文件夹都贴着标签:"脑桥的阻断机制"、"非快动眼睡眠研究"、"大脑皮层的痛觉感知试验"、"功能磁共振成像分析"……

全是我不懂的,从来没听说过的字眼。我每个文件夹都快速地翻找了一遍,里面有论文,有随笔,有讨论记录,并没有哪个方面看上去跟古靖之的病情有关。

我有点急躁起来,房间的挂钟的指针已经指向了六点钟了。如果沙扬是去警局录口供,晚上六点,警局也该下班了。

我不应该怕沙扬的,可不知为什么,他昨天坐在特护病房,在古靖之面前,带着痛楚的神情,侃侃而谈的样子,让我回想起来毛骨悚然。

我蹲下身子,开始翻找书桌的抽屉。

在找了两个抽屉之后,第三个抽屉拉不动了。它带了一把暗锁。

沙扬有什么还需要锁起来的东西吗? 我想,里面肯定不是钱和珠宝。

我从沙扬的桌台的办公文具中,找到了装回形针的小盒子,我从里面拿出一只回形针,伸展后,弯了几下,将它扭曲成我要的样子,我蹲下去,开始集中精力对付那只带锁的抽屉。

房间里很安静,只有挂钟秒针走动的滴答声。

也许是这个房间太过憋闷,我的额头渗出了一层汗水,我感到最里面穿的那件棉毛衫已经被汗浸透,湿湿地紧贴着我的后背。

我深深地吸了一口气,竭力镇静了一下颤抖的手。

一身病服,被牢牢关押的古靖之还在楼上,而我刚刚给了他一个承诺!

在小小的"啪"的一声之后,暗锁打开了,抽屉的前端,滑出了轨道。

我拭了一下额头的汗水,把抽屉,全部拉开。

抽屉的最上面,放了一个牛皮纸的档案袋。

我从档案袋中抽出了一张登记表,上面写了古靖之的名字,还有他的基本情况,身高体重血型什么的。这里面装的,看来就是古靖之的病例档案了。

我揣度着沙扬把它锁起来的原因,不由得冷汗涔涔。

我拎起了档案袋的底部，一股脑儿，把里面所有的东西都倒扣在地板上。

有一张图片，一张像是骨科 X 光线照射图那样的硬塑料质地的图片，滑落到我的脚下。

那是一个人的颅脑图。

我额头渗下的汗滴，沿着我的鬓角，流入我的脖颈，可我却冷得全身颤抖，我的嘴巴里传来了一阵血腥的气息，我咬破了自己的舌尖，才没有让喉咙里一声可怖的尖叫声迸发出来。

密集的亮点，像天空的繁星，充满了这颗头颅！

古靖之之章九

二十岁那年的暑假，我整整一个月没有出过家门，送外卖的饭馆每天定时打电话问我吃什么，每隔两天就会有音像租赁店的人来更换新的光盘。

没有电话，也没有工作。

我用了一个假期的时间，学习了如何在闹市隐居，看遍了那间音像店里几乎所有的电影。

我管这个叫蛰伏以及充电。

至于为什么这么做，我一点印象也没有了。

我想从那之后，我的记忆就出现了问题，我常常把故事 A 的桥段加到故事 B 中去，反正主演就那么几个人，长得也差不了多少。

这其实是一件好事，因为在我的故事里，永远会有出人意外的结局。

祝英台不会化蝶，她变成了普通的家庭主妇，在一次忍无可忍的家庭暴力中奋起反抗，杀死了虐待她的恶婆婆，最后和薛仁贵双宿双飞……

胖 Rose 和瘦 Jack 从泰坦尼克号上生还，过上了夫妻大盗的幸福生活……

阿飞爱上了自己的嫂子，收养了一个叫杨过的小孩儿，他老的时候能够看到异形,还兼职当过捉鬼天师,他的情敌在不丹娶了个不会过目不忘但看起来就很聪明的女人……

我想任何一种组合都能完整地表达。

国仇家恨之后,不论是血刃仇人还是不了了之,其实没什么不同。

这就是电影,电视,小说……超脱了生活的琐碎,零散的片段也能拼接成一个故事,对观众而言,只是看不懂和看得懂之差。

生活自然不同。

单就片段而言,也许更离奇更惊心更匪夷所思,可是没有结局。

没有人知道自己的结局在哪里。二十岁的夏天,我在房间里一边看着黑白电影,一边在想,如果我现在就死了,我的故事,是否就会到此为止?

送外卖的小伙子会不会因为我曾经痛骂他一顿而成为最大的嫌疑人?

检验尸体的法医会不会因为找不到外伤无法确定死因而去继续深造,在他成立中国的 CSI 的时候,会不会感谢我这个无名男尸?

殡仪馆的大叔会不会因为前一天没睡好觉而把我的骨灰送给另一户陌生的人家?

关乔,元沛,沙扬……他们中的谁会因为悲伤过度而发生意外?

其实并没有那么多意外,和结局一样,那都是可遇不可求的。

我从不会知道,我按部就班走这条人生轨迹,会对另一条路上的人产生什么样的影响。

如此说来,我永远不知道自己的结局在哪里。

我只能设想,并且相信自己的设想是唯一的正解。

精神病院的生活并没有想象中那么差,对我来说,这里比外面更好,这点是毋庸置疑的。

我被隔离在了三楼尽头的一间特护病房,坐北朝南的房子,光线通透,隔音效果极佳，往往一天也听不到一点来自外面的声音。

　　早中晚都有护士进来送药，除此之外，沙扬和韩东剑每天都会来看我两三次，他们并不跟我多说话，很多时候，只是默默地在我病床前站上一会儿。

　　房间的角落里很明显的位置，挂着一个监视器，非常醒目。对于我之前并没有发现它，我觉得很抱歉。不过人的眼睛是由头脑控制的，当我潜意识不愿意看到什么事的时候，我想我就可以看不到。

　　这和我办公室的那个针孔摄像头是一个道理。

　　我后来无数次设想，当我开灯关灯，偶尔不小心摸到按键周围的异常凸起时，是不是也会自欺欺人地当作没事发生？

　　我不是没想过异常，而是我不愿意相信这个异常。

　　又或者，我曾经相信过，但是我忘记了。

　　吃药是一件挺烦人的事，这里不像普通医院，护士们会眼睛一眨不眨地盯着你，直到确定你把药确实咽了下去，再没有吐出来的可能。她们个个面无表情，等着我张大嘴，伸舌头，像牙医似的仔细确定了以后，才心满意足地离开。自始自终，没有人对我多说一句话。

　　我想就是这样吧，我余下的人生，最好什么都听不到，看不见。

　　今天送药的护士姓苏，四十来岁。她在十几年前做过双眼皮的手术，也许是保养不好，现在眼睛被重重积叠的上眼皮脂肪所覆盖，她永远没精打采地像是要睡着了一样。

　　她大概已经不记得我了。

　　十几年前，我作为古风林教授的独生子，经常出入这里，她那时刚刚做了手术，眼皮红肿，煞是吓人。

　　她人生最不堪的两个模样都牢牢地记在了我的脑海中，虽然我想她根本不介意。

　　确定我吃下药之后，她把手插在口袋里，认真地低头看看我画的东西，她的表情非常淡漠，我仿佛看到我父亲的影子，他们信奉教条式的人生……只凭这张人物肖像图,我想心理学家就能找出七八十个理由来解释我"焦躁烦闷"的内心。

她要离开的时候,我先是听到她身上传来丝丝拉拉的电波声,这声音吓了我一跳,我几乎以为她就是个机器人。

可是她只是不紧不慢地低下头,对着胸前的小型麦克风,"什么事?"

那个麦克风藏在她的胸牌后面,这个做法的灵感我想来自特工电影。

麦克风的声音其实不大,只是对一个对声音特别敏感的病人来说,它发出的每一个音节我都听得清清楚楚。

"有人闯进了沙教授的办公室窃取机密,我们已经封锁了出入口,现在这个人就在这栋楼里……二十多岁的女性,短发,身材瘦削,上身穿灰色毛衣外套,下身是蓝色牛仔裤,背着一个蓝白帆布包……"

是禾小绿!

苏护士回头看我一眼的时候,我正半张着嘴愕然不已,我想这个表情让她很满意,她点点头,就在她拉开门,准备离开的瞬间,我觉得浑身的血液汇聚成一条线,在她根本来不及反应的时候,我已经像一颗子弹似的,冲了过去!

我一把推开她,用力地拉开房间门。

我开始疯狂地奔跑,仿佛听得见风在我耳边呼啸而过,空气是不一样的清新而又沁人心脾,那一瞬间,我觉得心神愉悦,几乎想落泪的愉悦,我想这就是自由的味道。

洛克说,自由意味着不受他人的束缚与强暴。

萨特说,人是生来要受自由之苦。

我想,即便是苦的,我也心甘情愿。

我从楼梯口一路小跑,这条路我非常熟悉,不费吹灰之力,在我觉得还没怎么跑的时候,就已经站在了楼顶,无处可逃了。

断断续续有医护人员跑上楼,我的表演恰到好处的癫狂。

站在楼顶的栏杆外沿，只有不到二十公分的活动距离。我忍住头晕目眩，不去看脚底下，张牙舞爪地大声喊，"我要见沙扬，我要见沙扬！"

我的眼前浮现阵阵虚幻的光，已经看不清眼前的人、物和景象。

就像我不能确定，我今天在窗口看到的那个人是禾小绿一样。也许刚才听到的医护人员的话，也是我的幻想，也许禾小绿根本没有来过这里……

她有什么理由潜入沙扬的办公室呢？

天色越来越暗的时候，沙扬终于出现了。

他穿着白大褂，手指插在口袋中，表情凝重而哀伤，他缓缓走近我。

"我要和沙教授单独说话，你们都下去！"我大声地叫嚣。

没有人听我的，他们和我一样，都不能确定我是个疯子还是个正常人，所以他们一句话都不说。

"你们先下去吧。"沙扬终于开口。

我仿佛听到其他人明显松一口气的声音，他们假惺惺地叮嘱沙扬要小心。

我看起来肯定很可怕，像疯子一样可怕。

楼顶只剩下我和沙扬了。

他距离我两米远，小心翼翼地站着，眼神中第一次出现了慌乱和痛楚："靖之，你先过来，那里太危险了。"

这句话让我有些难过，我沉默了片刻，"如果我死了，是不是所有危险都会消失了？"

"你说什么……靖之，不要这样，你先过来。"他颤巍巍地伸出手，此刻的他就是个迟暮的老人，虚弱而温柔。

如果永远是这样，该有多好。

"你在我脑子里，放了些什么东西？"我苦笑一声，看着他，"这东西值得杀这么多人吗？"

沙扬吃惊地睁大了眼睛，但他很快又恢复了平静，"你在说什么？"

"禾小绿来这里找什么？"我深吸一口气，闭上了眼睛，"不管她找到了什么，我都可以承担这些罪名，用一个精神病人或者一个正常人的身份……我可以承认，我杀了何冰冰、汤悠然、田乐梅、李承鹏……只要你放过她。"

"禾小绿？"他的声音充满了质疑。

我沉默不语。

"靖之，我不明白……"他看起来如此无辜，眉头也适时地皱了起来。

我不是一个喜欢解释的人，可是现在我不能不解释。

"一年前，关乔的母亲住院，他回到 S 市。我们见面以后，谈到了我的头疼症，他便介绍他父亲的同事，一个很有经验的神经科医生帮我看病，我在医生的建议下做了个 CT。

"CT 的结果让我知道了两件事，第一，元沛给我的药并不能治头疼，那只是些普通的维生素片，第二，我的脑部有很多不知名的密集颗粒。"

我忍不住摸摸我的头，按照 CT 的结果，那些颗粒大多集中在脑部杏仁核的位置……上大学的时候，我在沙扬的建议下，选修了脑科和神经科，所以不用任何医生帮忙，我自己就能知道那张 CT 证明了什么。

我苦笑了一下，摇摇头，"我虽然认识不少医生，但要做到可以把如此细微的颗粒准确无误地放进我大脑而不伤害脑神经的地步，我能想到的只有一个人，就是元沛……可是什么手术能在我完全不知情的情况下完成呢？也就是在那个时候，我不得不开始怀疑你……"

我把目光转向他，有些无奈，"记得吗？我的病人称呼我为天使制造者……没有人想过，我也是被制造出来的。作为我的导师，你的催眠术要比我厉害得多……事实证明，也的确是这样……你定期对我进行心理督导，其实是在对我进行催眠，不停地删除和修改我的记忆……你要我忘记的事，我直到现在，也一件都没想起来过。"

沙扬本来放在唇边的拳头忽然松开了，他定定地看着我，"你什么都不记得了？"

我笑笑，"当然。我什么都不记得，你大可放心。从医院拿到 CT 结果之后，我就去找了元沛……他是你的追随者，他跟韩东剑一样，是你天使制造计划的狂热追随者……哦，也就是在那天，我知道了一切，知道了所谓的'天使制造计划'。"

沙扬扬了一下眉："你催眠了元沛？"

"是，他告诉我，你们把脑科手术和催眠术结合起来，转换实验对象的人格，把邪恶转为正直，把残忍转为善良，把沉沦萎靡转为积极上进，把封闭忧郁转为快乐开朗……你们把这个过程叫做'天使制造'，元沛掷地有声地说，你们这几个人，必将创造历史，开辟人类世界的新纪元……"

我笑了一下："你们成功了不少案例，少数失败的情况，比如汤悠然，比如何冰冰，比如薄蓝，对这样的实验品，你们选择了毁灭。"

沙扬缓缓地向前走了两步，夜风掀起了他的白袍下摆，他低着头，像是在思考似的，"可你说你什么都不记得了……"

"这是自然。因为就在那天，就在我知道真相之后不久，你就出现了，你催眠了我，让我忘了这件事……"我看着他笑，"只是你不知道，我虽然没有想到应对之策，但也留了一招——我注册了一个新的 MSN，那里面写了所有的事……为了以防万一，我把这个账号刻在了洗手间的药柜下方……"

天色暗沉，夜风刺骨，我的身体却在滚滚发烫。

"你从来没想过，为什么我催眠了元沛，却好像什么都不知情似的回到自己家中吗？"我故意挑高眉毛，"现在想起那天的事，你会后怕吗？如果我不是回到家留下证据，而是先去警察局报案……那是不是你一手打造的'天使制造'计划，早就到了结尾的时候？"

沙扬蹙着眉，看着我："你不会这样做的，靖之。"

"是的，我不会。因为对我做这一切的人，是你，沙扬。我在拿到 CT 图之前的一秒钟，还一直深信不疑，不管你做什么，都是为了我好，这个世上仅存的，会以至亲骨肉的方式对我的人……"

我的喉咙有些嘶哑，眼睛浮上了一层泪水。

沙扬仍然是那种缓缓的、低沉的语调："我的确,一切都是为你好……"

"所以,才在我的脑子里,植入了那么多的磁粒?"

沙扬长长地叹了一口气："你脑中的磁粒是十一年前开始放置的,你应该记得,你的头疼绝不是最近一两年才出现的……"

十一年前?!

我的身上,像是被人泼了一盆冰水,彻骨冰凉:是我父亲,古风林?!

"不,别这么想你的父亲,靖之,"沙扬审视着我的表情,摇了摇头:"他不是把你当做他的实验对象,他只是想为唯一的儿子解除痛苦,做一个父亲能做的事。"

他沉默了几秒钟："也许你不知道,你从十二岁开始,就患有严重的忧郁症吧?你自闭,沉默,郁郁寡欢,还曾经试图自杀……从那一年开始,你就需要定期服用抗抑郁的药物,这让你的父亲很痛苦,因为研究脑科学的他,知道强镇剂药物,对正在发育中的大脑来说,伤害会有多么大……"

"所以,他就在我的大脑中做了那个实验,以帮我治疗抑郁症?"

"当时,我们都以为是安全有效的……薄蓝是第一个实验者,她术后效果很好,我们都以为成功了。"沙扬长叹一声:"没想到,你植入了磁粒之后,就出现了剧烈的偏头疼,还有间歇性的失忆症……你的父亲认为这是磁粒位置偏差造成的,为了纠正这一点,后来不得不再次植入了一些……你知道,靖之,十年前的技术,并不像现在这么成熟和稳定。这都是我和你父亲始料不及的情况,说实话,我们都为此后悔不迭。"

我大脑中一片空白,心中不辨悲喜。

我该为了父亲还是爱我的这个事实而欢欣呢,还是该为他是摧毁我大脑的主谋而锥心刺骨?

"还记得你父亲一直在家里摆弄那些香菖蒲草吗?他就是在研制一种药剂,缓解你的后遗症痛苦。"

提到了香菖蒲,我就想起了禾永强:"你们害了薄蓝,可为什么让那个花农背黑锅?"

"不是我们，靖之，是你。"

"什么意思？"

"薄蓝的死亡现场，你的确闯进去过，当时你撞见的，是你的父亲……你父亲对你进行了催眠，原本是想让你忘记你看到的这一切的，可不知道为什么，你向警察提起了禾永强……也许是一种记忆偏差，也许又是你间歇性的记忆扭曲，你知道，那个时候，你的后遗症的发病率，正是高潮阶段。"

禾小绿父亲的死，终究还是因我而起……

我苦笑。

"那么薄蓝是怎么死的呢？"

我很想知道，我当时目击到的是什么样的场景，是我父亲用他那双纤长细腻的手拽着绳子狠狠地勒着她的脖子？还是他为了干扰警方的调查视线，而褪去她的裤子？

想到这儿，我忽然开始理解父亲了。

这样不堪的场景，我和他当时是何种表情对峙？又将用何面目继续日后的人生？催眠我也好，在我脑子里放东西也好，至少他去世前，我们都还保有最基本的体面，虽然情淡如纸，至少相敬如宾。

看到我笑了，沙扬皱起了眉头。

"我刚才说过，十年前的技术并不稳定。薄蓝术后一段时期的确如我们预期一样，性格发生了很大的改变，她只差一步，差一步，就成为了天使……"沙扬叹口气，"我只知道，薄蓝那天进行了新的手术，她术后发烧，晚上开始剧烈头痛，后来出现了幻觉，她认为你父亲是她的心魔，或者其他什么……你父亲是出于自卫，才动手杀了她。"

"你们不经允许，在人家脑子里放了一堆东西，把人当作小白鼠来研究，研究失败，小白鼠被毁灭，也是出于人道？"

"我们都不想发生这样的错误，你的父亲，为此一度很消沉，继而，他开始怀疑自己提出的这个'天使制造计划'的构想。"

"'天使制造'是我父亲提出来的？"

"不错，风林是个了不起的人，是他提出了这个构想，并经过多年的潜心研究，将其付诸实践，在一定意义上，他是个改造人类历史的人，你应该以他为荣。"沙扬郑重地说。

"可是，你们却杀了他。"

"天使"都能够被制造出来，那么，一场"车祸"又算什么呢？

我不相信我的父亲会那么凑巧地"车祸身亡"，他有一个大脑千疮百孔的儿子需要拯救，一定格外珍惜他的生命。

沙扬的脸痛苦地抽搐了一下："相信我，靖之，对此，我的痛苦不会比你少一分……风林是我最好的朋友，是我志同道合的战友，在一定意义上，还是我的启蒙老师……我失去他，比你失去父亲，更痛苦，更难过。"

我静静地看着他，我知道，沙扬并不惧怕告诉我真相，因为我是他手中的驯服的"天使"，他很快就能让我把这一切忘得干干净净。

沙扬抬起头，直直地看着我："但是，跟'天使制造'这个伟大的计划比，任何个人的生命，都是渺小的，不值一提的。人类生而邪恶，因为邪恶和阴暗，这个世界才会有这么多的苦难、战争、不公、暴力、谋杀……想想吧，如果有一种科学，有一种方法，能够驱走人类心里的邪恶，能够把魔鬼变成天使，那会是一种什么样的情景？当人人都是天使，我们的世界，就是天堂。"

"你想做上帝，所以，人命就不值一提？"

"靖之，你知道，一场战争，会死多少人？一场灾荒，会死多少人？每年死于谋杀、自杀、意外事故的人有多少？我做的事情，牺牲的只是很有限的、极少数的人，但挽救的，却会是整个人类！"他的眼神热切起来："想想吧，靖之，如果人类的心中没有了邪念，没有了阴暗，没有了扭曲，那些战争、谋杀、自杀、因人祸而起的意外事故，就全都会消失！你知道，这对人类来说，对这个世界来说，会是一个多么大的改变？多么大的、能泽被后世千万代的功德？"

"那么说，我的父亲，就是为了世界和平和人类进步死的了？"我讽刺地说。

沙扬深深吸了一口气，艰难地："我真遗憾，风林因为你的后遗症，还有禾永强的事，一下子变得软弱下来。他宣布要销毁我们所有的研究资料，永远终止这个计划,不管我怎么向他讲道理,怎么恳求他,他都不肯让步……"

"所以,你为了你的'天堂',你的'天使',就做了屠杀自己好友的魔鬼?"

我惨然地笑,指甲深陷在我的掌心里。不知为什么,我心中,对沙扬的仇恨并不浓烈,也许跟父亲相比,我更爱眼前的这个男人。

沙扬淡淡一笑:"我没有别的选择,靖之,我已经准备好下地狱了,只要天堂的门,能够对人类打开,我下不下地狱,又有什么关系!"

他挺直了胸膛,眼神坚定,嘴角紧绷。

比起我来,这个名扬四海的沙教授,更像个疯子!

"你杀死了我的父亲,又用我来做你的诱饵,为你钓来各种各样的'实验对象'……"

"靖之,这些年来,我一直当你是我的亲生儿子,因为你的后遗症,我不得不让你一直待在我的视力可及的范围内,我得观察你,帮助你,解救你……当然,不可否认,你的作用,在整个'天使制造'计划中,也是非常重要,不可替代的,跟杨晨比起来,你更专业,更有人格魅力,更具有催眠能力,也因而更受患者的欢迎和爱戴……你那么快,就成了一个小有名气的催眠师,是我始料不及的,我想,在这一点上,你遗传了你父亲的优良基因和他对催眠术的天生敏感,如果你父亲还活着,一定会为你骄傲的。"

"会为我这个行尸走肉骄傲?!"我扯了扯嘴角,不知是笑还是哭。

"靖之,我觉得,这十年来,除了你二十岁那年抑郁症复发的一段时间之外,你还是快乐的,自信的,活得有价值,有意义的。你的样子,是所有父母理想中的有为青年的样子——我不同意你给自己下的'行尸走肉'的定义。"沙扬蹙了一下眉头。

他的眼睛又黑又亮,像个黑洞一样,吸引着我往下沉沦。

我悚然而惊,慌忙把眼睛移开。现在不能再犯一点错误了。

在沙扬审视的目光下,我只能全力以赴让自己坚强,不至于丢盔弃甲……

对他而言,跟我对视,就意味着要我投降。

时间不多了,而我很累,很冷,我的双腿,似乎已经很难支撑我的身体重量了。我试着提出我的条件,我的恳求。

"好,我可以回病房,吃药,当做一切都没发生过,只要你放过禾小绿。"

"我不懂你的意思。"沙扬不动声色地。

他当然懂。

他为了他的伟大计划,人挡杀人,佛挡杀佛!

我的父亲,他的至交好友,宣布要放弃实验,关闭即将打开的"天堂"的大门,所以,他不得不死……

何冰冰也和我一样,实验不够成功,产生了后遗症,在她脑中的磁粒暴露之前,她只能死……

而汤悠然的转变太过突兀,那些没事找事的"专家学者"已经开始注意她,在她成为另一种"典型",引人注目之前,她也得死……

田乐梅被天使制造之后,他们发现禾小绿潜伏在她的身边,为了以防万一,她匆匆忙忙地被处决了……

李承鹏两次被派去袭击禾小绿,他被抓获的可能性很大,如果一旦被抓获,就有可能被挖掘出真相,所以,他被事先植入了指令,一旦遭到追捕无路可逃的时候,就毁灭自己……

这些"该死"的人,全部都死了。

只除了一个,禾小绿。

如果她也死了,"天使计划"才会彻底地安全了……

"是禾小绿让你发现这一切的吧?"沙扬问。

我笑了一下,我愿意跟他聊聊禾小绿。

"四个月前,禾小绿以林茵的身份成为了我的病人,她隐藏得极深,包括你安插在我身边的眼线杨晨都没有发现什么异常,直到一个月前,禾小绿在我对她的一次催眠中,突然试图反催眠我!只不过她失败了,那是唯一一次,我真正地催眠到她,也就在那一次,我知道了她的身份,她的目的……当然,你也知道。禾小绿曾经发现过我办公室里有微型摄像头，她的录音记录里也提到了这一点，我也是在那个时候才知道，我一直被监视着……可是监视我有什么用呢？难道真的为了在心理诊所寻找合适的人进行天使制造计划？这么多年，我一个朋友都没有，除了你，元沛，杨晨，我在这个城市几乎举目无亲！"

我听到自己的声音沙哑，像一个命不久矣的人，沙扬站在我眼前，可是我已经看不清他的脸。

他的身影几十年如一日，我闭上眼就能想到他的样子，和善而亲切。

"遗憾的是，因为对你的敬爱，以及你对我的影响，我当时并没有想那么多……我天真地以为你监视我，只是为了帮助我，帮助我疏导心灵，开解疑问，甚至我知道了杨晨会定期进入我的办公室，清理我的电脑，检查我的药瓶……我都以为，是你对我的一种关心。"我说到这里，不知道是想哭还是想笑。

"我催眠了禾小绿，让她遗忘了那段记忆，让她以为一个月前的那次，是我们第一次问诊，她第一次见到我……我在那时，还固执地认为，她的心理出现了问题，她的偏执是所有问题的成因。我想过很多方法，试图纾解她的压力……"我的嘴角抽动了一下，心里五味陈杂，"为了证实她只是极端地爱护她的父亲而行为异常，我还试图调查过真相……当然，是无从查起的，薄蓝的丈夫一无所知。"

我叹口气，"就在我以为一切都可以暂告一个段落，而我总会有办法治疗禾小绿的病时，她再次企图催眠我，并且告诉我，我派出凶手袭击了她！"

我看着沙扬，很哀伤，"这次，我的父亲不会是嫌疑人了。如果禾小绿没有撒谎，那就是有人希望她从此闭嘴……这个人是谁呢？"

"你觉得是我？"沙扬平静地问。

我没有回答他，"不管是谁，禾小绿都面临着危险……我不想赌她的身手足够好，所以我向她的上司举报了她，证实她有精神障碍，不适宜当警察。"

"然后你来接替她，寻找真相，是吗？"沙扬苦笑了一下。

我没说话，我觉得很累，累到我说话都没了力气。真相对我从来就没有任何意义。

身边的声音越来越小，楼道里再也看不到匆匆奔跑的人群……禾小绿已经被抓住了吗？

不，没有什么，现在她还很安全……

沙扬在我身边，那禾小绿就是安全的。

我强迫自己打起精神，这大概是我最后的机会……为自己，还有禾小绿，寻找最好的出路。

天色越来越暗，站在楼顶的我，竟然隐约有了一种风声鹤唳的感觉，是不是叶孤城和西门吹雪决战的时候，也和我有同样的感觉呢？

我不怕输，但是我不能输。

"靖之……"沙扬欲言又止，往前走了两步，"过来说。"

我苦笑了一声，"我不介意你给我下诊断书，我甚至不介意当个精神病人……我只希望一切到此为止……放过禾小绿吧！"

他默默地看着我，那眼光，让我又为之一痛。

眼前的这张面孔，让我记起了很多事……

我生病，他衣不解带地照顾我；我考大学，他四处为我寻找资料，打听各种报考信息；我做了他的学生，他即使忙得废寝忘食，也要抽出时间给我单独辅导……

这么多年，他的确代表着父亲。

我的眼睛湿润了。

如果可以选择……

不，没有选择。

命运的齿轮一旦开始转动，我就再也无法控制……可我至少要做些什么……

让一切都停下来。

我慢慢地退后一步，半个脚掌悬在空中，我像个风筝一样，摇摇晃晃。

"我的脑电图，是不是放在你的办公室？"

我轻声问他。

说了这么久，我忽然开始怀疑，他和禾小绿之间，已经不是他可以操纵的局面了。

他叹了一口气。

"你为什么不小心一点？"我失望到了极点。

我做了这么多事，他却完全不当一回事似的，如果禾小绿因此落入他的手中，那我的所有努力就会前功尽弃，或者还有更糟的，他落入禾小绿手中……

我不敢想象，也不想想象。

这一刻我忽然想到了乔安南给我讲的那个关于苹果的故事。

也许他想告诉我的，就是事无两全，你想得到什么的时候，就必须舍弃另一些。

我没有能力再作任何判断。

只能随心而动。

"算了。"我息事宁人地说，"还是继续我们的交易吧……你说我疯了，我就疯了，只要你放过禾小绿……行吗？"

"靖之！"沙扬的口气一下子严肃起来，眼神凌厉，像极了我的父亲，"我如果答应了你，就是骗你了。我刚刚已经说过了，这个计划，几乎可以挽救整个世界！可以改写人类的历史！任何的个体生命都不会重要到可以威胁这个计划安全的地步！"

他的脸上写满了坚毅不拔永不退缩的决心。

我忽然想到，在他的身后，也许还站着无数个崇拜他的人，仰慕他的人，为他的伟大计划，而激动，振奋，狂热——他们草菅人命，他们只手遮天，他们在科学和理想这把大旗的庇佑下，为所欲为。

我还能做些什么呢？

麻木地活着还是骄傲地死去……我长舒了一口气。

"我有点冷。"我翻过栏杆,对着沙扬伸出手。

曾经温暖的仿佛慈父一般的长辈,现在就在我眼前,陌生得让我害怕,但我还是向他伸出手……

不是为了求救。

有时候天使为了打败魔鬼,是需要牺牲的。

这是沙扬说的话。

天使是不会伤害任何人的,而魔鬼,从不介意伤害任何人。

这是我唯一能作的判断。

即便……我从未改变过地,敬爱这个魔鬼。

"回去吧……你该吃药了。"他柔声细语地说,往前走了两步,抓住了我的手。

他和我保持着警戒距离,一米远。

我慢慢地向前走了一步,他拍拍我的肩膀,脸上不喜不悲,对他而言,我自始至终都是个病人。

我又往前走了两步,他跟随着我。

这两步是我人生中最漫长的距离,一瞬间所有的记忆都在脑中过电一样地重复,各种片段……没有结局的片段。

"骄傲地死。"我喃喃地说。

"什么?"

他没有听清,其实都没有必要了。因为下一秒钟,我猛然转身,用力地向他推去,他发出短促的尖叫声,身体翻了一圈,朝栏杆的另一边坠落。

他的手自始至终地抓着我,牵引着我与他一同坠落。

这是最好的结局了。

"你也会死的！"他看着我，眼光中并没有恨意，只有震惊——他没想到，被他亲手制造出来的天使，会反抗他这个上帝！

他悬挂在半空中的身体极力挣扎，想找到救命的攀附点。

我的手抓着栏杆，感受到他牵引的力量越来越大，我的身子，已经随着他滑落了下去……

我想起金大伟说过的话，禾永强的坠落，到底是自杀还是意外呢？

也许在那个瞬间，他发现他的死，会让禾小绿更好地活下去……

一定曾经有人，用禾小绿威胁过他吧？

我脸上浮起了个微笑，想到我们都爱的那个女人。

"不要死……"沙扬仰着脸看我，他突然松开了手指。

我不明白为什么，也许是他终于力不可支，也许……他终究还是爱我的，想给我活的机会……

楼下传来了很大的"噗通"一声，很多人的惊呼声随即响起。

我闭上眼，眼角滑落了一滴泪珠。

"你死了，她就安全了。"我喃喃地。

缓缓地，我松开了握着栏杆的手指。

一双冰冷的手忽然握住了我。

我抬起头，看到我梦中出现的那张脸，她睁大了那双黑亮的小鹿似的眼睛，惊惧而担忧地望着我。

禾小绿之章九

在他缓缓地放开手指的时候，我抓住了他。

他一袭白衣在夜风中翩然飞舞，有几丝乱发遮上了他的额头，半空中悬挂的他看起来，就像一个无翼的天使，纯美而无辜。

他看着我，眼神里有些困惑。

"小绿……你来了……"

我用了一点时间击退了两个在沙扬的命令下，试图抓住我的男医生，盘问了一个惊慌失措的护士之后，奔上楼顶。因为期间的耽搁，我刚刚来得及目睹古靖之把沙扬撞落的画面。

他杀了沙扬，我为此都想亲吻他的脸颊。

如果，我还有机会的话。

我紧紧地抓住他的右手手臂，在我扑过来的时候，他的右手，已经离开了栏杆。

"抓紧！不要松手！"

我祈祷他不要那么快地放弃他的左手。

我们体重差距过大，如果我只身负荷他的重量，我不知道自己能坚持多久。

"为什么？"

他仰着脸，深深地看着我，有些暗哑地问："让我去死，不是你一直渴望的吗？"

我咬着牙，紧紧攥住他的右手。

"不许死！因为十年来，你根本没活过。"

我的泪水滴落在他的脸颊上，他的嘴角浮起了淡淡的微笑。

"所以，我这样的活死人，有什么苟延残喘的必要？"

他开始放松左手的手指。

"不许死！你会好起来的，我保证……"

我不知道自己能保证什么。我的泪水，一滴一滴地落到他的脸上，像凌乱的雨。

我看到有辆警车开了过来，车门打开，乔安南和郑朗冲下车子。

他们来到楼顶，也许只需要三十秒钟，可这三十秒，在我看来，有三十年那么长。

"小绿，我刚刚杀了人。"

他像是在劝说我放弃他。

"他该死。"

"让我死吧，小绿，这是我十年来，对自己能做的，唯一一件有意义的事，能体现我的自由意志的事，只有做过'天使'，才会知道，这种自由的选择，独立的判断，有多么珍贵……"

"不许死……"

我只能哭喊这三个字。

"小绿，你知道蚯蚓吗？"

他说这话的时候，已经完全放开了左手，我拼尽全身的力气，双手紧紧抓住他的右手和手臂。我憋足了一口力气，已经不能再吐出一个字。

"那种被尖钩穿透,扔在水里做诱饵的蚯蚓……你知道,就是那种,身体被刺穿一个大洞,还在一直扭来扭去的蚯蚓?"

他的身体在下沉,我的膝盖抖得几乎无法站立。

"蚯蚓很痛,身体被穿透的痛,被猎物撕咬的痛,还有做了钓鱼者的工具,使许多鱼为了它这个诱饵赴死的痛……你不觉得,对这种支离破碎的蚯蚓来说,让它立刻死去,就是对它最大的仁慈吗?"

他的声音低沉暗哑,凝望我的眼睛,黑亮,深邃,像闪耀在夜幕上的,那些恒远的,璀璨的星辰。

我恍惚地,怔怔地凝视他眼睛。

是啊,按他说的做,放手,让他跨越生死之门,从此不再痛楚,不再迷惘,做个真正的天使,在天际自由来去……

颅脑里充满入侵的,放射邪恶的微粒,刚刚杀了人的他,也许就此坠落,片刻后肝脑涂地,才是最好的归宿,最好的解脱吧?

我的手腕放松了,他缓缓下沉,凝视着我的眼睛,欣慰而深情。

"小绿,放手……"

天台上传来了开门的声音。

背后传来了急切的脚步声和乔安南的声音:"小绿,救他!"

我猛然惊醒的时候,手中已然一空!

古靖之已经飞落了下去!

"不!不要!"

我撕心裂肺地大喊。

他仰望我的脸上,挂着纯真的、释然的笑容,他又一次成功地催眠了我,在他生命的最后一刻!

也许过了一秒钟,也许是一个世纪,我听到了"噗通"一声响,看到他摊开四肢，仰躺在水泥地上，他的头部，很快浸泡在一片黏稠的，深红色的液体中……

庭院的灯光微弱,我应该看不清他的脸,但我却分明感觉到了他那永远定格的淡然的笑容。

恍惚间,似乎有什么轻轻掠过了我的发梢,我抬起头,仿佛看见了天使的翅膀,在茫茫的夜色中缓缓展开,雪白的颜色,光滑的羽毛,它们拍打着,挥舞着,没入了天际……

(全书完)